태산을 바라보다 望嶽

태산은 무릇 어떠한가
재나리와 노나리는 푸르름 끝없고
조물주는 신묘한 위풍을 모았고
산의 북쪽과 남쪽은 아침저녁을 갈랐다
층층이 일어나는 구름이 가슴 설레게 하니
눈을 부릅뜨고 돌아드는 새를 바라다본다
반드시 정상에 올라
뭇산이 작은 것을 한번 보리라

岱宗夫如何, 齊魯靑未了. 造化鍾神秀, 陰陽割昏曉.
蕩胸生層雲, 決眥入歸鳥. 會當凌絶頂, 一覽衆山小.

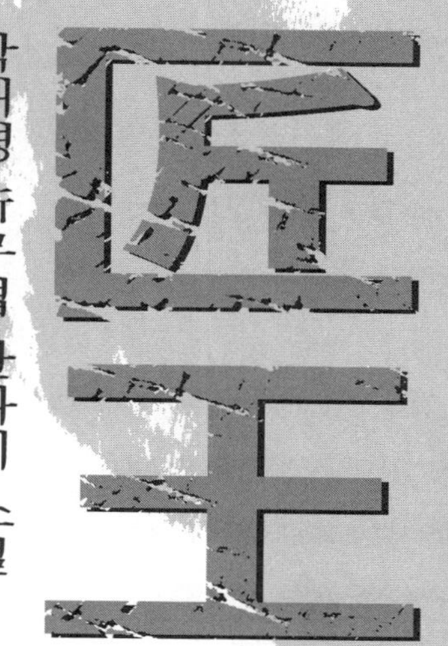

장왕

박재영 新무협 판타지 소설

장왕 鯤 4
박재영 新무협 판타지 소설

초판 1쇄 찍은 날 § 2008년 8월 12일
초판 1쇄 펴낸 날 § 2008년 8월 22일

지은이 § 박재영
펴낸이 § 서경석

편집장 § 문혜영
편집 § 서지현 · 문정흠

펴낸곳 § 도서출판 청어람
등록번호 § 제1081-1-89호
등록일자 § 1999. 5. 31
어람번호 § 제2-1553호

주소 § 경기도 부천시 원미구 심곡1동 350-1 남성B/D 3F (우) 420-011
전화 § 032-656-4452   팩스 § 032-656-4453
http://www.chungeoram.com
E-mail § eoram99@chollian.net

ⓒ 박재영, 2005

ISBN 978-89-251-1432-3 04810
ISBN 89-5831-648-9 (SET)

魔王鯤
장왕곤
박재영 新무협 판타지 소설
4
도서출판 청어람

목차

가상현오반 훈계

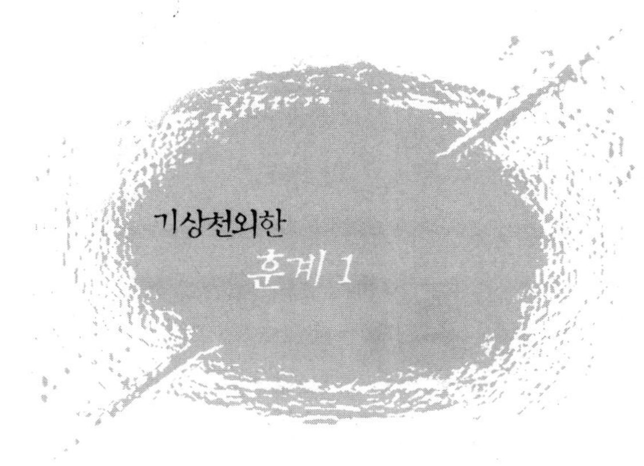

줄기차게 퍼부어지던 공격이 멈춰졌지만 북리곤 일행은 긴장을 늦추지 못했다.

언제, 어떤 식의 공격이 다시 시작될지 알 수 없었다. 만에 하나 또 다시 공격이 시작된다면 지금까지와는 다른, 힘든 싸움이 될 것이 분명했다.

터질 듯 팽팽한 긴장 속에서 시간이 지루하게 흘러 어느덧 날이 밝아왔다. 어디선가 새들의 울음소리가 들려오기 시작했다.

"그들이 모두 물러났어요."

동굴 입구를 통해 아침 햇살이 환하게 쏟아져 들어올 무렵, 도여군이 별안간 그 햇살처럼 밝은 음성으로 입을 열었다.

"정말인가요? 적들이 저절로 물러났단 말인가요?"

도여군이 거침없이 동굴을 나서자 예혜상은 여차하면 다시 동굴 안으로 뛰어들 듯 불안해하는 태도로 그녀를 따라 밖으로 나갔다.

적들의 모습은 보이지 않았다. 만도림의 고수들은 진영을 가다듬고 동굴을 공략할 새로운 방법을 모색하기 위해 공격을 멈춘 게 아니라 거짓말처럼 모조리 사라지고 없었다.

"어떻게 된 걸까요?"

예혜상은 어리둥절 주위를 둘러보며 믿을 수 없다는 듯 중얼거렸다. 일행들 역시 동굴 밖으로 나와 있었는데 모두들 지금의 상황을 이해할 수 없다는 눈빛이었다.

"혹시 우리가 숲에서 나오기를 기다리고 있는 게 아닐까요? 그 십지원인가 뭔가 하는 철기대로 쓸어버리려고 말이에요."

"그럴지도 모르지."

"이럴 게 아니라 한 바퀴 돌아보고 오는 건 어떨까요?"

예혜상과 장이가 불안감을 감추지 못하는 표정으로 이야기를 나누다가 문득 북리곤을 돌아보았다. 현재의 북리곤은 예혜상과 장이의 친구이기 이전에 월단퇴의 문주일 뿐만 아니라 일행 전체를 통솔하는 신분이라 할 수 있었다.

북리곤이 고개를 끄덕였다.

"약산."

"예, 문주님!"

"숲 밖을 살펴보고 오너라. 하지만 조금이라도 이상한 기미가 느껴지면 곧바로 돌아와야 한다."

"예!"

슛!

당약산이 숙였던 허리를 펴는 동작으로 지면을 박찼다.

순간, 그녀의 신형이 햇살 속으로 사라져 보이지 않았다. 월영잠형술이 최고도로 발휘된 것이다.

"자, 약산이 돌아올 때까지 우린 느긋이 아침 요기나 하지요. 건량은 이제 지겨우니 누가 산짐승을 몇 마리 잡아오는 건 어떻겠습니까?"

적들의 모습이 보이지 않음에도 불구하고 다들 긴장을 늦추지 못하는 것에 비해 북리곤은 태연하기 이를 데 없었다.

태연하기는 귀검 유무명 역시 마찬가지였다.

"좋지. 난 숲을 뒤져 원숭이 술이나 찾아보겠네."

잠시 후, 지난밤까지만 해도 생사를 다투는 치열한 격전장이던 동굴 앞의 공지가 느닷없이 잔치 자리로 변했다. 장이가 노루 한 마리를 잡아오고, 귀검 유무명이 후아주를 찾아오는 대신 품속에 감춰두었던 술병 하나를 내놓았던 것이다.

불을 피워 고기를 익힌 후 한 모금씩 술을 돌리자 그동안의 피로가 한꺼번에 풀리는 기분이었다.

때맞춰 정찰에서 돌아온 당약산이 자리에 끼어 앉으며 입을 열었다.

"놈들은 확실히 물러갔습니다. 숲 밖에도 아예 그림자조차 보이지 않았습니다. 하긴, 월영 장로님이 나섰는데 실패할 리가 없지요."

일행들 중 북리곤을 비롯해 나중에 합류한 사람들은 무언가를 알고 있는 눈치였으나 예혜상 일행은 어떻게 된 것인지 알 수 없어 어리둥절해했다.

북리곤이 그들의 궁금증을 풀어주려는 듯 담담히 입을 열었다.

"원래 만도림에서는 어르신을 잡기 위해 모든 전력을 이곳에 출동시켰습니다. 그러니까 정작 만도림 본가는 텅 비게 된 것입니다."

"맞아. 측근 호위들인 혈위마저 출동시켰으니 만도림은 그야말로 무주공산인 셈이지.”

북천조 조광은 무심코 고개를 끄덕이다 흠칫 가볍게 놀란 표정이 되어 북리곤을 바라보았다.

“그러니까 간단히 말해 네 수하들이 텅 빈 만도림으로 쳐들어가 문주인 혈견사수 병혁소를 붙잡아 이 싸움을 중지시켰단 말이냐?”

“바로 그겁니다. 가장 피를 적게 흘릴 수 있는 최선의 방법이었습니다.”

북천조 조광이 언뜻 감탄의 눈빛을 떠올렸다.

언뜻 들으면 아주 간단해 보이지만 말처럼 쉬운 일은 아니었다.

전력을 모조리 출동시켰다고는 하지만 최소한의 수하들은 남아 있을 터. 게다가 혈견사수 병혁소는 남에게 붙잡혀 명령을 철회할 인물이 결코 아니었다.

“단언하건데… 만도림에서는 이제 두 번 다시 어르신을 공격하지 못할 겁니다.”

반신반의하는 표정으로 바라보는 북천조 조광을 향해 북리곤이 자신감 넘치는 미소를 던졌다.

그야말로 느긋한 술자리였다.

예혜상과 장이 등 나머지 일행들은 그제야 완전히 긴장을 풀고 술자리를 즐겼다. 아쉬운 것이 있다면 술이 부족하다는 것뿐이었다.

술자리가 어느 정도 무르익었을 때 북리곤은 북천조 조광 일행 속에 섞여 있는 철마린 혁소람에게 인사를 청했다.

“북리곤이라 합니다.”

“혁소람입니다.”

두 사람이 서로 인사를 나누자 예혜상이 북리곤에게 혁소람의 신분에 대해 슬쩍 귀띔을 해주었다.

혁소람의 신분을 알게 된 북리곤은 내심 크게 놀라지 않을 수 없었다.

제성, 사도십방과 함께 무림을 삼분하고 있는 마도의 패주가 바로 마풍람이다. 혁소람은 바로 그 마풍람의 소종사였다.

북리곤으로서는 특히 혁소람에 대한 느낌이 남다를 수밖에 없었는데 마풍람은 녹림삼십육채와 연합해 이화단철장을 빼앗은 단체, 머지 않은 미래에 부딪치게 될지도 모르는 최대의 적이 바로 혁소람이었던 것이다.

한편, 혁소람 역시 북리곤에게 내심 크게 놀란 상태였다.

걸음걸이를 떼기 전부터 절대고수로 키워진 마풍람의 후대 대종사. 여기에다 스스로의 뼈를 깎는 노력을 더해 강자가 된 것이 바로 오늘날의 혁소람이다.

한데 놀랍게도 서너 살이나 어려 보이는 북리곤이 자신에 못지않은 무공을 지니고 있지 않은가. 게다가 목장부를 비롯해 명승엄은 물론이고 심지어 귀검 유무명 같은 고수마저 수하로 거느리고 있었으니 그의 놀람은 당연한 것이 아닐 수 없었다.

"이제 어디로 가시겠습니까?"

모두들 든든히 배를 채웠을 무렵 북리곤이 정색한 채 북천조 조광을 바라보았다.

"원래는 네놈을 만나러 이화단철장으로 가려 했다만 이제 그곳으로 갈 이유가 없어졌구나."

"예? 절 만나려 했단 말씀이십니까?"

"그건 그렇고, 날 구출하겠다고 나섰으면 내가 머물 만한 곳도 준비해 두었을 게 아니냐."

"제성에서 어르신이 머물 곳을 준비해 두긴 했습니다만……."

"거긴 싫다. 여러 가지로 번거로운 일이 많을 것 같아 제성은 사양하겠다."

"어르신께서 편히 쉬실 만한 곳이 한 곳 있기는 합니다."

"말해보거라."

"월단퇴입니다. 지형적으로 공격하기 힘든 장소이니 안전하기도 하지만 무엇보다도 말동무할 만한 분들이 많이 계십니다."

"정말이냐? 이 늙은이와 말동무를 할 사람이 많다는 말이?"

북천조 조광은 단지 말동무가 될 사람이 많다는 말에 귀가 솔깃해진 표정이었다.

오히려 놀란 것은 귀검 유무명을 비롯한 월단퇴 사람들이었다.

사도십방의 총방주이자 당대 최강의 고수로 손꼽히는 사대금천 중의 한 명인 북천조 조광이다. 그런 엄청난 거물을 월단퇴로 끌어들이는 일인 것이다.

'혹시 장로들의 서열이 다시 정해지는 게 아닐까……?'

귀검 유무명을 비롯한 월단퇴의 제자들이 경악을 금치 못하고 있는 순간 북리곤은 내심 북천조 조광이 월단퇴의 이백여 명에 달하는 장로들과 피 터지는 서열 싸움을 벌이게 되는 게 아닐까 하는 엉뚱한 생각에 잠겨 있었다.

북리곤으로서는 생각만 해도 웃음이 터져 나올 것 같은 상황이 아닐 수 없었다.

산을 빠져나오는 동안 북리곤은 문득 한 가지 사실을 알게 되었다.

철마린 혁소람은 도여군과 나란히 걷고 있었는데 그녀에게 여간 신경 쓰는 게 아니었다.

미인장을 이용해 주위의 사물을 파악할 수 있다고는 해도 발아래의 작은 물체까지 모두 파악할 수는 없다. 혁소람은 도여군이 미처 파악하지 못한 그 작은 돌멩이나 나뭇가지들을 일일이 치우고 있었다.

격공섭물의 방식으로 발아래의 작은 물체를 옮기는 것은 혁소람 정도의 고수에게는 간단한 일이었다. 하지만 한 걸음 한 걸음마다 혁소람처럼 세심하게 신경 쓴다는 것은 결코 쉬운 일이 아니었다.

'저 사람… 여군 누이에게 무척이나 신경 써주고 있구나.'

혁소람은 도여군은 물론 다른 일행들이 눈치 채지 못하게 은밀히 행동했지만 같은 일이 반복되자 북리곤의 눈을 피할 수 없었다.

산을 벗어나자 도여군은 일행들과 헤어지지 않을 수 없었다. 북리곤 일행은 북천조 조광을 월단퇴로 호송하기 위해 남하해야 하지만 그녀는 방향이 달랐다.

"바쁜 일이 끝나는 대로 들르겠습니다. 약왕 할아버님에게 안부 전해주세요."

"그래. 할아버님도 널 많이 보고 싶어하셔."

도여군은 무척이나 아쉬워하는 태도였다. 그건 북리곤은 물론이고 그동안 함께 지냈던 예혜상 일행 역시 마찬가지였다.

한데 도여군과의 아쉬운 이별의 순간이 끝나는 순간 혁소람이 불쑥 입을 열었다.

"저도 이젠 가봐야 하겠습니다."

"검은 어쩌고?"

북천조 조광이 빙글거렸다.

"아버님의 명령으로 단서를 얻고자 왔다가 지난 며칠 사이 죽어라 고생만 했습니다. 뭐… 다른 기회가 있겠지요."

혁소람이 장탄식을 내뿜었다.

부친에게 잔소리를 들을 생각을 하니 머리가 다 아픈 듯했다. 하지만 도여군에게 눈을 돌리는 순간 그의 표정은 어느새 거짓말처럼 밝아져 있었다.

"도 누이, 사천으로 간다고 하셨지요? 제가 백약선축까지 모셔다 드리고 싶은데 제발 거절하지 마십시오."

"저 때문에 공연히 번거롭게 되는 게 아닌지……."

도여군이 중얼거리듯 나직이 입을 열었다. 딱히 싫은 표정은 아니었다.

"아닙니다. 절대 번거롭지 않습니다."

혁소람의 표정이 더욱 환해졌다.

"검보다는 미녀를 택했군."

잠시 후, 일행과 헤어져 멀어져 가는 혁소람과 도여군의 뒷모습을 보며 북천조 조광이 미소했다.

멀어져 가는 도여군과 혁소람의 뒷모습을 바라보는 북리곤의 눈빛이 잔잔히 흔들렸다.

무엇인가 소중한 것을 잃은 듯한 상실감이라고나 할까?

북리곤은 어쩐지 허전한 마음이 들어 오랫동안 혁소람과 도여군의 뒷모습을 바라보았다.

도여군과 헤어진 일행은 운남으로 방향을 잡고 남하하기 시작해 삼일 뒤, 얼마 전에 예혜상 일행이 들렀던 부주에 이를 수 있었다. 예혜상 일행으로선 왔던 곳으로 제자리걸음을 한 셈이었다.

원래는 이십여 명에 달하는 적지 않은 인원이다. 그 많은 인원이 한꺼번에 움직이면 남의 주목을 끌게 마련. 하지만 부주에 도착할 무렵 일행들 중에서 월영십살의 모습은 보이지 않았다. 한 시진 정도의 거리를 둔 채 앞서 나가며 주위를 정찰하기 위해서였다.

"전에 이곳에 왔을 때 밥도 한 그릇 안 사 먹고 떠났는데 그래서 결국 다시 오게 됐나 봐요."

주위를 두리번거리던 편종호가 해맑게 웃으며 일행을 둘러보았다.

어린아이다운 엉뚱한 해석에 일행 모두 미소를 머금으며 주루를 찾았다. 그렇지 않아도 며칠 동안 산속에서 격전을 치르느라 제대로 된 음식을 먹지 못했기 때문에 주루를 찾는 것이 가장 시급한 일이기도 했다.

"그래? 그렇다면 이번에는 반드시 맛있는 것도 많이 사 먹고 객점에서 쉬면서 몸도 씻고 그러자꾸나."

북천조 조광은 다소 활력을 찾은 모습이었다. 제자에게 배신당했다는 충격으로 모든 것에 의욕을 잃었던 그가 그나마 활력을 찾은 것은 사실 편종호 때문이었다.

'그래. 아무리 아름다운 꽃이라 하더라도 반드시 지게 되어 있지만 봄이 돌아오면 그 가지에 새로운 꽃이 피어나는 법이지. 나는 내가 늙은 것만 허무하게 생각했지, 이 세상이 변함없이 돌아가는 그 간단한

이치를 생각하지 못했구나.'

아이들은 어른을 보고 배운다지만 어른 또한 아이들에게서 인생을 배운다는 말이 있다. 북천조 조광은 편종호를 지켜보면서 자신을 되돌아볼 수 있었다.

편종호를 대하는 북천조 조광의 태도는 더할 나위 없이 인자했다. 편종호가 하는 말투나 행동 모두가 그저 귀엽기만 하다는 친조부 같은 태도였다.

"어머! 사부님!"

주루를 발견하기 무섭게 안으로 몰려 들어가던 일행들 중 예혜상이 별안간 환성을 터뜨렸다.

주루 일층의 구석진 자리에 앉아 있는 사람은 바로 월영이었다. 월영의 옆에는 광사군과 함께 초췌한 신색의 장년인 한 명이 앉아 있었다.

"사부님!"

"쯧쯧! 계집애가 호들갑은……."

예혜상이 월영을 발견하고 쪼르르 달려가자 월영이 혀를 찼다. 이미 북리곤 일행이 올 것을 알고 있었다는 듯 태연한 태도였다.

"기다리고 계셨습니까?"

북리곤이 월영을 향해 예를 갖춘 후 옆에 앉아 있는 장년인에게 눈을 돌렸다.

함께 앉아 식사를 하고 있으니 누가 보아도 일행임이 분명하다. 하지만 중년인의 태도는 어딘가 어색했다. 주눅이 들어 눈치를 살피고 있는 느낌이랄까?

불안해하는 표정을 감추지 못하고 있는 중년인, 놀랍게도 월영과 함께 앉아 있는 장년인은 바로 만도림의 문주, 혈견사수 병혁소였다.

"만도림의 문주예요. 이미 공격 명령을 철회했지만 우리가 떠난 뒤 마음이 바뀔지 몰라 아예 끌고 왔어요."

월영이 소개 아닌 소개를 하자 북리곤은 머리가 아프다는 듯 고개를 저었다.

혈견사수 병혁소는 자신의 처지가 새삼 한심하게 느껴진 듯 길게 한숨을 내쉬었다.

북천조 조광의 눈이 반짝 빛을 발했다. 재미있는 장난감을 발견한 악동의 눈빛, 바로 그것이었다.

"호오……! 기어코 날 죽이겠다고 덤벼들다가 내 앞에 끌려왔으니 심사가 복잡하겠구나. 그렇지 않느냐, 소아야?"

"소, 소아야?"

병혁소의 얼굴이 확 일그러졌다.

사실 나이로만 따진다면 북천조 조광의 손자뻘이라고 할 수도 있다. 하지만 그는 이미 사십이 넘은 나이이고 더구나 일파의 수장인데 어린 아이 부르듯 호칭하니 어찌 황당하지 않겠는가.

혈견사수 병혁소는 자신의 처지를 새삼 떠올리고 다시 길게 탄식을 내뿜었다.

북천조 조광의 얼굴이 엄숙해졌다.

"소아야!"

"예, 총방주님!"

북천조 조광이 슬쩍 월영과 광사군을 바라본 후 질문을 던졌다.

"저 사람들 덕분에 만도림이 살아남았다는 걸 아직도 모르겠느냐?"

"무슨?"

“쯧쯧! 바보 같은 놈!”

“하아……!”

일견사수 병혁소는 아무리 붙잡혀 온 처치라 해도 북천조 조광이 많은 사람들 앞에서 노골적으로 멸시를 하자 심화가 들끓어올라 견디기 어려웠다.

북천조 조광이 차분히 말을 이었다.

“네가 날 죽였으면 넌 천하방의 척살 대상 제일호가 된다. 그리고… 내 제자인 백무상은 천하방 내부에서 아직 굴복시키지 못한 수하들을 융화시키는 방법의 일환으로 만도림과 싸움을 시작할 것이다.”

“음……!”

그제야 혈견사수 병혁소는 북천조 조광이 자신을 망신주기 위해 말을 꺼낸 게 아님을 깨달을 수 있었다.

“일단 싸움이 시작되면 백무상은 만도림을 철저하게 짓밟을 것. 풀뿌리 하나 남기지 않을 것이다. 내가 그렇게 가르쳤으니까.”

“으음…….”

혈견사수 병혁소는 인정하기 싫어도 어쩔 수 없이 인정해야 함을 깨닫고 천천히 고개를 끄덕였다.

북천조 조광의 전신에서 해일 같은 위엄이 뻗어 나왔다.

“넌 네 스스로 날 죽이기 위해 나선 줄 알고 있었겠지만 사실 백무상이 안배해 놓은 대로 움직인 허수아비에 불과했다. 게다가 그 일은 곧 너 자신의 개인적 야망 때문에 수많은 수하들을 죽음으로 내모는 일이었음이다. 일문의 수장이라는 것은 무엇보다도 수하들을 먼저 생각해야 할 위치. 내가 직접 네 잘못을 징치할 것이니 감내하겠느냐?”

혈견수사 병혁소의 전신이 진동했다. 그는 이제야 자신의 그릇된

야망이 엄청난 결과를 불러올 수 있었다는 걸 뼈저리게 깨달은 것이
다.

혈견사수 병혁소의 입에서 대답이 나오기까지는 많은 시간이 필요
하지 않았다.

"달게 받겠습니다, 총방주님!"

"좋아. 우선 나도 요기부터 해야 하니 너도 든든히 배를 채워두어
라."

잠시 후, 주문한 음식이 나오자 일행들은 너나 할 것 없이 모두 게걸
스럽게 음식에 달라붙었다.

하지만 그것은 표면적인 것일 뿐, 과연 북천조 조광이 어떤 식의 징
계를 내릴지 궁금해 음식이 입으로 들어가는지 코로 들어가는지 모를
정도였다.

모두들 식사를 끝내자 북천조 조광이 몸을 일으켰다.

혈견사수 병혁소는 자진해서 그를 따라갔다.

"벌을 내리신다고 했는데 과연 어떤 벌일까?"

북천조 조광과 병혁소가 객방으로 이어진 후문을 통해 멀어지는 모
습을 보며 예혜상이 눈을 반짝였다.

장이가 아무것도 아니라는 듯 심드렁하니 대꾸했다.

"상대가 일문의 문주인데다 나이도 지긋한 사람이니 점잖게 훈계나
하고 말겠지 뭐."

"아니에요. 아무래도 분위기가 그런 식으로 끝날 것 같지 않아요."

예혜상이 고개를 저은 후 문득 편종호를 바라보았다.

"어르신께서 너라면 꺼뻑 넘어가시니 너는 들켜도 괜찮을 거야."

"뭐가 말인가요?"

“가서 어떻게 혼을 내는지 몰래 보고 와.”

“예에? 하, 하지만…….”

편종호가 일행들의 눈치를 살폈다.

모자서와 장이는 깜짝 놀라 손을 내저었고 월영과 귀검 유무명은 관심이 없는 듯한 태도였다. 하지만 말려야 할 북리곤은 오히려 왜 빨리 가지 않느냐는 눈으로 편종호를 빤히 바라보고 있었다.

북리곤마저 예혜상의 말에 동조하는 태도를 보이자 편종호는 어쩔 수 없이 일어섰다.

북리곤은 후문을 향해 뛰어가는 편종호를 바라보며 미소를 머금다가 예혜상을 돌아보았다.

“상 매, 왜 내가 준 검을 사용하지 않지?”

“그냥… 아까워서 함부로 쓸 수가 없었어요.”

“아끼느라 사용하지 않는다고? 하지만 그건 그 검을 아끼는 게 아니라 오히려 썩히는 게 아닐까?”

북리곤은 예혜상의 허리에 착용되어 있는 요대검을 바라보며 어이없어하는 표정을 머금었다.

북리곤이 문득 정색했다.

“사용하지 않는 검은 죽은 검이야. 이 세상에 존재하는 모든 사물들이 각기 쓰임새가 있고 그 쓰임새에 맞춰 사용될 때 비로소 생명을 얻는 법, 그 검도 자꾸 써먹어야 존재 가치가 있는 거야.”

“아… 난, 미처 그 생각은 못했어요.”

예혜상이 얼굴을 붉히는 순간 편종호가 황급히 뛰어왔다. 뭔가 재미있는 광경을 목격한 어린아이의 표정 그대로였다.

“모두들… 객방 앞마당으로 가보세요. 어서요.”

“하지만 어르신께서…….”

“아니에요. 다른 사람들도 모두 모여서 구경하고 있는걸요.”

예혜상이 불안한 듯 머뭇거리자 편종호가 손을 내저었다.

어리둥절해하던 예혜상이 가장 먼저 자리에서 일어나 객방으로 통하는 문으로 걸어가며 편종호에게 질문을 던졌다.

“도대체 어떤 식으로 훈계를 내리시기에 사람들이 모여들어 구경을 한다는 거니?”

“가서 보면 알아요.”

편종호가 앞장서서 걸어가며 서두르라는 듯 재촉했다.

예혜상의 뒤를 따라 객점의 앞마당에 도착한 북리곤은 많은 사람들이 한자리에 둥그렇게 모여 있는 것을 볼 수 있었다. 모두들 객방에 묵고 있는 손님들이 분명했다.

퍽! 퍼퍽!

와직!

사람들의 벽으로 둘러싸여 있는 안쪽에서 쉬지 않고 격타음이 들려왔다.

“맙소사!”

사람들 사이를 비집고 앞으로 파고들던 예혜상의 눈이 커졌다.

객방의 앞마당 한곳에서 북천조 조광은 혈견사수 병혁소를 두들겨 패고 있었는데 그야말로 마구잡이식 구타였다.

한 사람은 손과 발을 마구 휘두르며 얼굴이고 뭐고 가리지 않고 사정없이 두들겨 패고, 또 한 사람은 몸을 내맡긴 듯 고스란히 얻어맞고만 있다. 싸움도 아니었고 무림 고수들의 비무는 더더욱 아니었다. 그야말로 헌집 벽 털 듯, 한여름날 개 잡듯 그렇게 마구잡이로 패고 있었던 것이다.

"공력을 끌어올리지 마라. 네가 그런다면 나도 공력을 사용할 터. 내가 네놈보다는 공력이 더 깊지 않겠느냐?"

한순간, 온몸으로 묵묵히 훈계(?)하던 북천조 조광의 눈빛이 차갑게 가라앉았다.

"아, 알았습니다."

혈견사수 병혁소가 엉망이 된 얼굴로 황급히 대꾸하며 끌어올렸던 공력을 다시 풀어버렸다.

지켜보던 예혜상의 얼굴이 기이하게 일그러졌다. 웃어야 될지 울어야 될지 모르겠다는 황당해하는 표정이었다. 그녀의 뒤에 서 있던 북리곤과 모자서, 그리고 장이의 표정 역시 마찬가지였다.

다음날, 북리곤은 아침 일찍부터 일행들을 재촉해 길을 서둘렀다.

"신산의 말에 의하면 그들이 어르신을 공격한 데에는 두 가지 목적이 있을 것이라더군요."

"신산 제갈희상? 호오… 그 아이도 내 제자인 백무상의 배후에 누군가 있을 거라고 짐작하고 있군. 한데 그들이 백무상으로 하여금 날 공격하게 만든 이유가 한 가지가 아니고 두 가지나 된단 말이냐?"

관도를 나란히 걸으며 북리곤이 문득 입을 열자 북천조 조광이 궁금하다는 듯 질문을 던졌다.

북리곤의 말투는 무척이나 한가로웠다. 게다가 긴장한 빛이라고는 눈곱만치도 찾아볼 수 없었다. 하지만 북천조 조광은 지금부터 북리곤이 하는 말이 매우 중요한 이야기라는 것쯤은 이미 짐작하고 있었다.

"예. 제성에서 구조대를 보내 어르신을 구해냄으로써 백무상이 천하 방을 완전히 장악할 수 있는 명분을 주기 위한 것이 그 첫 번째 목적이 고……."

"그건 이 늙은이도 이미 짐작하고 있었다. 한데 신산은 과연 그들의 또 다른 목적을 짐작하고 있더냐?"

북천조 조광의 눈빛이 잔잔히 가라앉았다.

북리곤은 슬쩍 좌우를 둘러본 뒤 목소리를 낮췄다.

"어르신께서 적하검을 지니고 있다고 믿고 있더군요. 신산은 그들의 진정한 목적이 어르신을 공격해 적하검에 대한 단서를 알아내려고 했던 게 아닌가 생각하고 있었습니다."

"그러니까 날 사냥몰이하다 보면 어떤 식으로든 적하검에 대한 단서를 알아낼 수 있을 것이라는 계산이었단 말이지? 허어… 내 딴에는 조심에 조심을 더했건만 내가 적하검을 지니고 있다는 걸 이미 무림 전체가 알고 있는 셈이 되었구나."

혁소람이 북천조 조광을 찾아온 이유가 바로 적하검 때문이었다. 게다가 이미 신산 제갈희상도 적하검에 대해 알고 있었다. 그 점에 생각이 미친 북천조 조광은 내심 나직이 한숨을 내쉬지 않을 수 없었 다.

"한데 적하검이 도대체 어떤 검이기에 어르신을 곤경으로 몰아넣고 있는 것입니까?"

북리곤의 질문에 북천조 조광이 고개를 저었다.

"그 이야기는 차차 하기로 하자꾸나."

"예."

"그건 그렇고… 신산은 또 무어라 했느냐?"

"지금까지는 제성에서 어르신을 구해내도록 하기 위해 느슨하게 공
격했다지만 앞으로는 다를 것이라고 했습니다. 또 지금까지 사도십방
의 다른 세력들을 이용했다면 이제부터는 백무상이 직접 나설 것이라
더군요."

"흠… 이제부터는 적이 전력을 다할 것이라는 뜻이냐?"

"그러니까 바둑에서 말하는 정해진 수순이라고 할까요. 백무상도 그
렇게 할 수밖에 없을 거라더군요."

"한데 그렇게 말하는 놈치곤 너무 느긋한 거 아니냐?"

북천조 조광이 짐짓 놀란 표정으로 새삼 일행들을 둘러보았다.

귀검 유무명과 명승엄이 십여 걸음 앞에서 휘적휘적 걷고 있고 북리
곤과 북천조 조광의 뒤로는 예혜상과 모자서 등 나머지 일행이 한가롭
게 뒤따라온다. 맨 뒤에는 월영과 광사군이 티격태격 쉬지 않고 다투
며 쫓아오고 있었다. 누가 보아도 한가롭게만 여겨지는 모습들이었다.

북리곤이 아무렇지 않다는 표정이 되어 입을 열었다.

"그들도 이미 우리의 전력을 잘 알고 있을 것입니다. 게다가 그들이
죽이려는 상대가 이 시대 최강의 고수인 사대금천 중 한 명. 고수 몇
명으로 어찌할 수 있는 어르신이 아닙니다."

"그래서?"

북천조 조광은 북리곤과 대화를 나누는 것이 재미있다는 듯 활기를
띠었다.

"아마도 절정 급의 고수들로 구성된 대규모의 정예 군단이 출동될
터… 때문에 그들의 움직임을 사전에 감지할 수 있습니다."

"제성에서 천하방의 움직임을 지켜보다가 정보를 주기로 했느냐?"

"물론 제성에서도 정보를 주기로 했지만 월단퇴의 정보망도 그 정도

는 파악할 수 있습니다.”

“그래?”

“게다가 그들은 아직 우리가 어디로 가는지 모르기 때문에 움직이지 못합니다. 우리의 목적지가 파악된 다음에야 그 길목 어딘가에 죽음의 그물을 펼쳐 놓고 일전을 벌이려 들 터. 그러니까 그때까지는 긴장할 필요가 없는 겁니다.”

한가롭고 평화스러운 여행이었다.

일행들은 배가 고프면 주루를 찾아 식사를 했고 어두워지면 객점을 잡아 편히 쉬었다. 그야말로 느긋하기만 한 여행이었다.

한데 단 한 사람, 혈견사수 병혁소에게만은 달랐다.

틈만 나면 두들겨 맞는다. 때로는 자다가도 불려 나가 두들겨 맞고, 어떨 때는 식사를 다 끝내지도 못했는데 주먹이 날아온다.

북천조 조광은 그야말로 한가한 기분이 든다 싶으면 혈견사수 병혁소를 무참하게 두들겨 팼다. 장소를 따지지 않는 것은 고사하고 다른 사람들의 시선도 의식하지 않는 무자비한 폭행이었다.

여행 도중 내내 끈질기게 구타가 이어지자 정작 질린 건 맞는 사람보다 지켜보는 일행들이었다.

북천조 조광은 혈견사수 병혁소를 때릴 때만큼은 진지하기 이를 데 없었다. 실로 엄숙하기까지 했다. 북리곤 일행들 중 어느 누구도 감히 말리지 못한 것은 바로 이 때문이었다.

혈견사수 병혁소가 북천조 조광으로부터 맞지 않게 된 것은 부추를 출발한 지 나흘째 되는 날부터였다.

눈빛이 바뀌었다.

혈견사수 병혁소는 맞아도 더 이상 비명을 지르지 않았으며 불평하

지도 않았다. 그렇다고 마음까지 굴복한 것은 아닌 듯했다. 그의 눈빛
은 오히려 활기에 차 있었다.
　그날부터 북천조 조광도 더 이상 때리지 않았을 뿐만 아니라 삼 일
뒤에는 혈견사수 병혁소를 만도문으로 돌려보냈다.

第二章

광개토, 기억을 되찾다

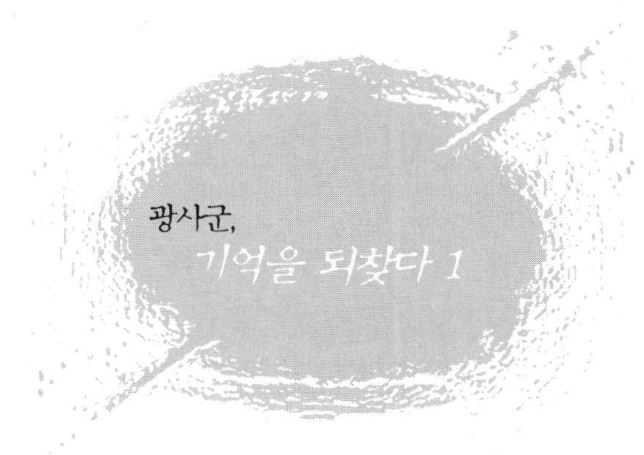

"저기 대공자가 오는군."

"쯧쯧… 저 꼬락서니 좀 보게. 아예 호위들에게 둘러싸여 다니는구 면."

"이거야 원… 한두 번 보는 것도 아니면서 매번 볼 때마다 구역질이 날 지경이니 정말 한심하군, 한심해."

"그러게 말일세. 여긴 다른 곳도 아니고 바로 천하방 총단이란 말이 네. 쉽게 말해 안방에 들어앉아 있으면서도 항상 열두 명이나 되는 호 위들에게 둘러싸여야만 문밖을 나서니 과연 사내자식이 맞나 모르겠구 면."

"그뿐인가! 열두 명의 호위 이외에도 십 장 주위에 친위대 일백 명이 모습을 감춘 채 따라다니고 있지 않은가."

"홍! 저런 겁쟁이가 어떻게 감히 총방주님을 몰아낼 생각을 했을까?"

“대공자는 단지 꼭두각시에 불과하네, 원로들의 손에서 놀아나
는.”

“이크! 이쪽으로 오는군.”

짧게 다듬은 검은 수염과 소녀의 그것처럼 하얗고 깨끗한 피부.

다소 왜소한 느낌을 주고 있는 중년 사내의 눈은 웃고 있었다. 이상
한 친밀감을 주는 동시에 내면을 짐작하기 어렵게 만드는 눈웃음이었
다.

적풍(赤風) 백무상.

북천조 조광의 대제자로서 천하방은 물론이고 사도십방의 후대 총
방주로 내정되어 있던 인물.

세인들이 백무상을 평하길, 있는 듯 없는 듯 조용한 성품이며 야망
을 크지 않은 인물이라 했다.

때문에 백무상이 사부인 북천조 조광을 배신한 것은 사도십방을 이
루고 있는 나머지 아홉 명 방주의 음모에 의한 것이지, 결코 그의 의지
가 아니라고 알려져 있었다.

뇌옥의 입구를 지키고 있는 위사들이 자신에 대해 수군거리고 있었
다는 것을 모른다는 듯 백무상은 여전히 웃는 눈으로 가만히 고개를
끄덕였다.

일체 입을 열지 않았지만 두 위사는 그가 뇌옥의 문을 열라고 명령
하고 있다는 것을 알 수 있었다.

뇌옥의 문이 열리자 백무상은 또다시 고개를 끄덕인 후 안으로 들어
섰다.

병풍처럼 그를 둘러싸고 있던 열두 명의 호위는 더 이상 그를 호위

하지 않았다. 백무상이 고개를 끄덕임으로써 더 이상 따라오지 말라고 명령했던 것이다.

뇌옥의 복도는 좁고 길었다. 게다가 일정한 거리마다 방향을 바꿔야 했는데 그때마다 세 갈래의 길이 나타나 미로처럼 얽혀져 있었다.

내부의 지리를 정확히 알지 못하면 들어갈 수도, 나올 수도 없는 구조.

대략 밥 한 끼 지을 시간이 흐른 뒤, 백무상이 도착한 곳은 체구가 장대한 노인이 갇혀 있는 석실 앞이었다.

"이숙! 소질이 왔습니다."

빛 한 점 없는 짙은 어둠, 그 어둠의 장막에 가려 석실 안은 물론이고 자신의 손조차 보이지 않을 정도이다.

하지만 백무상이나 장대한 체구의 노인에게는 그 어둠이 아무런 문제가 되지 않는 듯했다.

오랜 세월 동안 뇌옥에 갇혀 있던 때문인지 머리는 산발이 되었고 수염 또한 제멋대로 엉켜 있다. 하지만 등을 꼿꼿이 세운 채 벽을 등지고 앉아 있는 노인의 기태는 실로 범상치 않았다.

백무상의 잔잔한 음성이 복도의 공기를 흔드는 순간 노인의 눈이 번쩍 뜨여졌다.

짙은 어둠을 뚫고 새파란 뇌전인 양 백무상의 얼굴에 꽂혔던 안광은 나타났던 것처럼 이내 사라져 버렸다.

노인이 일체의 대꾸도 없이 다시 눈을 감아버리자 백무상의 눈이 크게 웃는 듯 더욱 가늘어졌다.

"오해를 하신 모양이군요. 제가 이숙을 회유하려고 온 게 아닌가 하고 말입니다."

노인의 감겨 있던 눈이 다시 뜨여졌다. 그 눈에는 이채가 담겨 있었다.

철컹!

이때, 백무상의 손은 복도와 석실을 경계 짓고 있던 굵은 쇠창살 문을 열고 있었다. 쇠창살 문의 잠금 장치는 이미 부서져 있었다.

문의 잠금 장치를 부순다는 것은 두 번 다시 가두지 않겠다는 의미일 터. 노인의 눈에 이채가 떠오른 까닭은 바로 그 때문이었다.

석실 안으로 들어선 백무상은 이내 노인에게 다가가 손을 뻗었다.

'공력마저 회복시켜 준다는 건가……?'

백무상의 손에서 뻗어 나온 공력은 노인의 몸을 휘돌며 폐쇄되었던 단전을 회복시킨 후 빠져나갔다.

노인은 아무 말 없이 공력을 끌어 모아 일주천했다.

노인이 공력을 회복하는 데 소요된 시간은 무려 반 시진여. 그 시간 동안 백무상은 노인 앞에 조용히 서 있었는데 조금도 지루해하는 태도가 아니었다.

"대공자, 이제 말해보시게."

운기를 끝낸 노인이 조용히 몸을 일으켰다. 마치 거대한 산이 몸을 일으키는 듯한 기세가 그의 전신에서 일렁였다.

백무상은 지니고 왔던 한 자루 도를 내밀며 입을 열었다.

"제가 이숙의 공력을 회복시키고 애병을 돌려 드리는 이유는 이숙과 비무를 하고 싶기 때문입니다."

노인의 자신의 도를 돌려받으며 언뜻 감회의 빛을 머금었다.

"내가 이기면 날 놓아주겠다는 뜻인가?"

"이숙께서 뇌옥을 벗어날 수 있는 방법은 단 하나, 절 죽여야 합니다.”

“비무가 아니라 목숨을 건 싸움을 하자는 것이군. 굳이 이러는 이유
는?”

노인이 눈빛이 들끓어오르기 시작했다. 동시에 그의 전신에서 무서
운 살기가 회오리쳤다.

백무상의 눈이 다시 웃었다.

“제 한계를 높여가는 것뿐입니다.”

“한계를 높여간다……?”

“가장 빠른 시일 안에 무공의 성취를 높이려면 자신의 한계를 늘려
가는 것이 최고의 방법이라고 생각했습니다. 감당할 수 있는 아슬아슬
한 한계치, 그 한계를 한 단계씩 넘어설 때마다 무공도 한 단계씩 높아
지지 않겠습니까?”

불현듯 한 가지 생각이 떠오른 듯 노인의 눈빛이 크게 흔들렸다.

“대공자가 이곳에 들어선 게 오늘로써 일곱 번째이네. 발걸음 소리
로 알고 있었지. 한데 그렇다면 앞의 여섯이 모두 대공자의 손에 당했
다는 것인가?”

“제가 요구하는 싸움은 둘 중 하나가 죽어야 끝나는 싸움입니다. 당
연히 그들은 모두 죽었습니다.”

“믿을 수 없네, 믿을 수 없어. 대공자의 무공은 모두 우리 장로들에
게서 나왔네.”

노인이 세차게 고개를 저었다. 정말이지 믿을 수 없다는 눈빛이었
다.

“청색은 남색에서 나왔지만 더욱 진한 빛을 지니고 있지요.”

노인이 망연히 백무상을 바라보았다.

그는 눈앞의 백무상이 정말로 자신이 죽을 수도 있는 실전 비무를 원하고 있음을 깨달을 수 있었다.

"자신이 죽을지도 모르는 방법을 써서까지 무공을 끌어올리려 하다니… 대공자는 정말이지……."

"아닙니다. 저는 지지 않습니다. 지지 않으니 죽을 이유도 없겠지요."

"다시 말하지만 대공자의 무공은 모두 우리 장로들이 가르쳤네. 다른 장로들은 차라리 자신이 죽을지언정 대공자를 해치지 못한 모양이지만 난 다르네. 난 대공자가 사부를 배신했을 때부터 이미 대공자를 적으로 생각하고 있네."

"그들은 날 죽이지 않은 게 아니라 죽이지 못한 것뿐입니다."

"난 대공자의 사부, 즉 총방주님을 제외하고는 동수를 이룬 적은 있어도 패한 적이 없었네. 난 과연 대공자가 총방주님을 능가한다고는 믿지 않네. 때문에 대공자는 내 손에 죽을 것이네."

휘르르르르…….

노인의 전신에서 일어난 기세로 인해 석실 안의 공기가 격류를 일으키기 시작했다.

백무상은 당장이라도 출수할 듯한 노인의 거친 기세를 마주하며 담담히 입을 열었다.

"동수를 이뤘다는 것은 서로 양보했기 때문입니다. 누군가 죽어야 끝나는 싸움에 동수는 존재할 수 없습니다."

"허어……!"

"그리고 또 하나, 소질은 분명히 사부에 미치지 못합니다. 때문에 사부가 오시면 난 도망칠 것입니다. 아직 상대가 못 되기 때문입니다. 하지만 사부는 절대로 날 찾아오지 않을 것입니다. 왜냐하면 사부는 내 배후에 누군가가 있다고 생각하실 뿐, 내가 당신을 배신했다고 생각하지 않기 때문입니다.”

“과연 대공자의 배후에는 누가 있는가?”

“나의 배후에는… 감춰진 신분의 또 다른 내가 있을 뿐입니다.”

“그게 누구인가?”

“잃어버린 왕국의 황자… 그게 바로 접니다.”

백무상이 한 자 한 자 끊어서 대답하자 노인의 눈이 커졌다.

“설마 대원의 황족이었다는……?”

쉬이익!

백무상은 대답 대신 공격을 개시했다. 그 공세는 일체의 조짐도 없이 뻗어와 이미 대비하고 있던 노인으로서도 당황을 금할 수 없을 정도였다.

노인이 알고 있는 백무상은 그 자질이 뛰어나지도 않았고, 또 무공에 대한 열망도 강하지 않았다. 하지만 이어지는 공세를 대하자 그에 대한 지금까지의 생각을 모조리 바꿔야 함을 깨달았다.

노인이 공세를 풀어내기 위해 어쩔 수 없이 한걸음 물러나며 늘어뜨렸던 도로 허공을 베었다.

우우웅……!

마치 이로써 죽음의 비무가 시작됨을 알리려는 듯 순식간에 석실 안에 도광이 가득 찼다.

석실의 넓이는 방원 일 장여.

그 좁은 석실 안에서 천천히 움직이던 두 사람의 신형은 점차 빨라져 종내에는 검광과 도광, 그리고 그림자만이 번뜩이기 시작했다.

얼마의 시간이 흘렀을까?

일백여 초가 넘어서면서부터 노인의 이마에 땀이 맺히기 시작했다.

그가 알고 있던 백무상의 또 다른 일면을 보는 게 아니라 전혀 다른 또 한 명의 백무상을 대하는 느낌이다.

백무상의 무공 수위는 확실히 그가 예전에 알고 있던 것과는 달랐다. 일취월장이라는 말이 부족할 정도로 급증되어 있었다.

하지만 노인이 정작 놀란 것은 다른 이유 때문이었다.

백무상의 무공 수위는 확실히 예전에 알고 있던 것과는 달랐지만 노인을 뛰어넘는 정도는 아니었다.

때문에 백무상은 전력을 다하고 있었다. 그야말로 죽지 않기 위해 모든 능력을 극한까지 끌어올려 싸우고 있었던 것이다.

'이 싸움은… 나의 패배다.'

노인은 직감했다. 백무상은 무념무상으로 자신의 한계 끝까지 모든 것을 쏟아내고 있지만 자신은 살아서 뇌옥을 빠져나가겠다는 생각에 마음을 빼앗겨 오히려 전심으로 집중하지 못하고 있다.

분명히 백무상보다는 자신이 더 강했다.

그 차이는 전력을 다한다는 전제하에 삼백 초에서 반 초를 앞서는 정도. 실로 미미한 차이라 할 수도 있겠지만 고수들끼리의 싸움에서는 그 미미한 차이가 생사를 가르는 것이다.

문제는 백무상은 자신의 한계 끝까지 무공을 펼쳐 낸다는 것에 반해 자신은 그렇게 하지 못한다는 점이었다.

'설마, 모든 변수까지 치밀하게 계산했다는 건가?'

초를 거듭할수록 노인의 경악은 극에 달했다.

무림에 뛰어든 이상 자신의 삼 푼을 감추라고 하지 않았던가. 이는 곧 무림인이라면 누구나 비장의 한 수 정도는 감추고 있다는 의미이기도 했다. 때문에 상대의 무공 수위를 정확하게 평가한다는 것은 어찌보면 불가능에 가까운 일이라 할 수 있다.

게다가 싸움이라는 것은 주위 환경이나 바람의 방향, 빛의 각도 등의 작은 변수가 승부에 영향을 미치는 경우가 있어 비슷한 실력이라면 누구라도 승리를 확신할 수는 없는 법.

하지만 노인이 생각하기에 백무상은 서로의 무공을 정확하게 파악했을 뿐만 아니라 만에 하나 발생할 수 있는 무수한 변수들조차 치밀하게 계산한 게 분명했다.

과연 백무상은 목숨을 위기에 처할 때마다 아슬아슬하게 한 단계 한 계를 뛰어넘어 위기를 벗어나곤 했다.

그리고…….

싸움이 오백여 초에 이르자 백무상은 오히려 노인보다 강해져 있었다.

굳이 비교한다면 수백여 초에 반 초 정도의 차이.

미미하지만 충분히 살아남을 자와 죽는 자를 결정지을 수 있는 차이이기도 했다.

*　　　*　　　*

화첩(畵帖).

얇은 화선지로 겹겹이 이루어진 화첩의 두께가 무려 한 자에 달한다. 적지 않은 분량의 그림이 담겨져 있는 화첩이었다.

광사군은 자신의 손에 언제부터 이 화첩이 들려 있었는지 알지 못했다.

반드시 보아야만 할 것 같은 마음과 보면 안 될 것 같은 마음의 갈등이 바로 그때부터 시작되었다.

이 화첩은 위험했다.

본능이 그렇게 말한다. 화첩 안의 그림들을 들여다보는 순간 그를 지배하고 있는 운명의 수레바퀴가 다시 돌기 시작한다는 것을.

하지만 광사군의 갈등은 길지 않았다.

사락!

그의 손이 거침없이 화첩의 첫 장을 펼쳤다.

대략 십오 세 정도 되어 보이는 소년의 모습이 그곳에 있었다. 소년은 한 소녀를 향해 환하게 웃고 있었다. 너무도 싱그러운 웃음이었다.

하지만 소년의 얼굴은 화첩의 다음 장에 이르자 잔뜩 일그러져 절망적인 표정으로 바뀌어 있었다.

광사군은 화첩의 그림들이 자신의 예전 모습임을 알고 있었다. 그는 천천히 화첩의 그림들을 들여다보기 시작했다.

화첩을 넘기는 그 자신의 손이 빨라진 것은 바로 그 순간이었다.

파파파팟!

손은 자신의 의지와는 달리 너무도 빨리 화첩을 넘기고 있었다. 차분히 들여다보려 해도 정신이 집중되지 않는 가운데 화첩은 그야말로 번개 같은 속도로 넘겨진다.

화첩을 이루고 있는 화선지들은 적지 않은 분량이었는데 들여다볼수록 줄어들기는커녕 오히려 더 많아지는 듯했다. 그 많은 화선지들이 너무도 빨리 눈앞을 스쳐 지나가 광사군은 이내 현기증을 느끼지 않을 수 없었다.

그러다 문득 화선지를 넘기던 손의 움직임이 멈춰졌다.

어느 곳을 그린 풍경인지는 알 수 없다.

높은 산의 정상에 위치해 있는 거대한 호수가 마치 눈앞에 펼쳐져 있는 듯 생생하게 그려져 있었다.

호수로 내려가는 길은 좁고 험한 소로였는데 그 길 위를 한 청년이 걷고 있었다.

피풍을 두르고 모자를 깊숙이 눌러쓴 모습이지만 광사군은 그 청년 역시 자신임을 알고 있었다.

호수로 이어지는 소로를 내려가던 그림 속의 광사군이 문득 고개를 들어 모자를 젖힌 후 허공을 우러른다.

얼음처럼 아름다우면서 고독해 보이는 모습. 그림 속 광사군의 눈빛은 너무도 슬퍼 보였다.

파라라락……!

멈춰졌던 손이 다시 너무도 빠르게 화첩들을 넘기기 시작했다. 종내에는 화선지에 그려진 그림들을 전혀 알아볼 수 없을 정도였다.

광사군의 의식은 다시 아득한 어둠속으로 빠져들었다.

…광사군은 자신이 꿈을 꾸고 있다는 것을 알고 있었고 깨고 나면 이 꿈을 기억하지 못한다는 것도 알고 있었다. 또한 이 꿈이 그저 의미 없는 잡다한 꿈이 아니라는 사실도 잘 알고 있었다.

2

열흘 뒤, 북리곤 일행은 귀주성의 경계를 넘어 곡정(曲靖)으로 이어지는 관도에 접어들었다.

"지금쯤 그들도 우리의 목적지를 알고 있겠군."

"그들이라면……?"

"날 죽이겠다고 덤벼드는 놈들 말이다."

한가롭고 단조로운 여행이 열흘 이상 이어지자 일행들 모두 따분해하고 있는 상태였다. 그렇다고 여유롭게 가을의 풍광을 감상할 만한 상황은 아닌지라 오히려 싸움이 빨리 벌어졌으면 하는 기분들인 듯했다.

바람은 소슬하고 내리쪼이는 양광은 따사롭다.

느긋한 기분이 되어 걸음을 옮기고 있는 북리곤에게 다가온 북천조 조광은 적에 대해 이야기를 꺼냈지만 따분해서 말문을 열었을 뿐 특별히 신경 쓰는 눈치는 아니었다.

"뭐, 그리 어려운 일은 아니겠지요."

북리곤 역시 건성으로 대꾸한 후 문득 고개를 돌려 북천조 조광을 바라보았다.

"그건 그렇고, 적하검은 어떤 검입니까?"

북천조 조광이 고개를 끄덕였다.

"적하검은 천지도와 한 쌍으로 천지도를 찾으려면 반드시 적하검이 있어야 한다."

"천지도라면 무림병기보 서열 첫 번째의 병기 아닙니까?"

무림병기보에 대해 북리곤이 어찌 모르겠는가.

장인으로서의 호기심이라고 할까. 전설로 알려진 무림병기보에 기록되어 있는 병기들을 능가하는 신병이기를 만들어내는 것이 바로 장인 북리곤의 목표인 것이다.

"정말로 적하검을 갖고 계십니까? 전설이 아니었습니까?"

북리곤은 장인으로서의 순수한 열망이 담긴 눈빛이 되어 다시 질문을 던졌다.

북천조 조광은 북리곤의 질문을 무시한 채 담담히 입을 열었다.

"소문에 의하면, 천지도에 원(元)의 황실에서 남긴 엄청난 보물이 감춰진 곳에 대한 단서가 숨겨져 있다고 했다."

"보물……?"

북리곤이 다소 실망한 표정이 되어 반문을 던졌다.

북천조 조광이 고개를 저었다.

"한 나라를 다시 일으켜 세울 만한 막대한 재물과 원이 대륙을 지배할 때 수집해 놓은 수많은 무공 기서들… 그 정도면 모두들 눈에 불을 켜고 덤벼들 만하지 않겠느냐?"

"그랬군요. 만약 그게 사실이라면……."

북리곤이 문득 얼굴을 굳힌 채 말을 잇지 않고 얼버무렸다.

북천조 조광은 북리곤은 무슨 말을 하려고 했는지 이미 짐작하고 있었다는 듯 짐짓 장난기 가득한 눈빛으로 입을 열었다.

"왜, 별안간 겁이 나느냐?"

북천조 조광은 웃고 있었지만 북리곤은 웃지 않았다.

"그렇습니다. 이 사실이 소문나기라도 하면 그야말로 전 무림이 어르신을 쫓아올 테고, 결국 어르신의 일에 뛰어든 저로서는 천하를 상대해야 할지도 모릅니다."

"뭐, 어중이떠중이들은 감히 덤벼들지 못할 것이고 제성 또한 명문 정파로서의 체면 때문에 지켜만 볼 것이니 따지고 보면 전 무림은 아니지."

북천조 조광은 끝까지 태연했지만 북리곤으로서는 그렇지 못했다.

'만도림만 해도 적하검에 대한 것을 알고 있지 못했다. 만도림은 단지 사도십방의 패권을 노리고 어르신을 공격한 것뿐이었다. 그렇다면 아직은 소문이 퍼지지 않았다는 결론인데…….'

생각을 거듭하자 머리가 지끈거렸다. 하지만 북리곤은 아직 맞닥뜨리지도 않은 미래의 일로 머리를 싸맬 성격이 아니었다.

'뭐, 어디선가 소문을 주워들은 무인들이 덤벼들 수도 있겠지. 그건 그때그때 부딪치면 그만이고…….'

북리곤이 다시 밝은 표정이 되어 북천조 조광에게 눈을 돌렸다.

"그건 그렇고… 어디 있습니까?"

"왜, 네놈도 이제 적하검에 욕심이 나느냐?"

"전 단지 장인으로서 명검을 한번 보고 싶어하는 것일 뿐, 보물에는 관심이 없습니다."

"다른 사람에게 맡겼다."

"그 귀중한 걸 다른 사람에게 맡겼단 말입니까?"

"내 생각에… 원 황실에서 감춘 보물에 대한 단서가 단지 천지도에만 숨겨져 있는 게 아니라 적하검에도 숨겨져 있을 것 같아 일단 적하검에 감춰진 비밀이라도 먼저 알아내고 싶었다."

"아……!"

"해서 천하에서 가장 뛰어난 장인 가문에 적하검을 맡겨 비밀을 풀어달라고 한 것이다."

북리곤의 눈이 커졌다.

천하에서 가장 뛰어난 장인 가문이라면 곧 이화단철장이 아니겠는가.

"설마, 제 아버님이 적하검을 지니고 있다는 말씀이십니까?"

북리곤의 다급해하는 표정을 보며 북천조 조광이 고개를 저었다. 이렇게 되자 북리곤으로서는 어리둥절하지 않을 수 없었다.

북천조 조광이 정색했다.

"넌 설마 이화단철장이 진정으로 천하제일의 장인 가문이라고 생각하고 있었단 말이냐?"

"설마 천리목전(千里木廛)……?"

"그렇다! 이화단철장은 네 부친이 가업을 일으켰으니 이제 겨우 오십 년의 역사밖에 지니지 못했다. 하지만 천리목전의 역사는 장장 일천 년이나 된다. 물론 역사가 길다고 장예 또한 깊다고 할 순 없지만 적어도 네 아버님조차 인정하고 있는 장인 가문이 바로 천리목전인 것이다."

천리목전은 역대 황실에만 병기를 납품해 온 장인 가문으로서 일반인들에게는 전혀 알려져 있지 않은 은자(隱者)의 가문이었다.

북리곤은 부친을 통해 천리목전에 대해 들어본 적이 있지만 그곳에서 만든 명품을 한 번도 대해본 적이 없어 이렇다 할 관심이 없었다.

북천조 조광이 문득 엄숙한 표정을 머금었다.

"노부가 널 만나기 위해 이화단철장으로 가려는 중이었다고 이야기한 적 있느냐?"

"예. 한데 그게 적하검 때문이었단 말입니까?"

"그렇다. 천리목전에서는 적하검에 감춰진 비밀을 풀지 못했다. 해서 너에게 적하검을 맡겨 그 비밀을 풀어보라 하고 싶었던 것이다."

"아……!"

북리곤의 눈에 희열의 빛이 번뜩였다. 적하검을 대할 수 있다는 기대감 때문이었다. 사실 그는 적하검에 감춰진 비밀보다는 적하검 자체에 흥미가 있었다.

"시간 나는 대로 천리목전을 찾아가 내가 맡긴 적하검을 달라고 해라. 전에 내가 주었던 천하번을 보여주면 적하검을 내줄 것이다."

"예."

적하검의 가치를 알게 된 북리곤으로서는 아무렇지도 않게 입을 열고 있는 북천조 조광의 태도에 내심 격동을 금할 수 없었다.

반면에 이렇게 되어 무림의 혈풍에 뛰어들게 된 것에 또한 마음이 무거워지지 않을 수 없었는데…….

다음날, 아침 일찍 출발한 북리곤 일행을 기다리고 있는 사람이 있었다. 바로 한발 앞서 가며 정찰을 맡고 있는 월영십살 중 한 명인 당약산이었다.

당약산이 인적이 드문 한가한 관도에서 기다리고 있는 모습을 대하자 북리곤의 표정이 굳어졌다. 그녀가 모습을 드러냈다는 것은 곧 상황이 변했음을 의미했다.

아니나 다를까.

보고하는 당약산의 눈에는 긴장의 빛이 가득해 있었다.

"제성에서 연락이 왔습니다. 삼 일 전, 천하방에서 삼백 명에 달하는 인원이 빠져나왔다고 합니다."

"삼백이라……? 어떤 인물들이냐?"

질문을 던진 것은 북천조 조광이었다. 뭔가 짐작하고 있는 듯했다.

"신산이 보내준 정보에 의하면, 삼백은 바로 혈천수라대(血天修羅隊)인데 진짜 문제는 그 혈천수라대를 이끌고 있는 고수들이라더군요."

“설마 오사각(五師閣)의 늙은이들이 나온 건 아니겠지?”

북천조 조광이 대답을 재촉했다.

당약산이 조용히 고개를 끄덕였다.

“맞아요. 오사각의 다섯 명이 모조리 나섰다고 했습니다.”

“끄웅……! 그 늙어 죽지도 못하는 귀신들마저 나섰다면 고생깨나 하겠군.”

북천조 조광이 별안간 진저리를 쳤다. 그 표정이 익살스럽기는 했지만 장난만은 아닌 듯했다.

“오사각이 어떤 조직인데 어르신마저 혀를 내젓는 겁니까?”

북리곤이 흥미를 느낀 듯 북천조 조광을 바라보았다.

“오사각에는 다섯 늙은이가 있는데 그들을 한마디로 평가하면… 그들이 있었기에 내가 사도십방을 일통시키며 사도무림을 장악할 수 있었다는 것이다.”

“그들의 무공이 그 정도란 말입니까?”

북리곤의 눈이 커졌다.

북천조 조광이 고개를 저었다.

“그들의 무서운 점은 무공이 아니라 그 머리에 있다. 천하방이 사도십방의 다른 방파들을 하나씩 굴복시켜 나가는 그 십년전쟁 동안 모든 전술 전략은 그들에게서 나왔다. 난 그저 그들이 시키는 대로 싸움만 했을 뿐이다.”

적의 실체가 명확해지자 지금 당장 싸움이 시작되는 것도 아니면서 북리곤은 자신도 모르게 점검하듯 일행을 둘러보았다.

선두에 북리곤과 북천조 조광이 한가롭게 걷고 있고 명도와 명승엄이 몰고 있는 두 대의 마차에 나머지 사람들이 타고 있다.

몸을 감춘 채 한발 앞서 정찰하고 있는 월영십살을 포함해 총 인원 스물한 명.

예혜상과 모자서, 장이를 제외하고는 모두들 일류 급 고수들이라 해도 몰려오고 있는 적에 비하면 턱없이 부족한 전력이었다.

북리곤은 전신의 모든 근육들이 갑자기 긴장으로 물결치는 느낌을 받았다.

기분 좋은 긴장감이었다.

*   *   *

갑자기 거친 칼로 후벼 파는 듯한 통증이 왼쪽 손등으로 치달렸다.

광사군은 깜짝 놀라 자신의 손등을 내려다보았다.

상처는 없었다. 아니, 상흔이 하나 남아 있긴 하다. 하지만 언제 생겼다가 아문 것인지 모를 정도로 희미했다.

자세히 들여다보지 않으면 발견하기도 힘든 오래전의 검흔 하나, 그 오래전의 상처가 새삼 통증을 유발한 것일까? 아니면 오래전의 상처가 갑자기 통증을 기억해 낸 것이었을까?

기억……? 그러고 보니 뭔가 기억이 났던 것 같다.

간밤의 종잡을 수 없는 꿈. 기억이 되돌아오고 있는 것일까……?

광사군은 마차의 창을 통해 밖을 내다보았다. 천천히 스쳐 가고 있는 주위의 풍광은 아름답기 그지없었지만 그의 눈은 밖의 경치가 아니라 간밤에 꾸었던 꿈속의 화첩을 들여다보고 있었다.

언제부터인가 광사군은 조각에 매달려 있었다.

다른 사람, 심지어 월영과도 어울리지 않은 채 언제나 소도를 들고 목각(木刻)에 빠져 있었다.

광사군은 칼을 들어 나무를 깎고 있긴 했지만 딱히 어떤 형상을 완성시키지는 않았다. 어떤 형상의 윤곽이 잡히는가 싶으면 이내 그것을 무너뜨리고 다른 형상을 조각해 나가는 식이었다.

광사군은 먹고 잘 때를 빼놓고는 언제나 나무를 다듬고, 월영은 묵묵히 그 모습을 지켜본다. 마차 안의 장의자에 나란히 앉아 일체 말을 나누지 않았지만 두 사람은 그렇게 늘 함께 있었다.

자신만의 세계에 빠져 있을 때는 억지로 말을 걸지 않는다. 이것이 월영이 광사군에게 베풀 수 있는 최선의 배려였다.

지금도 그랬다.

광사군이 조각을 멈추고 망연히 창밖을 내다보기 시작한 지 한 시진에 이르고 있었지만 월영은 그저 지켜만 볼 뿐이었다.

북리곤이 마차 안으로 들어선 것은 바로 이때였다. 그의 손에는 목각을 하기 위한 나무와 소도가 들려 있었다.

잠시 후, 북리곤은 준비해 온 나무를 소도로 깎기 시작해 점차 무아지경에 빠져들었다.

제성과 월단퇴의 정보망이 총동원되어 있으니 불시에 기습받을 염려는 없었다. 어디에서 적이 기다리고 있을 것인지도 머지않아 알게 될 터.

적의 존재를 알게 되었지만 북리곤 일행의 여행은 지금까지와 별다른 변화가 없었다. 이제 곧 대적을 맞이하게 될 사람들로 보기 어려울 정도로 평화스럽고 한가로운 여행이 이어지고 있었던 것이다.

“목각을 해보고서야 알았어.”

“무엇을 알았다는 건가요?”

“나무가 몸 안에 서로 다른 결을 가지고 있다는 것.”

“호오……!”

“촘촘히 햇빛을 모아 짜 넣은 시간들이 엇갈리며 오랜 시간 동안 비틀려야만 비로소 곱고 단단한 무늬가 만들어진다는 것.”

북리곤이 조각을 하기 시작한 지 어느새 닷새가 넘어서고 있었다.

눈높이를 맞추고 싶었다고 할까. 그는 광사군이 조각에 빠져 있는 이유를 알기 위해 무작정 따라 해보기 시작했다. 그리고 과연 이 작전이 효과가 있었던지 그동안 월영과도 말을 나누지 않던 광사군이 입을 연 것이다.

“나무는 그 서로 다른 시간의 결을 자신의 몸이 부서지는 순간에만 보여주고 있어. 마치 무공의 깨달음을 얻어가는 이치와 같이…….”

심오한 무리(武理)가 담겨 있는 듯한 광사군의 말에 북리곤은 일시지간 혼란에 빠지지 않을 수 없었다.

광사군의 말투는 아직도 십이삼 세가량 된 어린아이처럼 어눌했다. 월영과 북리곤 이외에는 다른 사람과는 말을 나누지 않는 것도 마찬가지였다.

‘혹시 기억이 되돌아온 게 아닐까? 과연 지금은 정신연령이 어느 정도일까?’

머뭇거리던 북리곤이 결국 용기를 내어 질문을 던졌다.

“혹시… 기억이 돌아온 겁니까?”

“내가 꿈을 통해 본 게 기억이었다면 어느 정도는…….”

월영도 처음 알게 된 사실인 듯 크게 놀라 광사군을 바라보았다.

광사군이 말을 이었다.

"사실 그 문제 때문에 할 얘기가 있었어. 내 기억을 확인하기 위해 가봐야 할 곳이 있어."

"어디를 말입니까?"

북리곤과 월영이 서로의 눈을 찾았다.

광사군이 창밖으로 눈을 돌린 채 조용히 입을 열었다.

"어딘지 모르지만 찾을 수는 있을 것 같아. 내 기억을 완전히 되찾을 수 있는 그곳을."

"아……!"

월영이 낮게 비명을 질렀다. 축하해 주어야 할 일이었지만 그보다는 상실감이 더 컸던 것이다.

第三章

일인대전(一人大戰)

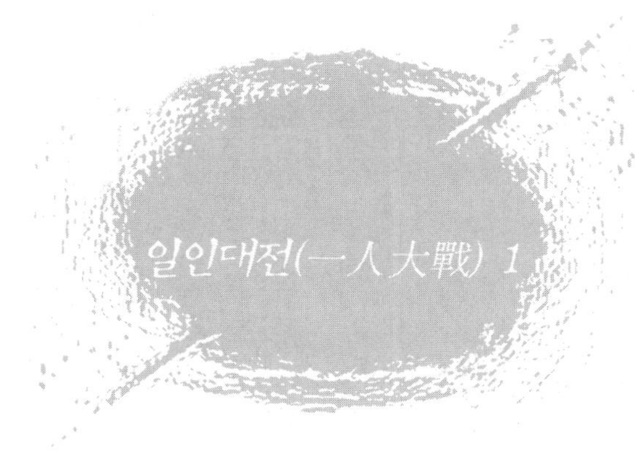

　광사군이 길을 떠나자 월영도 따라나섰다. 광사군의 기억이 아직 불완전해 혼자 보내는 게 못내 불안했기 때문이다.

　두 사람이 떠난 것은 북리곤 일행의 입장에서 보면 엄청난 전력 손실이었다. 그야말로 일인군단이라 해도 부족함이 없는 극강의 고수들이 바로 광사군과 월영이었던 것이다.

　"정보가 차단되고 있습니다."

　"정보가 차단되다니?"

　"삼 일 전부터 월단퇴는 물론이고, 제성에서도 모든 연락이 끊어졌습니다."

　"놈들이 우리 쪽으로 오는 모든 길을 막았다는 건가? 어떻게 그럴 수 있지?"

월단퇴까지는 아직 보름 정도의 여정이 남아 있는 거리이다.

당약산의 보고를 받은 북리곤은 내심 고개를 저었다.

돌이켜 보니 관도 맞은편 방향에서 오던 행인들이 끊어진 게 벌써 닷새 전의 일, 그리고 삼 일 전부터는 일행들 뒤쪽에서 간간이 말이나 마차를 타고 스쳐 가던 행인들조차 일체 만나지 못했다.

하루 이틀 정도는 사람 구경을 못해도 이상할 게 없는 황량한 지형인지라 아무도 신경 쓰지 않았는데 알고 보니 북리곤 일행과 연결되는 모든 길이 막혀 있었던 것이다.

이렇게 되면 적이 어디쯤 오고 있는지, 또 어디에서, 어떤 형태로 공격해 올지 전혀 알 수 없게 된다.

본격적으로 움직이기에 앞서 먼저 북리곤 일행의 귀와 눈을 막아버리는 적의 이런 움직임은 확실히 허를 찌르는 놀라운 것이 아닐 수 없었다.

그리고 다음날, 북리곤 일행은 또다시 예상치 못한 상황과 마주치게 되는데…….

“맙소사! 저게 뭔가요? 저 많은 사람들이 설마 우리를 공격하기 위해 온 건 아니겠지요?”

“대단하군. 어디서 저 많은 인원을 끌어 모은 것일까?”

일대 장관이라고 해야 할까?

막 산언덕을 넘어서던 일행은 오십여 장 앞쪽에 엄청난 수효의 무인들이 운집해 있는 광경을 대하고 놀라지 않을 수 없었다.

시야가 미치는 곳마다 모조리 사람들의 장벽이 세워져 있었다. 두 줄, 세 줄로 겹쳐진 채 일렬로 늘어서 있는 무인들의 수효는 언뜻 보기에도 족히 수천 명에 달했다.

"아니, 혈천수라대인가 뭔가가 삼백 명이라고 하지 않았느냐?"

귀검 유무명이 깜짝 놀라며 당약산을 향해 질문을 던졌다.

월영십살과 함께 정찰조로 앞서 가던 당약산이 기다리고 있다가 고개를 저었다.

"혈천수라대가 아니에요. 그야말로 어중이떠중이 삼류 급 무사들뿐이니까요."

"화아… 아무리 삼류들이라고 해도 저 정도의 숫자면 아예 파묻혀 죽겠구나."

편종호가 손을 눈 위에 댄 채 사방을 앞쪽을 쭉 둘러본 뒤 혀를 내둘렀다.

"사도십방 예하 세력들의 수하들이구나. 오사각의 다섯 늙은이가 가까운 곳에 있는 사파의 문도들을 모조리 동원시킨 거야."

북천조 조광이 눈살을 찌푸렸다.

"설마, 저 많은 사람들과 정말로 싸워야 한단 말인가요?"

예혜상이 질린 듯 눈을 동그랗게 뜨자 모자서가 고개를 저었다.

"뚫고 나가면서 막는 사람들만 상대하면 돼."

"그렇기는 하지만 아무리 그래도 이건 너무 엄청나요."

예혜상은 아예 엄두가 나지 않는다는 눈빛이었다.

엄두가 나지 않기는 북리곤 역시 마찬가지였다.

"설마, 이런 방법을 쓸 줄이야……."

일행이 지나온 뒤쪽도 어느새 무수한 인파로 막혀 있었다.

일행을 포위하고 있는 무인들과의 거리는 오십 장 정도, 고수들에게는 그야말로 한 호흡에 도달할 수 있는 거리였다.

"오사각의 다섯 늙은이가 미치지 않은 다음에야 저 많은 수하들을 죽음으로 내몰 리는 없고… 자, 이러고 넋 놓고 있을 게 아니라 일단은 부딪쳐 보자꾸나. 부딪쳐 봐야 무슨 속셈인지 알 게 아니냐."

북천조 조광이 앞장서서 발을 내딛었다.

북리곤은 북천조 조광의 뒤를 따르며 일행들을 지휘해 방어진을 형성했다. 만도림의 고수들을 돌파할 때 엄청난 위력을 발휘했던 바로 그 능형진(菱形陣)이었다.

전투 태세를 갖춘 채 삼십여 장을 전진했을까?

포위망의 전면이 북리곤 일행이 전진한 만큼 물러나기 시작했다. 대신 뒤쪽의 포위망이 그 거리만치 쫓아왔다.

"뭐야? 포위만 한 채 일정한 거리를 유지하겠다는 건가?"

"이 사람들… 싸울 의도는 없는 것 같은데요?"

팽팽하게 당겨진 활시위처럼 긴장하고 있던 일행들은 일순간 긴장을 풀며 맥이 빠진다는 듯 입을 열었다.

과연 그랬다.

이천 명이 넘는 엄청난 무인들로 이루어져 있는 포위망은 북리곤 일행과 일정한 거리를 유지하고 있었다.

실로 기묘한 동행이라고 할까?

정오가 조금 넘은 시각에 시작된 기이한 동행은 밤까지 이어졌다.

밤이 되자 북리곤 일행은 휴식을 취하기 위해 노숙할 준비를 하지 않을 수 없었다. 하지만 엄청난 수효의 적들에 둘러싸여 있는 상태에서 휴식을 취한다는 것은 결코 간단한 일이 아니었다.

아무리 하급 무인들이라고 해도 언제 공격해 올지 모르는 상황이다. 게다가 모닥불과 횃불이 북리곤 일행을 중심으로 환하게 밝혀져 있고 마치 저잣거리에 들어선 듯 왁자지껄 시끄럽기만 하다.

북리곤 일행이 비록 고수 아닌 사람이 없다고 해도 이런 상황에서 편하게 잠을 청할 수는 없었다.

"저놈들… 쫓아버릴까요? 그게 아니면 한바탕 분탕질이라도 해서 혼을 내놓을까요?"

장이가 더 이상 못 참겠다는 듯 귀검 유무명을 향해 조심스레 입을 열었다.

"그게 아니라 좀 조용히 해달라고 정중히 부탁하는 건 어떨까요? 잠 좀 자게 불도 좀 꺼달라고 하고."

예혜상이 짐짓 심각한 표정으로 고개를 갸웃거렸다.

일행들 모두 동시에 한숨을 내쉬었다.

파리 떼도 이런 파리 떼가 없었다.

죽이려 들면 그야말로 채 일 초도 감당하지 못할 하급 무인들이 대부분이다. 하지만 문제는 그 숫자가 너무 많다는 것이다. 쫓는다 해도 흩어졌다 다시 모여들 게 분명하니 그것도 해결 방법이 못 됐다.

"어차피 일찍 잠을 자긴 그른 것 같고……."

모닥불을 중심으로 둘러앉아 있던 일행들 속에서 귀검 유무명이 돌연 몸을 일으켰다.

멀리 떨어져 있는 포위망을 향해 휘적휘적 걸어간 그가 다시 돌아온 것은 그야말로 채 차 한 잔 마실 시간도 되기 전이었다. 포위망 한쪽에서 잠시 소란이 이는 것 같더니 어느새 장대한 체구의 대한 한 명을 붙잡아 돌아온 것이다.

붙잡혀 온 대한의 체구는 언뜻 보아도 귀검 유무명의 두 배는 됨직했다. 그런 덩치가 멱살을 잡힌 채 질질 끌려오는 모습은 어떻게 보면 우스꽝스럽기까지 했다.

"어중이떠중이들 중에서 제법 할 것 같은 놈 한 명 골라왔다."

귀검 유무명이 잡아온 대한을 당약산 발밑에 내팽개쳤다. 잡아온 것은 자신의 몫이지만 심문은 당약산이 알아서 하라는 뜻이었다.

붙잡혀 온 대한이 멀뚱멀뚱 북리곤 일행을 둘러보다가 별안간 사시나무 떨듯 몸을 떨기 시작했다.

모닥불 빛에 반사된 채 한없이 권태로운 표정으로 앉아 있는 북리곤 일행의 모습이 그의 눈에 마치 저승사자들처럼 느껴진 듯했다. 게다가 험악한 인상을 지닌 인물이 아니라 예쁘고 어려 보이는 당약산이 심문을 맡는다는 사실이 오히려 더욱 더 공포심을 불러일으킨 듯했다.

"쯧쯧… 뭘 알 만한 사람 같지 않은데요?"

"글쎄다. 나도 뭘 알 만한 놈을 찾으려고 했지만 벌 떼처럼 많은 저 놈들 모두가 그놈이 그놈 같아서 대충 아무나 잡아온 것이다."

"할 수 없지요. 이 사람은 과연 왜 우리를 포위하고 있는지 알아볼까요?"

당약산이 생글생글 웃으며 대한의 얼굴 바싹 자신의 얼굴을 들이댔다.

대한이 깜짝 놀라며 주저앉은 자세로 황급히 뒤로 물러났다.

"난 아무것도 모릅니다요. 정말이지 아는 게 없다고요. 그저 북소리가 울리면 공격해야 한다는 것밖에는 정말 아는 게 없습니다."

"북소리는 어느 때 들려오나요?"

"예? 모르겠는데요."

대한을 가만히 들여다보던 당약산이 일행을 향해 고개를 흔들었다.

혹시나 하고 일말의 기대심을 품고 있던 일행들은 다시 동시에 한숨을 내쉬었다.

다음날이 되어도 상황은 변한 게 없었다.

북리곤 일행과 함께 포위망이 함께 움직인다.

공격할 기미는 전혀 없었다. 포위하고 있는 적들에게서 싸움을 앞둔 사람들의 긴장감도 찾아볼 수 없었다. 심지어 대규모로 유람을 나선 사람들인 양 웃고 떠들기까지 했다.

"북소리라… 도대체 그 북소리라는 건 언제 울리는 걸까요?"

예혜상이 모자서를 향해 속삭이듯 낮은 음성으로 질문을 던졌다.

모자서가 얼굴을 굳혔다.

"궁금하면 지금 당장이라도 시험해 볼 수가 있어."

"시험? 어떻게요……?"

"우리는 저 사람들이 열어주는 길로 움직이고 있어. 지금까지는 방향이 같아 모르고 있을 뿐이야. 한데 만약 우리가 저들이 열어주는 곳이 아니라 엉뚱한 방향으로 가려고 하면 어떻게 될까?"

모자서의 음성은 가히 크지 않았다. 예혜상과 단둘이 이야기했기 때문이었다. 하지만 그의 말은 일행들 모두의 귀에 천둥처럼 크게 울렸다.

모두들 귀가 번쩍 뜨인다는 표정이 되어 걸음을 멈췄다.

"뭐? 우리를 한쪽으로 유도하고 있단 말인가?"

"아하……! 그런 거였어? 그러니까 우린 아무 생각 없이 함정으로 걸어 들어가는 꼴이었구먼."

상황은 명백해졌다. 북리곤 일행은 엄청난 규모의 포위망에 갇혀 어디론가 끌려가고 있었던 것이다.

비록 제대로 된 무인이랄 수도 없는 하급 무사들로 이루어진 포위망이긴 해도 그 숫자가 삼천 명 정도에 이르니 그것만으로도 보통 일이 아니다. 한데 그 뒤에 다시 무서운 함정이 기다리고 있다는 것을 알게 되자 일행들은 더 이상 느긋할 수가 없었다.

"그럼 한번 시험해 볼까?"

북천조 조광의 기도가 별안간 크게 바뀌었다. 지금까지는 옆집 시골 노인처럼 평범하면서 인자하게만 느껴지던 기도가 별안간 야수가 이빨을 드러내는 듯 폭풍 같은 기세를 뿜어냈다.

"무조건 부딪칠 게 아니라 뭔가 방법을 생각해 내야 하는 거 아닙니까? 오사각이라는 곳에서 나온 사람들에 대해 가장 잘 알고 있는 사람이 바로 어르신이니까요."

당장이라도 포위망을 향해 뛰어들 듯한 북천조 조광을 향해 북리곤이 입을 열었다.

북천조 조광이 고개를 저었다.

"난 지금부터 아무 생각도 하지 않을 것이다."

"무슨 말씀이신지?"

북리곤이 멍청한 표정이 질문을 던졌다.

느닷없이 아무 생각을 하지 않겠다는 북천조 조광의 말을 이해하기 어려웠다.

북천조 조광이 차분히 말을 이었다.

"내가 그들을 잘 알고 있듯이, 또한 나를 잘 알고 있는 게 바로 오사각의 다섯 늙은이들이다. 그들이야말로 내 행동 방식에 대해 가장 잘 알고 있지. 심지어 나도 모르고 있는 나의 작은 습관까지도 말이다."

"아……!"

"그렇기 때문에 난 생각하면 안 되는 것이다. 삼십 년 전 사파 통일이라는 대업을 완수해 나갈 때 저들이 있었기에 대업을 완성할 수 있었다. 저들은 이런 상황에서 내가 취할 수 있는 모든 대응법을 꿰뚫고 있을 것. 지금부터 생각은 다른 사람에게 맡기겠다.”

북천조 조광이 문득 모자서를 바라보았다.

“그래, 네가 맡아보거라.”

모자서가 흠칫 놀라 일행들을 둘러보았다.

북천조 조광은 아무렇지도 않게 말했지만 따지고 보면 잠시나마 지휘권을 맡기겠다는 의미였다.

문주인 북리곤은 물론이고 사부인 귀검 유무명까지 있는 자리에서 자신이 나선다는 게 주제넘은 짓 같아 모자서는 당황하지 않을 수 없었다.

귀검 유무명이 북리곤을 한번 바라본 뒤 모자서를 향해 고개를 끄덕였다.

“그래, 네가 저들의 의도를 가장 먼저 알아냈으니 어떻게 했으면 좋은지 말해보거라.”

모자서가 정색했다.

“일단 어르신의 말씀대로 과연 저들이 우리를 한 방향으로 유도하고 있는지 아닌지 시험해 봐야 할 것 같습니다.”

일행들은 모두 지금 나아가고 있는 방향을 새삼 확인해 보았다.

모자서의 말이 이어졌다.

“만약 저들이 결사적으로 막는다면 즉시 원래의 방향으로 되돌아와야 합니다.”

“꼭 그래야 할까? 돌파하는 김에 포위망을 뚫어버리는 건 어떻겠느냐?”

"너무 많은 사람이 다칩니다. 의미없는 도살에 불과하지요. 게다가 끝내 돌파하려고 한다고 해도 과연 포위망을 뚫을 수 있을지……."

귀검 유무명의 질문에 모자서가 음성이 가라앉았다.

예혜상은 적의 사정까지 봐줄 필요가 있느냐고 말하고 싶었지만 감히 입을 열지 못했다 생각해 보니 아무리 적이라고 해도 과연 무의미한 살상이었다.

"그럼 시작해 볼까요?"

북리곤이 좌측으로 고개를 돌리며 산책에 나서는 사람처럼 가벼운 음성으로 입을 열었다.

북천조 조광은 기세를 가라앉히며 혀를 찼다. 길을 막는 적을 모조리 베어 넘기려던 생각을 바꾸지 않을 수 없었기 때문이다.

둥……!

일행들이 열려 있는 길을 버리고 좌측으로 방향을 바꾸자 멀리서 짧게 북소리가 울려 퍼졌다.

동시에 적의 포위망에 변화가 생겼다. 북리곤 일행이 나아가는 만큼 물러서던 포위망이 오히려 길을 막듯 앞으로 다가왔다.

팟! 파파팟!

"크악!"

그야말로 태풍에 휘날리는 짚단 같은 형세였다.

북리곤 일행의 앞을 막아선 무인들은 단 일 초도 감당하지 못한 채 좌우로 튕겨 나갔다. 하지만 모자서의 말을 염두에 둔 일행들이 치명적인 실수를 펼치지 않아 죽은 사람은 많지 않았다.

차 한 잔 마실 시각도 되기 전에 북리곤 일행은 관도를 벗어나 숲 속으로 이백여 장을 전진할 수 있었다.

둥둥둥……!

또다시 북소리가 들리며 포위망 속에서 몇 개의 깃발이 펄럭였다. 거대한 포위망이 깃발의 신호에 따라 유기적으로 움직이기 시작했다.

북리곤 일행이 뚫고 나가는 앞쪽으로 포위망을 형성하고 있던 좌우의 무사들이 집결되었다.

쏘아진 화살처럼 일직선으로 뚫고 나가는 북리곤 일행 앞에 겹겹이 십여 개의 방어막이 겹쳐졌다.

"와아아……!"

"죽여!"

곳곳에서 피가 튀고 잘려진 팔다리가 허공을 비산했다.

싸움이 길어지자 양쪽 모두 광기에 휩싸이기 시작했다.

자신이 죽는 줄도 모르고 불속으로 뛰어드는 부나방 같다고나 할까?

상대가 되지 못하는 줄 뻔히 알면서도 사도십방 예하 세력의 수하들은 혈안이 된 채 기를 쓰고 북리곤 일행 앞으로 뛰어들었다.

북리곤 일행 역시 점차 피 냄새와 싸움의 광기에 젖어들어 언제부터인가 손에 사정을 두지 않게 되었다.

"그만—! 원래의 방향으로 돌아갑니다!"

그 치열한 피의 광란 속에서 북리곤의 입에서 사자후가 터져 나왔다.

북리곤 일행들은 자신도 모르게 피의 광기에 젖어들었다가 퍼뜩 정신을 차렸다.

둥!

북리곤 일행이 방향을 바꾸자 다시 북소리가 울려왔다. 동시에 지금까지 아수라처럼 기를 쓰고 덮쳐 오던 무사들이 거짓말처럼 공격을 멈췄다.

길이 열려 있는 방향은 원래 가려던 방향뿐, 포위망은 다시 오십여 장 거리를 둔 채 물러나 있는 상태였다.

북리곤 일행은 휴식을 취하면서 일행들 중 부상자가 없나 확인했다. 큰 부상을 당한 사람은 한 명도 없었다.

"지금 저들을 움직이고 있는 게 뭔지 아느냐?"

공터에 여기저기 둘러앉아 휴식을 취하고 있던 중 북천조 조광이 북리곤에게 다가와 엄숙한 신색으로 입을 열었다.

"글쎄요. 뻔히 죽을 줄 알면서도 막으려 들다니, 이해하기가 힘들군요."

"그래. 저들로 하여금 죽음조차 도외시하게 만드는 것… 그건 바로 공포야."

"공포?"

북리곤이 고개를 끄덕였다. 이해할 수 있을 것 같은 느낌이었다.

"너도 이제 일문의 수장이 되었고 앞으로 천하방마저 맡아야 할 신분이니 일러주겠다."

북천조 조광의 표정이 더욱 엄숙해졌다.

'천하방마저 맡을 신분이라니… 그렇다면 내게 천하번을 주었을 때 이미 날 천하방의 후계자로 결정하셨단 말인가?'

북리곤은 내심 깜짝 놀라 북천조 조광을 바라보았으나 그의 표정이 너무 엄숙해 무어라 입을 열지 못했다.

북천조 조광의 말이 이어졌다.

"수하들을 움직이는 건 무엇보다도 재물이라 할 수 있다. 돈이면 귀신도 부린다는 말도 있지 않느냐."

"예!"

"재물 다음으로 수하들을 부릴 수 있는 것은 바로 공포다. 거스를
수 없는 공포."

"그럼 세 번째도 있습니까?"

북리곤은 북천조 조광의 말에서 여운을 느끼고 반문을 던졌다.

북천조 조광이 고개를 끄덕였다.

"그건 바로 인의(仁義)다."

"인의라… 무슨 말씀이신지 잘 알겠습니다. 한데… 그걸 아는 사람
이 오늘날 왜 이 지경이 되신 겁니까?"

북리곤이 문득 짓궂은 표정이 되어 질문을 던졌다. 북천조 조광이
너무 엄숙해 짐짓 농을 던져 본 것이다.

북천조 조광은 여전히 표정을 풀지 않았다.

"난 지금까지 공포로 수하들을 지배해 왔다. 나이가 먹은 뒤 공포보
다 더 좋은 방법이 있다는 것을 깨닫고 그렇게 하려고 했지만 세상일
이라는 게 마음먹은 대로 되는 게 아니더구나. 내가 수하들의 뇌리에
심어놓은 강렬한 공포심도 시간이 흐르면서 희미해졌고."

북리곤은 더 이상 장난처럼 맞장구치지 못한 채 엄숙한 표정으로 질
문을 던졌다.

"인의로 사람을 부리라 하시면… 어떻게 하는 게 과연 인의입니까?"

"넌 이미 그렇게 하고 있다. 네가 월단퇴의 식구들을 다루는 방법이
바로 인의를 바탕으로 한 것이다. 함께 여행하면서 난 네 수하들을 보
고 그걸 알게 되었다."

"과찬이십니다."

"어찌 되었든 수하들을 지배하는 가장 좋은 방법은 내가 말한 세 가지를 섞는 것이다."

"재물과 공포, 그리고 인의를 섞는단 말입니까?"

"그렇다. 가장 친한 최측근, 그러니까 문파의 요직에 앉힐 사람들에게는 인의, 그 아래쪽 수하들에게는 공포, 그리고 그 아래 말단 수하들에게는 재물을 주는……."

"고언… 각골명심하겠습니다."

북리곤이 정중히 고개를 숙여 보인 후 새삼 주위를 둘러보았다.

적의 의도를 알아보기 위해 한바탕 격전을 치른 것 이외에는 변한 것이 없었다.

그대로 나아가는 것은 적이 준비해 놓은 함정 속으로 들어가는 셈이 되고 다른 길로 가는 것도 쉽지 않다.

엉뚱하게도 적의 희생이 너무 많다는 점도 걱정해야 하는 현실이었다.

"어떻게 해야 할까요?"

북리곤이 일행들을 둘러보며 질문을 던졌다.

모두들 모자서를 바라보았다.

모자서가 얼굴을 붉혔다.

"상대의 의도대로 끌려가는 것은 너무 위험하고, 그렇다고 다른 길을 뚫는 것도 이것저것 걸리는 게 많고… 저도 어떻게 해야 될지 모르겠습니다."

진퇴양난이라고 해야 할까.

실로 난감한 상황이었다.

"뚫는다! 사내란 때로 모질 줄도 알아야 하는 법이다."

북천조 조광의 전신에서 다시 폭풍우 같은 기세가 일어났다.

"얼마 전까지만 해도 난 저들이 원하는 건 나니까 나만 몸을 감추면 다른 사람들은 위험해지지 않는다고 생각했다. 한데 이젠 몸을 감출 수도 없게 되었다. 그렇다면 방법은 하나야."

북천조 조광의 기세가 더욱 강해졌다.

"상대가 얼마가 되었든 막는 자는 모조리 베어 넘긴다. 그들 스스로 자초한 일이니 손에 인정을 둘 필요 없다."

삼십 년 전, 사파를 일통시키기 위한 사파대전쟁을 일으켰을 때 북천조 조광은 반항하는 적은 그야말로 풀뿌리 하나 남기지 않고 철저하게 짓밟는 방법으로 다른 적들을 굴복시킨 바 있었다.

지금도 그의 행동 방식은 변하지 않았다.

도전해 오는 적은 철저하게 응징한다.

그것이 사파대종사, 사도십방의 총방주인 북천조 조광의 철칙이었다.

짙은 살기, 북천조 조광의 전신에서 돌연 피비린내가 자욱하게 번져 나오는 느낌을 받으며 일행들은 자신도 모르게 진저리를 쳤다.

이때, 돌연 서남 방향의 포위망 뒤쪽에서부터 소란이 일기 시작했다.

펑펑!

"막아라!"

포위망의 폭이 워낙 두꺼운 탓인지 병장기가 부딪치는 격돌음이 들려오고 있는 곳은 일행과 오백여 장 정도 떨어진 곳이었다.

격돌음은 조금씩 북리곤 일행 쪽으로 가까워져 왔다.

"원군이 온 것일까?"

일행들 모두 기대의 눈빛으로 연신 폭음과 비명 소리가 터져 나오는 방향으로 눈을 돌렸다.

"이럴 게 아니라 우리도 저쪽을 향해 뚫고 나가야 하는 거 아닌가요?"

예혜상이 당장이라도 뛰쳐나갈 듯 자세를 갖춘 채 입을 열었다.

북리곤이 손을 내저었다.

"우리가 모두 움직이면 전체 포위망이 한쪽으로 집결됩니다. 과연 원군이 온 것인지 아닌지 제가 확인해 보고 올 테니 기다려 주십시오."

슛!

북리곤의 신형이 소리도 없이 허공을 갈랐다.

번쩍 하는 순간 그의 신형은 이미 허공중에 감춰져 보이지 않았다. 월영잠형술이 최고도로 발휘된 것이다.

월영잠형술이 발휘된 이상 절정 급의 고수 외에는 북리곤의 행적을 발견할 수 있는 인물은 없었다.

북리곤의 신형은 안개처럼 소리없이 포위망 속을 헤쳐 나갔다.

'총사……?'

포위망을 뚫으며 북리곤 일행 쪽을 향해 다가오고 있는 인물들은 의외에도 총사 포숙도와 다섯 명의 월단퇴 제자들이었다.

원군이라고 하기에는 너무도 적은 인원이 아닐 수 없었다.

'뭐야? 원군이 아니라 영락없이 독 안에 든 어미 쥐를 찾아 새끼 쥐 몇 마리가 스스로 독 안으로 뛰어드는 형상이로군.'

북리곤은 총사 포숙도를 호위한 채 북리곤 일행이 있는 방향을 향해 길을 뚫고 있는 월단퇴 수하들을 보자 내심 어이가 없었다.

한데 적의 수뇌 급들도 북리곤과 같은 생각을 한 것일까?

갑자기 멀리서 북소리가 한 번 들려왔다.

순간, 총사 일행에 대한 공격이 멈춰지며 북리곤 일행이 있는 방향으로 길이 열렸다.

북리곤은 계속 월영잠형술을 펼친 채 총사 일행을 따라와 양측이 합류한 뒤에야 월영잠형술을 풀었다.

잠시 서로 인사를 나누고, 모르는 사람을 소개시키는 과정이 끝난 뒤 총사 포숙도가 입을 열었다.

"놈들이 유도하는 곳으로 끌려가서는 안 됩니다."

포숙도가 품속에서 지도를 꺼내 지면에 펼치며 설명을 시작하자 일행들 모두 그를 중심으로 빙 둘러앉았다.

"이대로 가면 반나절 뒤에는 협곡 지대로 들어서게 되는데 그곳에 강궁대(强弓隊)가 기다리고 있습니다."

"혹시 지옥혈시(地獄血矢)?"

북천조 조광이 신음을 내뱉듯 낮은 음성으로 질문을 던졌다.

"그렇습니다. 바로 총방주께서 직접 만든 조직이니 그 위력은 잘 알고 계시겠지요?"

"알다마다. 좁은 협곡에 갇혀 지옥혈시 세례를 받는다면 천하의 어느 누구라도 살아남을 수 없네."

"협곡의 끝에는 혈천수라대가 기다리고 있습니다. 물론 그 중간에 또 몇 가지 함정이 준비되어 있을 것입니다."

"간신히 지옥혈시를 뚫고 살아남아 성치 못한 우리를 혈천수라대가 짓밟겠다는 것이군."

북천조 조광조차 혀를 내두르는 것을 보고 일행들은 적의 준비가 어느 정도인지 짐작할 수 있을 듯했다.

북리곤이 총사 포숙도를 바라보았다.

"여기까지 직접 오신 걸 보니 탈출 계획이 세워져 있겠군요?"

총사 포숙도가 지도의 한 장소를 손으로 짚었다.

"잠시 휴식을 취한 뒤 이곳으로 갑니다. 그곳에 따로 안배해 놓은 게 있습니다."

2

작전이 개시된 것은 한 시진 뒤였다.

건량으로 요기를 때운 뒤 휴식을 취하고 다시 출발한 일행은 처음에는 열려 있는 길을 따라 전진했다.

이어 총사 포숙도가 일러준 지점에 이르자 능형진을 짠 뒤 무서운 기세로 동북방을 뚫어나가기 시작했다.

능형진의 선두 꼭짓점을 맡은 사람은 바로 북리곤이었다. 그는 양손에 묵룡갑을 착용하고 다시 오른손에 미완을 쥔 채 길을 열어나갔다.

가장 빠른 시간 안에 목적지에 도달하는 것만이 동원된 사파인들의 피해를 줄일 수 있는 최선의 방법이었다.

적의 피해를 최소화하기 위해 오히려 가장 잔인한 손속을 펼쳐야 했다.

슈파파파팟!

마치 거대한 창이 일직선으로 쏘아져 나가는 듯한 기세.

북리곤 일행의 능형진은 그 위력이 놀랍기 이를 데 없어 벌 떼처럼 덮쳐 오며 겹겹이 형성되는 포위망을 무서운 속도로 뚫어나갔다.

둥둥둥둥!

멀리서 들려오는 북소리가 다급해졌다. 북소리가 빨라질수록 사도 십방 예하 세력의 수하들은 집요하게 북리곤 일행의 앞을 막아섰다.

펑! 퍼퍼퍼펑!

싸운다기보다는 앞쪽으로 밀려오는 장애물들을 걷어낸다고 해야 옳을까?

북리곤은 벌 떼처럼 달려들며 앞을 막는 적들을 베어내고, 잡아 던지고, 주먹으로 쳐내며 한순간도 쉬지 않고 전진해 나갔다.

그는 진의 선두에서 빠른 속도로 포위망을 돌파하면서도 능형진이 흩어질 걱정은 하지 않았다. 모두들 절정 급의 고수들인데다 무공이 떨어지는 편종호나 예혜상 등은 다른 사람들의 도움을 받고 있기 때문이었다.

둥둥둥둥!

수없이 겹쳐지는 포위막이 연이어 돌파되자 북소리가 다급하게 울려 퍼졌다.

거대한 포위망이 북리곤 일행이 치달리고 있는 방향과 함께 달리며 앞을 막아서기 위해 움직였다.

한 겹의 포위망을 뚫는 순간 그 뒤쪽에 두 겹, 세 겹의 포위망이 만들어진다.

북리곤 일행의 돌파 속도도 빨랐지만 한 점을 향해 모여지는 형태로 집결되고 있는 포위망 또한 놀라우리만치 빨랐다.

만에 하나 목표 지점이 없거나 있더라도 그 거리가 멀었다면 도저히 뚫을 수 없는 포위망이었다.

한 걸음에 십여 명의 사상자가 짚단처럼 쌓인다.

북리곤 일행은 순식간에 이백여 장을 전진해 험준한 암산의 협로로

들어설 수 있었다.

산중턱을 깎아 만든 협로는 한쪽으로 천 길 낭떠러지가 입을 벌리고 있는데다 발을 디딜 수 있는 난간의 폭이 겨우 한 자에 불과했다.

일반인들이라면 엉금엉금 기다시피 걸음을 떼어야 할 험로이다. 하지만 북리곤 일행은 평지 밟듯이 거침없이 협로를 달려갔다.

앞을 막는 것은 산을 넘은 뒤에야 가능하고 뒤를 쫓아오자니 한 명만이 간신히 들어설 수 있는 험로이다.

거대한 포위망은 순식간에 무력해졌다. 북리곤 일행으로서는 더할 나위 없이 훌륭한 아군을 얻은 것이다.

"이렇게 해서 포위망을 빠져나온 건가요? 뭐야, 거창한 것 같더니 별거 아니잖아!"

예혜상이 뒤에서 쫓아오는 적들의 모습이 보이지 않자 신이 나서 소리쳤다.

모자서가 고개를 저었다.

"아직은 아니야. 동원된 숫자를 보건대, 아마 이 산 전체도 포위망 안에 있을 거야."

"예에……?"

예혜상이 풀이 죽어 고개를 저었다.

협로를 거슬러 올라간 지 얼마나 되었을까?

폭이 한 자에 불과하던 난간 형태의 길 한곳에 방원 일 장여 정도의 공터가 모습을 드러냈다. 절벽 중턱에 박혀 있던 커다란 암벽이 굴러 떨어지며 생긴 다소 넓은 공지였다.

그 공지에 한 사람이 기다리고 있었다.

평범한 흑의를 걸친 월단퇴의 제자였다.

"여기입니다."

흑의사내는 총사 포숙도를 향해 예를 갖춘 후 좌측의 낭떠러지를 향해 손짓했다.

일행들은 자신도 모르게 흑의사내가 손짓하는 곳을 내려다보며 의아해하는 빛을 머금었다.

"모두들 이 아래로 뛰어내리십시오."

"그냥 이 아래로 뛰어내리란 말인가요?"

총사 포숙도의 말에 편종호가 화들짝 놀라며 그와 낭떠러지를 번갈아 바라보았다.

귀를 기울이니 낭떠러지 아래에서 거친 물소리가 들려왔다.

"아래쪽에는 급류가 흐르고 있습니다. 물이 깊어 떨어지는 동안 옆의 바위에 부딪치지만 않으면 다칠 염려는 없습니다."

총사 포숙도가 편종호의 질문을 무시한 채 일행을 둘러보았다.

일행들 모두 어이가 없다는 듯 총사 포숙도를 바라보았다.

총사 포숙도가 특유의 무표정한 얼굴로 말을 이었다.

"이 아래는 용(龍)조차 갈가리 찢겨 나간다는 쇄룡협(碎龍峽)입니다. 아무리 수공(水功)에 조예가 깊고 내공이 높아도 떨어지면 살아날 수가 없는 곳입니다."

이어지는 총사 포숙도의 말에 일행들은 더욱 어리둥절해하지 않을 수 없었다.

협로의 중간 지점에서 기다리고 있던 흑의사내가 총사 포숙도의 설명을 보충해 주려는 듯 입을 열었다.

"한 가지 명심할 것은 절대로 내공을 끌어올리거나 물살에 저항해서는 안 된다는 겁니다. 그냥 전신에 힘을 빼고 물길에 몸을 맡기면 절대로 다치는 일이 없을 겁니다.”

“그러니까 물살을 벗어나려고 발버둥치게 되면 오히려 물살에 휩쓸려 좌우의 날카로운 바위에 부딪쳐 몸이 갈가리 찢긴다는 건가⋯⋯?”

귀검 유무명이 신기하다는 듯 낭떠러지 아래를 들여다보며 중얼거렸다.

총사 포숙도의 말이 이어졌다.

“물살의 흐름은 말로 달리는 것보다 빨라 물길에 몸을 맡기고 반 시진 정도 흘러가면 포위망을 완전히 벗어나게 됩니다. 그곳에 수하들이 대기하고 있으니 혹여 정신을 잃더라도 그들이 건져 낼 것입니다.”

‘뭐야? 여기 있는 고수들이 어떤 고수들인데 혹시 정신을 잃을 수도 있다니, 이거 말이 되는 거야⋯⋯?’

예혜상이 은근히 겁에 질린 표정이 되어 장이와 모자서를 바라보는 순간 흑의사내가 한마디 덧붙였다.

“자신없는 분은 아예 혼혈을 짚어달라고 부탁하십시오. 아니, 차라리 모두들 그렇게 하시는 게 오히려 편할 겁니다.”

“그러니까 그냥 뛰어내려 반 시진 정도 흘러가면 포위망을 벗어나게 된다는 건가?”

북천조 조광이 문득 확인하듯 총사 포숙도를 향해 입을 열었다.

“그곳에 쾌속선이 준비되어 있습니다.”

총사 포숙도가 정중히 대답했다.

북천조 조광이 고개를 끄덕였다. 무언가 결심을 굳힌 듯한 표정이었다.

아니나 다를까.

“난 가지 않겠다.”

북천조 조광이 엄숙한 표정으로 입을 떼었다.

북리곤이 내심 한숨을 내쉬었다. 사실 그는 북천조 조광이 총사 포숙도에게 질문을 던질 때 이미 그의 내심을 짐작하고 있던 중이었다.

지금까지는 혼자가 아니라 쫓겨다녔지만 이제는 달랐다.

북리곤 일행이 위험에서 벗어날 수 있다는 것을 안 이상 더 이상 쫓겨다니거나 도망치고 싶지 않았다.

평생을 한 자루 검에 의지한 채 혈로를 걸어오며 꿋꿋이 버텨온 자신을 찾아야 했다. 그것이 북천조 조광이었다.

북리곤은 북천조 조광의 내심을 이해할 수 있었다. 그는 지금 자신이 죽을 장소와 시기, 그리고 그 방식을 선택한 것이다.

북리곤이 진지한 표정이 되어 북천조 조광과 눈을 마주했다.

"어르신이 원하는 대로 해드리겠습니다. 하지만 쓸데없는 싸움은 피하고 혈천수라대하고만 부딪쳐야 합니다. 일단 포위망을 벗어난 뒤 이번에는 어르신께서 놈들을 찾아가는 겁니다."

"혈천수라대만 상대한다……?"

"그렇습니다. 늙은 사자가 기다리고 있는 늑대들과 싸워보기도 전에 개 떼들에게 쫓겨다니는 일이라도 있으면 오히려 추해 보이지 않을까요?"

"끄응… 고놈, 입에 기름을 바른 것처럼 말이 번지르르하구나."

북천조 조광은 혀를 찼지만 북리곤의 말에 마음이 움직였다.

지금 상태에서 북천조 조광이 되돌아가 싸우게 되면 세인들은 그가 탈출하지 못한 채 어쩔 수 없이 산화했다고 생각할 것이다.

물론 세인들의 시선을 의식할 북천조 조광이 아니지만 장렬하게 산화하는 것보다는 탈출한 뒤에 다시 돌아가 적을 응징하는 게 오히려 그다웠다.

북리곤은 그가 마음을 바꾼 것을 알고 내심 안도의 한숨을 내쉬었다.

잠시 후, 일행들은 한 명씩 낭떠러지 아래로 뛰어내렸다.

편종호는 물론이고 예혜상과 모자서, 장이는 혼혈을 짚여 정신을 잃은 채로 던져졌고 월단퇴의 제자들도 자신이 없다며 혼혈을 짚어달라고 요구했다.

북리곤은 멀쩡한 정신으로 뛰어내리기를 자청했다. 객기가 아니라 순수한 호기심의 발로였다.

꽈아아…….

일천 마리의 말이 잡아끄는 것 같은 엄청난 힘이 이리저리 파도친다. 물살은 예측할 수 없는 방향으로 굽이치고 회돌이치며 거칠게 쓸려 내려갔다.

아래로 잡아끄는가 하면 어느새 옆으로 밀어냈고, 그 힘을 느끼기도 전에 다시 위로 솟구쳐 오른다.

북리곤은 급류에 휘말려 떠내려가며 눈을 똑바로 뜨고 물의 흐름을 주시했다. 전신을 휘감고 있는 물결은 거칠기 이를 데 없어 그야말로 정신을 차리기 힘들 정도였다.

물살은 때때로 바위를 향해 밀려가 창처럼 날카로운 바위가 눈앞으로 번개같이 밀어닥치는 느낌이 들었다.

'당장이라도 바위에 부딪칠 것 같으면서도 이내 물길의 방향이 바뀐다. 미리 이야기를 듣지 못했다면 자신도 모르게 물에 저항했을 것이다.'

저항하지 않으면 부드럽게 포용하되 힘으로 맞서게 되면 두 배, 세 배 증폭된 힘이 되돌아온다. 저항하는 힘이 강할수록 되돌아오는 힘도 강해졌다.

무서운 속도로 하류를 향해 휩쓸려 가던 북리곤은 어느 한순간 슬그머니 공력을 끌어올렸다.

처음에는 이성 정도의 공력이다. 마치 그를 감싸고 있는 물이 그가 반항하는 것을 눈치 채지 못하도록 하려는 듯 조심스러운 움직임이었다.

북리곤은 거칠게 몸을 휘감는 물길 속에서 용등신보의 묘(妙)를 떠올렸다.

용등신보의 특징은 상대의 공격을 피하거나 마주치는 게 아니라 받아들이듯 수용하며 그 힘을 이용해 오히려 거슬러 올라간다는 점이었다.

전후좌우, 위와 아래.

그야말로 물의 힘은 그 방향을 종잡을 수 없었다. 그러면서 또한 전체적인 힘은 하류를 향해 도도히 흘러간다.

북리곤은 격류 속에서 차츰차츰 공력을 높여 나갔다. 그에 따라 물의 저항도 감당하기 어려울 만치 강해져 갔다.

물의 흐름에 몸을 맡긴다. 그러면서 또한 필요할 때는 그 힘을 거슬리기도 하고 또 잡아끌고, 쳐내고, 옆으로 미끄러뜨린다.

북리곤은 거친 물살에 떠내려가면서 용등신보를 새로 익혀 나갔다. 쇄룡협의 무시무시한 급류는 그야말로 용등신보를 완성시키기에 더할 나위 없이 좋은 조건이었다.

뿐이랴!

　　북리곤은 물의 힘을 이용해 묵룡비천무까지 연습하기 시작했다. 용등신보가 한 단계 증진되자 묵룡비천무 역시 그에 따라 한 단계 상승의 경지로 올라설 수 있었던 것이다.

　　'묵룡비천무를 십이성 완성하게 되면 이 엄청난 물길 속에서도 자유자재로 손과 발을 움직일 수 있을 터… 곧 쇄룡협의 물길을 이용해 묵룡비천무를 최고 경지까지 익힐 수도 있겠구나.'

　　북리곤은 내심 시간이 나는 대로 다시 이곳에 들러 묵룡비천무를 연습하기로 마음먹었다. 용등신보와 묵룡비천무를 완성시키는 데 더할 나위 없이 좋은 장소를 발견한 것이었다.

　　계곡이 넓어지며 쇄룡협의 거친 물결이 완만해지는 지점에 한 척의 배가 떠 있었다. 급류 속에서도 자유자재로 움직일 수 있는 쾌속선이었다.

　　배 위에는 월단퇴의 제자들이 대기하고 있었는데 정신을 잃고 떠내려 오는 북리곤 일행을 건져 내는 게 그들의 임무였다.

　　북리곤은 그들의 도움없이 물속에서 솟구쳐 올라 배 위에 내려섰다.

　　일행들은 이미 모두 도착해 그를 기다리고 있었다. 물속에서 용등신보와 묵룡비천무를 연습하느라 북리곤이 가장 늦게 도착한 것이다.

　　잠시 후, 총사 일행과 무공이 다소 떨어지는 예혜상과 모자서, 장이, 그리고 편종호는 쾌속선을 타고 월단퇴를 향해 떠났다.

　　나머지 사람들은 배에서 내려 다시 혈천수라대가 포진되어 있는 곳을 향해 움직였다. 북천조 조광 혼자 보낼 수 없었던 것이다.

　　쇄룡협의 급류를 따라 반 시진 정도 떠내려 왔던 길을 되돌아가는 데는 무려 하루가 소비되었다. 아직도 포위망을 거두지 않고 있는 적

들의 눈을 피해 은밀히 움직인 탓도 있었지만 그만치 급류의 흐름이
빨랐던 것이다.

혈천수라대가 포진해 있는 곳은 이름 모를 계곡의 안쪽이었다.

사도십방 예하 세력의 수하들은 북리곤 일행이 포위망 속 어딘가에
몸을 숨기고 있다고 믿고 있는 듯했다. 때문에 드넓게 퍼져 있는 포위
망을 풀지 않아 결국 혈천수라대만이 동떨어져 있는 상황이었다.

북리곤 일행은 계곡의 중간에 설치되어 있을 함정을 피하기 위해 계
곡 오른쪽의 정상으로 올라갔다.

잠시 후, 정상에 도착하자 사방에는 짙은 안개와 어둠이 내려 있었
다.

"결자해지라… 나로 인해 매듭이 지어졌으니 그 매듭을 푸는 것도
내가 되어야 할 터. 이건 나의 싸움이다."

문득 북천조 조광이 혈천수라대가 포진해 있는 계곡을 내려다보며
입을 열었다.

"설마, 혼자 가시겠다는……?"

북리곤이 크게 놀라 북천조 조광을 바라보았다.

북천조 조광은 북리곤의 말을 무시한 채 주위를 둘러보았다. 마치
거대한 산이 몸을 일으키는 듯한 기세가 그의 전신에서 일었다.

"난 혼자가 아니다. 이 안개와 어둠이 바로 내 편인 게야."

"으음……!"

북리곤이 내심 침음했다.

쉬이익!

"따라오지 마라!"

다음 순간, 북천조 조광의 신형이 한 마리 야조인 양 어둠과 안개로

뒤덮여 있는 계곡 아래쪽을 향해 쏟아져 내려갔다.

이렇게 되자 북리곤 일행은 계곡의 정상에서 어둠과 안개에 가려 보이지 않는 계곡을 내려다보며 북천조 조광이 무사히 돌아오기를 기다릴 수밖에 없었는데…….

일인대전(一人大戰).

훗날 인구에 회자되길 일인대전이라 했다.

북천조 조광과 혈천수라대와의 싸움은 장장 삼 주야에 걸쳐 치러졌는 바, 그 삼 일 동안 내내 계곡을 덮고 있는 짙은 안개는 걷히지 않았다.

그리고 삼 일 뒤, 미명과 함께 안개를 헤치며 계곡을 빠져나온 사람은 단 한 명, 바로 북천조 조광이었다.

신화(神話).

이 시대 최강의 무인이라 불리는 사대금천이 생존해 있는 상태에서 신화가 된 것은 바로 북천조 조광의 이 일인대전 때문이었다.

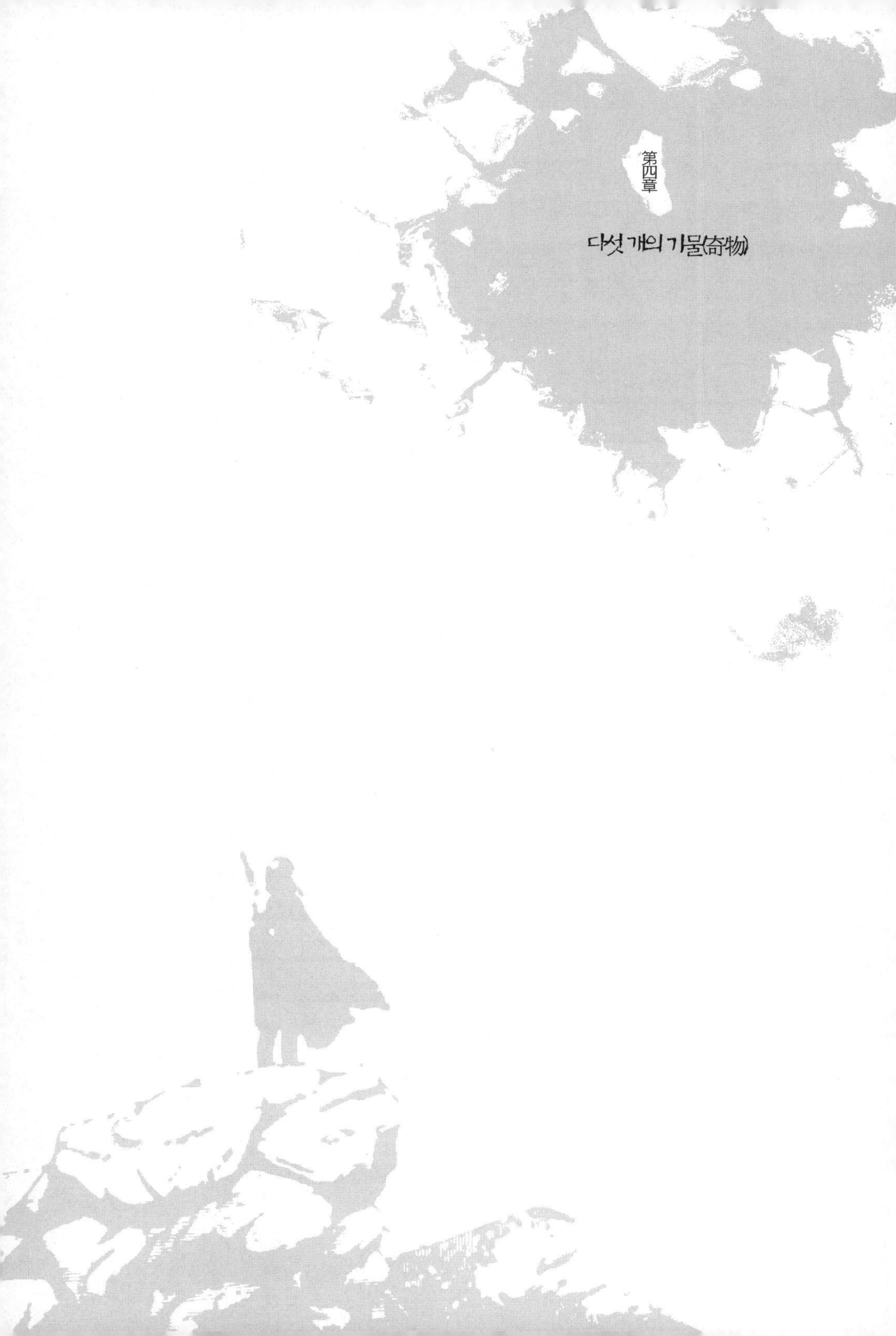
第四章
다섯 개의 기물(奇物)

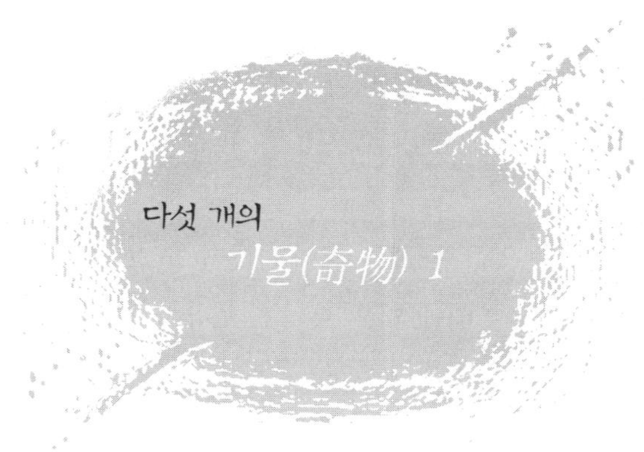

“잠시 다녀올 곳이 있습니다.”

“혹시 무상… 그 아이의 일 때문이냐?”

“예. 확인해야 될 일이 있어 잠시 방주님 곁을 떠나려 합니다.”

“내가 이 지경이 된 데에는 네 탓도 있다고 생각한다만, 맞느냐?”

“죄송합니다. 이렇게 될 줄은 저도…….”

“무상, 그 아이 혼자의 힘으로 나를 이렇게 내몰 수는 없었지. 그리고 네가 있음으로 해서 그 아이가 하부 세력들마저 통제할 수 있었던 거고. 아참! 그러고 보니 그 아이를 내게 제자로 추천한 것도 바로 너였었지?”

“그게…….”

“돌아올 테냐?”

“예.”

"되었다. 그 말 한마디면 족하다."

언제나 북천조 조광의 그림자가 되어 한시도 떨어지지 않던 명도가 떠난 것은 북천조 조광이 일인대전을 끝내고 월단퇴로 가는 길목에서였다.

명도가 떠난 뒤 북리곤 역시 일행과 헤어졌다. 계월공주의 대관식에 맞춰 월지국으로 가기 위해서였다.

계월공주 소별리와 그 수하들은 월단퇴의 장로 일백여 명과 함께 은밀히 월지국으로 돌아가 이미 모든 안배를 끝내놓은 상태이다.

계월공주를 몰아낸 공주의 숙부가 대관식에 내세울 가짜 계월공주가 대관식에 맞춰 진짜로 바꿔치기 된다. 그 뒤 계월공주는 월단퇴의 장로들의 도움을 받아 역모 세력들을 단숨에 제압할 계획이었다.

오랜만에 홀가분한 여행이 아닐 수 없었다.

따라오겠다는 월영십살과 귀검 유무명은 물론 심지어 명승엄마저 굳이 떼어놓고 온 것도 이런 홀가분함을 즐기기 위해서였다.

사실 대관식은 아직 삼 개월 정도 남아 있어 시간적으로 여유가 있었다. 그럼에도 북리곤이 서둘러 일행과 헤어진 것은 월지국으로 가기 전에 천리목전에 들러 적하검을 찾기 위해서였다.

더할 나위 없이 느긋한 기분이다.

가을이 깊어 산중의 모든 것이 풍요롭기만 하다. 그 산속을 홀로 걷고 있자니 쓸쓸하기보다는 오히려 마음이 싱그럽기만 하다.

북리곤은 급할 것 없다는 심정이 되어 여유롭게 여행을 즐기기 시작해 일행과 헤어진 닷새 뒤에야 운남 동북쪽에 위치해 있는 대읍 구북(邱北)에 들어섰다.

북리곤은 홀로 여행하는 고적함을 좋아하기도 했지만 그렇다고 사람들로 북적이는 큰 도읍을 싫어하지도 않았다.

그가 가장 좋아하는 곳은 바로 저잣거리였다.

삶의 활기가 넘쳐 나는 곳, 수많은 사람들이 어깨를 비비며 북적이는 저잣거리에 오면 누구라도 기분이 흥겨워질 것이다.

북리곤은 특히 저잣거리 중에서도 온갖 공방들이 모여 있는 곳과 골동품 가게들을 좋아했다.

도자기, 고서화 등의 다양한 골동품들.

진열대가 모자라 아무렇게나 켜켜이 쌓여 먼지를 뒤집어쓰고 있는 골동품들을 둘러보는 것만으로도 행복한 느낌이 든다. 여기에다가 마음에 드는 물건이라도 발견하면 그 기쁨은 이루 헤아릴 수 없을 정도이다.

버려지다시피 한 물건들 속에서 명품을 찾아내는 즐거움을 무엇에 비하랴. 고서화 등의 골동품에 뛰어난 안목을 지니고 있는 북리곤으로서는 이 시간이 가장 행복한 시간이기도 했다.

정오 무렵, 요기를 때운 북리곤은 저잣거리 한쪽에 모여 있는 골동품 가게들을 들러 한가롭게 시간을 보냈다.

첫 번째 골동품 가게에서 북리곤이 골라낸 것은 어른 주먹 크기의 조각상이었다.

도기로 만들어진 조각상은 언뜻 보기에 특이한 점이 없었다. 하지만 자세히 살펴보니 특이하게도 조각상은 흙으로 형태를 빚은 뒤에 구운 게 아니라 흙덩어리를 먼저 구워낸 뒤 그 단단한 덩어리를 조각한 게 분명했다.

깎아낸 단면이 무척 거칠다. 어떻게 보면 솜씨가 형편없는 도공이 아무렇게나 빚어놓은 듯 조잡해 보인다. 한데 전체적으로 기묘한 조화를 이룬 채 무척이나 정교하게 조각한 느낌을 주었다.

한 자루 도를 땅에 늘어뜨리고 우뚝 서 있는 중년무인상.

북리곤은 한번 눈을 주자 어쩐지 눈길을 떼기 힘들어 오랫동안 들여다보았다.

중년무인상의 자세가 실로 기묘했다. 언뜻 보기에는 이제 막 싸움을 끝내고 도를 늘어뜨린 듯하고 다시 보면 막 싸움을 시작하는 듯한 기수식으로 보인다. 시선 또한 정면이 아닌 허공을 올려다보고 있어 더더욱 어떤 자세인지 가늠하기 힘들었다.

무엇보다도 중년무인상에는 알지 못할 분위기가 깃들어 있었다.

북리곤은 중년무인상을 자세히 들여다보았다.

거칠게 한 번에 깎아 내린 듯이 보이는 단면들이 알고 보니 수많은 칼질 끝에 만들어진 것이었다. 옷자락을 표현한 부위는 물론이고 밋밋하게 뻗어 내린 도조차 자세히 들여다보니 수십, 수백 번의 칼질로 이루어져 있었다.

'구워진 도자기 덩어리는 돌처럼 단단하면서도 또한 깨지기 쉬운데 어떻게 칼질을 했을까? 그리고 이렇게 많은 칼질을 할 필요가 있었을까? 게다가 이 정도로 많은 손길을 거쳤는데 오히려 어설프고 거친 느낌을 주게 만들다니 실로 괴이하구나.'

비록 광사군과 눈높이를 맞추기 위해 억지로 해본 닷새 정도의 짧은 기간뿐이었지만 사실 북리곤 역시 조각을 해본 경험이 있었다.

그 때문이었을까?

북리곤은 자꾸 중년무인상에 관심이 끌리는 자신을 발견할 수 있었다.

마음에 드는 물건을 찾아내 실로 흡족한 기분, 이제 흥정만 제대로 되면 그만이었다.

"예? 이 조각상이 금자 백 냥이나 된단 말입니까?"

잠시 후, 주인에게 가격을 물어보던 북리곤의 표정이 멍청해졌다.

싫으면 사지 말라는 귀찮다는 표정.

주인은 단호했다. 흥정의 여지도 보이지 않았다.

조각상이 좋은 작품이긴 하지만 황금 백 냥은 아무리 생각해도 과한 느낌이 들었다.

'혹시 조각상을 형성하고 있는 무수한 칼자국에 어떤 심오한 무공이라도 감춰져 있는 게 아닐까?'

북리곤은 새삼 조각상을 유심히 살피기 시작했다.

단단하게 구워진 흙덩어리를 깎아나가며 하나의 조각상을 완성하는 그 과정의 수많은 칼질이 과연 하나의 무학일까?

검왕은 그림 속에 자신의 검법을 전한 바 있었다. 하지만 아무리 생각해 봐도 하나의 조각상에 어떤 무학을 감춘다는 것은 쉽지 않은 일이었다.

한 가지 확실한 것은 조각상이 어떤 내막을 지닌 범상치 않은 물건이라는 것.

북리곤은 아무 말 없이 소매 속에서 황금 백 냥짜리 전표를 꺼내 내밀었다.

놀란 것은 주인이었다.

그는 전표를 확인한 후 믿을 수 없다는 표정이 되어 전표와 북리곤을 번갈아 바라보다가 한숨을 내쉬었다.

"사실… 그 조각상의 가격을 정한 것은 내가 아니라오. 이걸 맡긴 사람이 흥정도 하지 말고 무조건 황금 백 냥을 불러야 한다고 요구했다오."

'무조건 황금 백 냥을 받아야 한다고?'

더 이상의 내막은 알 길이 없다. 주인도 더 이상 아는 게 없다고 했다.

단지 조각을 배우기 위해 구입한 것치고는 턱없이 비싼 가격이었지만 북리곤은 찜찜한 기분을 털어버리고 다시 저잣거리를 구경하기 시작했다.

두 번째 골동품 가게에서 북리곤이 집어 든 것은 한 손에 들어올 정도 크기의 소도(小刀)였다.

원래의 주인이 늘 손에 지니고 다니며 아끼던 물건이었을까?

도신이 거울처럼 매끄럽게 손질되어 있고 칼날 또한 머리카락을 올려놓으면 저절로 베어질 만치 잘 벼려져 있다.

하지만 그뿐이었다.

소도는 한눈에 매우 평범했다. 그나마 도신에 정교하게 새겨져 있는 한 마리 뇌조(雷鳥)의 문양만이 칭찬해 줄 수 있을 정도일 뿐, 전체적으로 투박한 느낌을 주는 소도였다.

한데 투박한 느낌이 오히려 좋았다고 할까. 북리곤은 자신이 찾아낸 소도가 마음에 들었다. 어차피 조각을 배우기 위해서는 반드시 필요한 칼이었다.

하지만 문제는 가격이었다. 놀랍게도 평범해 보이는 그 작은 칼 하나가 무려 황금 백 냥에 달했던 것이다.

"황금 백 냥이라… 혹시 팔려고 내놓은 사람이 꼭 그 가격을 받아야 한다고 고집하지 않았습니까?"

주인에게 가격을 물어보던 북리곤은 문득 한 가지 생각이 떠올라 자신도 모르게 질문을 던졌다.

주인은 어떻게 알았냐는 표정이 되어 한숨을 내쉬었다.

"그렇다네. 팔리지 않아도 괜찮다며 사겠다는 사람이 있으면 반드시 황금 백 냥을 부르라 했네."

"가게에 내놓기는 했지만 혹시 팔 마음이 없는 게 아닐까요?"

"나도 그렇게 생각하고 물건을 돌려주려 했지만 벌써 삼 년째 물건을 맡겨놓고 만약 사는 사람이 있으면 즉시 연락해 달라고만 했네."

"팔기 싫으면 안 팔면 그만이고, 꼭 팔겠다면 물건 값을 내려야 할 텐데 그것도 아니라니, 누군지 몰라도 기이한 사람이군요."

북리곤은 황금 백 냥을 지불하고 가게를 나선 뒤 갑자기 저잣거리를 뒤지기 시작했다.

번개처럼 그의 뇌리를 스쳐 간 생각 하나, 다른 사람 같으면 이내 머릿속에서 지워 버렸을 호기심 때문이었다.

북리곤의 예측대로 정확히 황금 백 냥에 매물로 나와 있는 물건은 조각상과 소도만이 아니었다.

부채 하나와 철패(鐵牌), 그리고 앙증스럽기 이를 데 없는 작은 화살 하나.

북리곤이 근 한 시진에 걸쳐 저잣거리의 모든 공방들을 뒤져 찾아낸 물건은 이 세 가지였다. 모두 주인이 반드시 황금 백 냥을 받아야 한다며 내놓은 물건들이었다.

부채는 살이 옥으로 만들어져 있는데다 천 또한 희귀하기 이를 데 없는 천잠사로 짜여져 있어 어떻게 보면 오히려 황금 백 냥으로도 부족할 만한 물건이었다. 게다가 장신구가 아니라 무기로 사용되던 물건이 분명했다.

철패는 가치로만 따진다면 은자 한 냥도 과분할 물건이었는데 중앙에 기이한 부호가 양각되어 있는 게 어떤 문파의 장문 영부인 듯했다.

가장 특이한 것은 전체가 순금으로 만들어진 작은 화살이었다. 길이는 겨우 반 자, 무기라기보다는 장신구에 지나지 않는 듯했으나 손에 쥐자 알 수 없는 기운이 느껴진다. 바로 죽음의 기운이었다.

북리곤은 저잣거리에 황금 백 냥에 나와 있는 물건들이 더 이상 없는 것을 확인한 후 객방을 잡았다. 오늘은 어차피 날이 저물어 길을 재촉하기 어려웠다.

'도대체 이 물건들은 어떤 내막을 지니고 있는 것일까?

북리곤은 객방에 들어서기 무섭게 다섯 개 기물을 꼼꼼히 살펴보며 생각에 잠겼다.

다섯 개의 물건은 똑같이 황금 백 냥에 매물로 나와 있었다는 것 이외에는 공통점을 찾을 수 없었다.

무기도 있지만 무기가 아닌 것도 있다.

어떤 것은 분명히 어떤 문파의 장문 영패였지만 다른 물건들은 아니었다. 어떻게 보면 누군가 한 사람이 자신이 지니고 있던 물건들을 모두 황금 백 냥에 가게에 내놓은 것 같기도 하고 또 다섯 개의 기물은 각자 주인이 다른 것 같기도 했다.

'도저히 알 수 가 없군. 혹시 이렇게 해서 신종 바가지 수법에 당한 게 아닐까?

황금 오백 냥은 결코 적은 돈이 아니었다. 한 가족이 근 일 년을 먹고 지낼 수 있는 거금이었다.

게다가 북리곤이 구입한 다섯 가지의 기물은 꼭 필요한 것도 아니고,

그렇다고 골동품으로서의 가치를 지닌 물건들도 아니었다. 실로 북리곤이 아니라면 십 년, 백 년이 흐른다 해도 한꺼번에 팔릴 물건들이 아니었다.

오랫동안 다섯 가지 기물을 살펴보던 북리곤은 문득 쓴웃음을 지으며 몸을 일으켰다. 시장기가 느껴져 주청으로 가기 위해서였다.

잠시 후, 주청에 앉아 음식을 기다리던 북리곤은 문득 기이한 느낌을 받고 고개를 돌려 창밖의 대로를 살펴보았다.

저잣거리의 중앙 대로는 많은 사람들로 북적이고 있었다. 그 많은 사람들 중 북리곤의 눈에 들어온 것은 한 금포중년인을 호위하고 있는 한패거리의 무인들이었다.

다섯 명의 호위무사에게 둘러싸여 걸음을 옮기고 있는 금포중년인은 한눈에 보기에도 오랜 세월 동안 부와 권력을 누려온 사람으로 비쳐졌다.

언제부터인가 그 금포중년인 일행을 한 소년이 슬그머니 뒤쫓고 있었다.

북리곤의 감각에 감지된 것은 바로 그 소년이 흘려내고 있는 살의(殺意)였다.

'이상한데… 난 왜 저 소년이 금포중년인을 노리고 있다는 느낌을 받았을까?'

북리곤은 계속 창을 통해 소년을 지켜보며 공력을 올려보았지만 소년에게서 살기를 읽어낼 수 없었다.

북리곤의 감각이 잡아낸 것은 살기가 아니라 살의, 바로 죽이고 싶다는 마음이었다.

일반적으로 무인이 아니라도 어지간한 사람들은 살기를 감지할 수 있다. 하지만 죽이겠다는 살기가 아니라 죽이고 싶다는 살의(殺意)는 무림의 고수라도 감지할 수 없는 법.

북리곤은 자신이 무의식적으로 감지해 낸 것이 과연 살의인지 아닌지 궁금해졌다.

소년은 자신의 손에 칼이 쥐어져 있다고 가정한 뒤 호위무사들에 둘러싸여 걷고 있는 금포중년인을 뒤쫓았다.

살기를 내뿜으면 안 된다.

실제로 무기를 지닌 채 죽이려 들면 금포중년인은 고사하고 호위무사들조차 뚫을 수 없다.

죽이고 싶어하는 마음은 어찌할 수 없지만 절대로 살기를 흘려내면 안 된다.

평정심을 유지해야 한다. 자신은 지금 금포중년인을 죽이기 위해 뒤쫓는 게 아니라 그저 저잣거리를 구경하고 있을 뿐이다.

많은 사람들로 북적거리는 저잣거리에서 인파에 휩쓸려 서로 어깨가 부딪칠 정도로 가까워지는 건 흔히 있는 일.

소년이 결국 호위무사들 속으로 끼어들어 금포중년인과 두 자 거리로 가까워진 것은 이런 복잡한 곳에서는 자연스러운 일이었다.

그리고… 아무것도 쥐어져 있지 않은 소년의 손이 마치 한 자루 칼을 쥔 것 형태로 금포중년인의 옆구리로 파고든 것은 바로 이 순간이었다.

"헉!"

금포중년인은 느닷없이 예리한 칼날이 옆구리로 파고드는 착각을 받고 자신도 모르게 비명을 터뜨렸다.

반사적으로 그 칼날을 피해 다섯 자 밖으로 튕겨 나가며 동시에 그림자처럼 뒤쫓아올 칼날을 막아내기 위해 오른손을 현란하게 움직였다.

하지만 칼은 없었고 연쇄적인 두 번째 공격 또한 없었다. 있다면 오직 십오 세가량 된 소년이 오른손을 앞으로 내민 자세로 어정쩡하게 서 있을 뿐이었다.

금포중년인은 한순간 미망 속을 헤맸다.

소년은 아무 무기도 지니지 않았고, 무공 또한 없었다.

확인해 보기 위해 손을 뻗어 소년의 맥문을 짚어보았으나 역시 한 줌의 내력조차 찾아낼 수 없었다.

"허어……!"

소년의 완맥을 쥔 채 잠시 내려다보던 금포중년인은 어쩔 수 없이 손을 놓아야 했다.

마땅치 않다. 하지만 무엇이 어떻게 된 일인지 알 수가 없었다.

자신은 분명히 누군가가 짧은 비수를 쥐고 공격해 오는 것을 피했는데 실제로는 아무 일도 일어나지 않은 상태였다.

금포중년인은 만에 하나 소년에게서 한 줌의 내력이라도 느껴지거나 그의 몸에서 무기를 찾아냈다면 아무리 사람들로 북적거리는 저잣거리라도 망설일 사람이 아니었다.

하지만 지금은 아니었다. 아무리 석연치 않다고 해도 이 많은 사람들 앞에서 소년을 쳐 죽일 수는 없는 노릇이었다.

금포중년인이 부하들을 데리고 인파 저쪽으로 사라지고 난 뒤에야 소년은 참고 있던 숨을 내쉬었다. 동시에 그제야 공포가 느껴진 듯 전신을 떨기 시작했다.

격한 호흡, 그리고 실제로 칼을 들고 덤벼들었다면 지금쯤 시체가 되어 있을 것임을 자각한 뒤 찾아오는 격한 공포.

"후아……! 후……! 역시… 불가능해. 지금의 내 힘으로는 설령 자고 있다고 하더라도 죽일 수가 없어."

사람들로 북적이는 저잣거리 속에서 일어난 작은 소동은 이내 사람들의 뇌리에 잊혀져 버렸다.

무심히 스쳐 가는 사람들 속에서 소년은 공포와 호흡을 가라앉히며 생각을 거듭했다.

"무공을 배워야 해. 그것도 아주 강한!"

얼마의 시간이 흘렀을까?

소년은 태연히 저잣거리를 빠져나가기 시작했다.

또래의 여느 소년들처럼 저잣거리에 가득해 있는 상품들과 오가는 사람들을 신기하고 재미있다는 듯 밝은 표정으로 둘러보며.

북리곤은 소년이 일으킨 작은 소동을 처음부터 지켜보고 있었다. 때문에 그는 소년이 금포중년인을 죽이고 싶어했다는 것과 실패할 경우를 대비해 무기를 쥐지 않고 시험해 본 것 또한 알 수 있었다.

놀랍게도 언제부터인가 북리곤은 살기는 물론 상대방의 마음속에서 일어나는 살의조차 감지할 수 있는 능력이 생긴 것이다.

'아마 그때부터일 것이다. 단계검문의 숲 속에서 떨어지는 낙엽들을 감지하는 훈련을 쌓은 뒤부터.'

북리곤은 바늘처럼 가는 침엽수 낙엽들이 바람에 휩쓸려 떨어지는 것을 감지하는 훈련을 쌓은 적이 있었다.

바람은 공기의 흐름이고 곧 파장(波長)이다.

오욕칠정(五慾七情), 즉 인간이 지니고 있는 다섯 가지의 욕망과 일곱 가지의 감정은 각자 다른 파장을 지니고 있는 바, 북리곤이 살의마저 감지해 낼 수 있는 능력을 갖게 된 것은 아마도 바로 그 때문인 듯했다.

북리곤은 식사도 하지 않은 채 객점을 빠져나와 소년이 사라져 간 방향으로 걸음을 옮겼다. 소년에 대해 좀 더 많은 것을 알고 싶었다.

실로 한가로운 태도였다. 주위의 풍광들 중 어느 것 하나 놓치지 않겠다는 듯 천천히 감상하며 걷는 그의 모습은 마치 저녁 식사 후 산책을 나온 사람 같았다.

소년의 행적을 놓칠 염려는 없었다.

흔적은 곳곳에 남겨져 있었다.

수많은 사람들이 밟고 지나간 길이지만 북리곤은 그 속에서 소년이 남긴 흔적을 찾아낼 수 있었으며, 심지어 공기 중에서도 흔적을 찾아낼 수 있었다.

사실 북리곤은 망설이고 있었다. 소년을 끝까지 따라가야 할지, 호기심을 접고 갈 길을 가야 할지 아직 결정하지 못한 상태였다.

대략 밥 한 끼 지을 시간이 지났을 무렵 소년의 흔적을 따라가던 북리곤은 한 채의 장원 앞에서 걸음을 멈췄다.

'이곳에서 혼자 살고 있었던 것일까?

장원은 텅 비어 있을 뿐 아니라 벌써 몇 년째 아무도 돌보는 사람이 없던 듯 황량하기 이를 데 없었다.

잠시 후, 북리곤은 마음을 굳히고 소리없이 장원의 담을 넘었다. 소년을 끝까지 뒤쫓기로 결정한 것이다.

소년은 장원 안에 없었다.

"밤이 깊어가고 있는데 어디로 갔을까? 저잣거리에서 시험해 본 그 중년인이 추적해 올 것을 두려워해 도망친 것일까?"

북리곤은 후원과 맞붙어 있는 별채의 마당에 선 채 고개를 끄덕였다.

소년이 기거한 듯한 방은 문이 활짝 열려 있었는데 안에는 온갖 잡동사니들이 어지럽게 널려 있었다. 꽤 오랫동안 머물러 있던 곳임이 분명했다.

'필요한 물건들을 챙겨서 떠난 걸 보니 당분간 이곳으로 돌아오지 않을 모양이구나.'

북리곤은 이내 장원을 빠져나와 방향을 정한 후 성큼성큼 걷기 시작했다. 어느새 사위는 칠흑처럼 어두워져 있었지만 아무런 방해가 되지 않았다.

소년의 행적은 성을 빠져나와 관도를 따라가다 다시 산으로 이어져 있었다.

흔적을 따라 숲을 헤쳐 가던 북리곤은 반 시진가량이 지난 뒤 걸음을 멈췄다.

소년을 따라나선 지 어느덧 두 시진이 지나 있었다. 따라잡겠다는 게 아니라 그냥 지켜보자는 생각이었기에 서두를 필요가 없었다.

'그리고 보니 그 아이 때문에 시켜놓았던 음식도 먹지 못하고 나왔구나.'

북리곤은 노숙할 준비를 하며 내심 쓴웃음을 머금었다.

마음만 먹는다면 반 시진 안에 소년을 따라잡을 자신이 있었다. 하지만 서두를 일이 아니었기에 북리곤은 모닥불 옆에 몸을 눕힌 채 느긋하게 잠을 청했다.

2

　날이 밝자 또다시 추격전이 시작되었다.

　북리곤은 마치 목적을 잊어버린 듯 주위의 풍광을 즐기며 천천히 소년의 행적을 따라가고 있었고, 소년 역시 쫓기는 게 아니었기에 그다지 빠르지 않은 속도였다.

　이 추격 아닌 추격전은 삼 일 동안 계속되었는데 결국 소년이 당도한 곳은 인적이 끊긴 험준한 산속이었다.

　동굴의 입구에 지붕과 벽을 설치해 마치 한 채의 목옥이 절벽에 반쯤 박혀 있는 듯한 형상이다. 예의 나무집은 해가 뜨는 방향과 마주 보고 있는데다 방원 삼 장여의 공터 아래로는 아득한 낭떠러지가 펼쳐져 있어 전망이 좋았다.

　발아래에 펼쳐져 있는 계곡 아래쪽의 울창한 숲.

　마치 은자(隱者)의 고향 같은 곳이었다.

　소년이 목옥에 도착한 시각은 석양이 내려앉을 무렵, 그 즈음 북리곤은 거의 소년의 바로 뒤에서 바싹 뒤쫓고 있었지만 소년으로서는 전혀 눈치 채지 못한 상태였다.

　소년은 목옥 앞의 공터에 도착하자 등에 메고 있던 짐 보따리를 풀고 곧바로 공터 끝의 바위 쪽으로 조심스럽게 다가들었다.

　평상처럼 평평한 바위 위에는 검은 옷을 입은 노인이 가부좌를 틀고 앉아 있었다.

흑의노인은 오른손으로 턱을 괸 자세로 바위에 그려져 있는 바둑판만을 내려다보고 있었는데 어찌나 열중해 있는지 소년이 반 장 가까이 다가와도 모를 정도였다.

대략 일백여 세가량 되었을까?

입고 있는 흑의는 너무도 낡아 회색빛을 띠고 있다.

주름살투성이의 피부 또한 고목나무의 껍질처럼 피폐해 있어 어찌 보면 입고 있는 검은 옷과 잘 어울리는 듯했다. 반면에 바둑판을 내려다보고 있는 눈빛은 깊고 그윽했고, 석상인 듯 미동도 하지 않은 자세에서는 천년거암의 세월이 느껴졌다.

"널 제자로 삼아달라고?"

소년이 무릎을 꿇고 몇 번이나 간청했을까?

그제야 소년의 존재를 깨달은 듯 고개를 든 흑의노인이 망연해하는 표정을 머금었다.

"예. 제자가 되고 싶습니다."

"어허……! 그래, 어떻게 날 찾아왔느냐?"

흑의노인은 못내 궁금한 듯 고개를 저었다.

소년이 결의에 찬 표정이 되어 대답했다.

"사람들에게 들었습니다. 이곳에 오면 신선 같으신 분을 만날 수 있다고. 저는 항차 대적(大敵)을 상대해야 합니다. 부디 절 제자로 삼아 그 대적을 상대할 무공을 가르쳐 주십시오."

흑의노인의 눈이 커졌다.

그는 아직 치기가 남아 있는 소년을 빤히 바라보며 어이가 없다는 듯 실소를 터뜨렸다.

"허어… 날 찾아오느라 꽤나 고생한 것 같은데 잘못 찾아왔구나. 이 늙은이는 일개 기객(棋客)일 뿐, 무공에 대해서는 아는 게 없단다."

'바둑……?'

십여 장 밖에 몸을 숨기고 있던 북리곤의 표정이 멍청해졌다.

흑의노인의 태도에는 진심이 담겨 있었다. 하지만 소년은 막무가내였다.

"무림의 고인들께서는 흔히들 그런 식으로 자신을 숨기는 법이라 들었습니다. 전 제자로 받아주시기 전까지 죽으면 죽었지 절대 이곳을 떠나지 않을 겁니다."

소년이 입술을 깨물며 야무진 눈빛으로 정색하자 흑의노인은 무척이나 당혹스러운 듯 연신 혀를 찼다.

"허어! 이 일을 어쩐다……! 총기가 있어 보이니 네가 바둑을 배우겠다면 나야 쌍수를 들고 환영하겠다만 나도 모르는 무공을 어찌 가르쳐 달라는 게냐. 허어……!"

"아무튼 저는 제자로 받아줄 때까지 기다리겠습니다."

소년은 아예 작정한 듯 보따리를 풀기 시작했다.

한 줌의 소금과 옷가지 몇 벌, 그리고 그릇 몇 개와 약간의 은자.

남들에게는 줘도 갖지 않을 물건들이었지만 소년으로서는 그야말로 오랜 산중 생활을 각오하고 나름대로 준비한 물건들이었다.

"이제부터 저는 어디서 자나요? 이 물건들을 어디에 두어야 하지요? 그리고… 저 오늘은 먼저 잘게요. 이곳에 오느라 너무 힘들었거든요."

"끄응!"

흑의노인이 골치가 아픈 듯 이마를 짚었다.

'어떻게 할까……?

북리곤은 팔짱을 낀 채 나무에 등을 기대고 서서 생각에 잠겼다.

소년이 누구인지는 모른다. 하지만 그가 처해 있는 상황은 대략 알 듯했다.

소년이 살던 장원이 폐장원이 된 것은 아마도 저잣거리에서 본 금포 중년인 때문일 것이다. 제법 큰 장원에 소년 이외에 아무도 없다는 것 또한 어떤 일이 있었는지 충분히 짐작할 수 있는 일이다.

가족들이 모두 참화를 겪었는데 어떻게 혼자 살아남았는지 알 수 없지만 북리곤은 복수를 계획하고 있는 소년의 행동에 어쩐지 마음이 끌렸다.

그 대범함과 그리고 또 그 차분함.

소년과 똑같은 입장에 처해졌다면 자신은 과연 어떻게 행동했을까?

북리곤은 오랫동안 생각에 잠겨 있다가 천천히 고개를 끄덕였다.

소년이 제멋대로 목옥 안에 들어가 잠들어 버린 뒤 북리곤은 흑의노인에게 다가들었다.

"저 아이 뒤를 따라왔습니다."

북리곤이 불쑥 나타났음에도 불구하고 노인은 별반 놀란 기색이 아니었다.

북리곤이 먼저 입을 열 때까지 기다리겠다는 태도.

조금 전까지 소년을 대하는 태도와는 달리 감히 범접할 수 없는 기도가 스며 나왔다. 자신이 걸어온 길에서 정상을 밟아본 사람만이 드러낼 수 있는 기태였다.

"북리곤이라 합니다."

북리곤은 어찌 보면 나약하기 이를 데 없는 왜소한 노인에게서 거암을 마주 대하는 듯한 위엄을 느끼고 정중히 예의를 갖췄다.

"남들이 이 늙은이를 일러 흑백자(黑白子)라 부르더군."

"아… 흑백자 어르신이었군요."

북리곤은 노인이 저잣거리에서 소년을 처음 보았을 때부터 지금까지의 경과를 모두 이야기했다.

"그랬군. 그나저나 저 아이는 내가 무림의 고인이라도 되는 걸로 철썩같이 믿고 있으니 이 일을 어찌하면 좋겠는가? 저 아이에게 마음이 끌려 예까지 따라왔다면 따로 복안이 있을 게 아닌가?"

"아무래도 어르신께서는 고집불통에다가 한번 달라붙으면 죽어도 떨어지지 않는 진드기 같은 놈을 만난 것 같은데… 복안이랄 건 없고 그냥 그 아이를 제자로 받아들이시는 게 어떻겠습니까?"

"저 아이는 무공을 배우고 싶어해. 나와는 전혀 다른 세계란 말이네."

"무공은 제가 가르칠 수 있습니다만 전 아직 제자를 둘 생각은 없습니다. 그러니 어르신이 제자로 삼은 채 제가 무공의 입문 과정을 인도한 뒤 가끔 와서 진척을 보아가며 가르치는 것도 괜찮을 것 같군요."

"자네, 무림인인가? 얼마나 강한가? 남을 가르칠 정도는 되는가?"

북리곤의 나이가 많지 않다는 데 생각이 미친 듯 흑백자가 잔잔한 눈으로 마주 보았다.

사실 남에게 무언가를 가르친다는 것은 결코 쉬운 일이 아니다. 스승 될 사람은 실로 그만한 자격을 갖춰야 한다.

북리곤이 머쓱해하는 표정으로 입을 열었다.

"제 한 몸을 지킬 정도는 됩니다."

흑백자가 고개를 끄덕였다.

“지킬 줄 안다……? 수졸(守拙)의 경지로군.”

“무슨 의미이신지……?”

“바둑의 품계를 말함이네. 무공에서는 그 경지를 어떻게 나누는지 모른다만 바둑에서는 구품(九品)으로 나누고 있네.”

“세이경청하겠습니다.”

북리곤은 바둑에 대해 전혀 알지 못했다. 그 때문인지 흑백자의 말 한마디, 한마디가 새롭기 그지없었다.

“어느 정도 실력을 갖춰 지킬 줄 아는 경지가 바로 바둑의 입문 단계 인 수졸이네.”

“아……!”

“두 번째는 약우(若愚)라고 하는 바, 어리석기는 하나 바둑을 둘 줄 아는 단계를 말함이지. 그리고 세 번째는 싸우는 힘이 생겨 바둑을 힘 있게 둘 수 있는 단계로 투력(鬪力)이라 하네.”

‘약우와 투력이라…….’

북리곤은 흑백자의 설명에 심취해 들었다.

어쩐지 무공을 쌓아가는 경지에 대한 설명을 듣는 느낌이 들어 한마 디도 놓칠 수 없는 기분이었다.

“좀 더 실력이 늘어 작은 기교를 부릴 줄 아는 단계를 소교(小巧)라 하고, 용지(用智)의 품계에 이르러서야 지혜로움이 엿보이는 바둑을 두 는 단계라고 칭하네.”

흑백자는 북리곤이 눈을 빛내며 듣고 있는 모습에 흥이 난 표정이었 다. 실로 오랜만에 누군가와 이야기를 나누는 것이다.

“하지만 심오한 바둑의 세계를 맛보려면 적어도 통유(通幽)의 경지 에 이르러야 하고… 나아가 앉아서 바둑의 세계를 관조하는 좌조(坐照)

의 단계를 지나야만 비로소 입신(入神)의 경지에 이르게 되네.”

“아……!”

흑백자가 말을 마치자 북리곤이 탄성을 터뜨렸다.

흑백자는 분명히 바둑에 대해 이야기했지만 북리곤에게는 무공의 이치에 대해 어떤 깨달음을 주려는 말로 들렸다.

‘과연 나의 무공은 어느 경지일까……? 입신은 고사하고 앉아서 관조하는 경지도 어림없는 것 같고…….’

북리곤이 궁금해하는 것은 무림에서의 상대적인 고하가 아니었다. 무공을 하나의 수행으로 볼 때 과연 어느 경지에 이르렀는지가 진정으로 궁금했다.

“자네는 스스로 지킬 줄 아는 정도라고 했지만 그건 겸손인 것 같고… 이 늙은이가 보기에 자네가 지니고 있는 무공의 경지는 바둑으로 따진다면 아마도 용지의 단계가 아닐까 싶구먼.”

“용지라면 지혜로움이 엿보인다는……? 과찬이십니다.”

북리곤이 머쓱해져 머리를 긁적였다.

대화를 나누다 보니 어느새 친근감이 들었는지 흑백자가 부드러운 미소와 함께 질문을 던졌다.

“그건 그렇고, 이 늙은이더러 그 아이를 제자로 삼으라고 하면서 무공은 자네가 가르치겠다면 난 무엇을 가르쳐야 할꼬?”

“외람되오나… 감히 말하자면 세상의 모든 학문은 극의에 이르면 모두 한 길로 통한다고 들었습니다.”

“수도동귀(殊途同歸)라…….”

흑백자가 고개를 끄덕였다.

“무공과는 길이 다르지만 바둑 역시 배워 나가는 과정에서 많은 깨달음을 얻을 것이라 생각합니다. 그 깨달음은 무공을 익히는 데에도 도움이 되지 않겠습니까?"

"허어……!"

흑백자가 탄성을 터뜨리며 새삼 북리곤을 자세히 살폈다.

"그리고… 전 솔직히 말씀드려 그 아이가 무공을 배워 복수하는 것을 원치 않습니다."

"그렇다면 왜 무공을 가르치겠다는 겐가?"

"바둑을 배우기 시작해 어느 정도 남과 대국을 하려면 얼마 정도의 세월이 걸립니까? 그러니까 수졸 정도의 단계가 되려면 말입니다."

북리곤이 반문을 던지자 흑백자의 눈이 빛났다.

"일단 총기가 있다는 것을 기본으로 한다고 쳐도 재질에 따라 차이가 많네. 재질이 좋을 경우라도 삼 년은 넘어야 수졸의 품계에 이를 것이야."

"바로 그겁니다. 무공 역시 일이 년에 완성되는 게 아닙니다. 특히 그 아이처럼 많은 부하들에게 둘러싸여 있는 사람에게 복수를 하려면 적어도 십 년 이상은 무공을 쌓아야 합니다."

"흠… 그러니까 자네의 말은 바둑을 배우며 수양을 쌓게 하면 언젠가 복수심이 없어질 것이라는 뜻이로군."

"예."

흑백자가 환하게 웃으며 고개를 주억거렸다.

느닷없이 맞닥뜨린 황당하고 골치 아픈 일이 시원하게 해결되었다는 듯 밝은 표정이었다.

第五章

곤(鯤), 제자를 얻다

정리해야 할 문제가 한 가지 있었다.

바로 흑백자와 북리곤의 관계 설정이었다.

흑백자는 북리곤이 아이에게 무공을 가르치기로 했으니 당연히 이 사부가 되어야 한다고 했지만 북리곤은 극구 사양했다. 결국 북리곤은 아이의 사형이라는 신분이 되기로 결정되었는데 그렇게 되자 흑백자는 자연스럽게 북리곤의 스승이 되어야 했다.

"뭐, 이참에 자네도 바둑을 배우게. 배워서 나쁠 건 없으니까."

사실 무림에서는 함부로 사제지간의 연을 맺지 않는다. 특히 무림의 배분이 뒤얽히게 되어 사제지간의 인연이란 그야말로 인륜지대사라 할 수 있었다. 하지만 흑백자는 무림인이 아니니만치 북리곤은 크게 문제 될 게 없다고 생각했다.

"바둑을 배우면 어떤 이점이 있습니까?"

북리곤은 바둑에 대해 몰랐지만 내심 바둑이라는 것이 시간만 잡아
먹는 놀이라고 생각했다. 흑백자가 그런 북리곤의 내심을 읽기라도 한
듯 그의 눈을 빤히 들여다보며 입을 열었다.

"바둑을 배움으로써 얻을 수 있는 다섯 가지 이점을 기도오득(碁道
五得)이라 하는 바… 그 첫째가 좋은 벗을 얻는다 해서 득호우(得好友)
라 하고, 두 번째는 사람과의 화목함을 얻으니 또한 득인화(得人和)라
한다."

"아… 그냥 노는 게 아니라 놀면서도 얻는 것도 있었군요."

북리곤이 고개를 끄덕였다. 절대로 비꼬는 말이 아니었다.

흑백자의 말이 이어졌다.

"세 번째는 득교훈(得教訓)이라… 바둑에서 일생의 교훈을 얻을 수
있으며, 또 마음의 깨달음을 얻으니 그것이 바로 네 번째인 득심오(得
心悟)이다."

"마지막 다섯 번째는 무엇입니까?"

"그게… 천수를 누리게 한다 해서 득천수(得天壽)라 한다만 그건 이
늙은이도 맞는 말인지 아닌지 모르겠구나."

흑백자가 묘한 표정을 머금었다. 바둑을 둠으로써 천수를 누린다는
말은 아무래도 앞뒤가 안 맞는 느낌이었던 것이다.

"좋습니다. 열심히 배우겠습니다. 하지만 전 이곳에서 두 달 정도밖
에 머무를 수 없습니다."

적하검을 찾는 일이야 월지국에 다녀온 뒤로 미뤄도 되지만 월지국
의 대관식에 참석하려면 두 달 정도의 공백도 빠듯했다.

"두 달이라… 간신히 걷는 정도는 배울 수 있겠구나."

흑백자가 흡족해하는 미소를 머금었다. 어찌 되었든 제자 두 명이

한꺼번에 생긴 때문이었다.

　남을 가르친다는 것은 확실히 보통 문제가 아니었다.
　소년에게 무공을 가르치겠다고 나서긴 했으나 막상 시작하려니 어디서부터 가르쳐야 할지 막막했다.
　북리곤은 자신이 무공을 익혀 오늘에 이르게 된 과정을 생각해 보았지만 소년에게 같은 길을 걷게 할 수는 없었다.
　먼저, 그는 어릴 때부터 백부인 약왕의 도움을 받아 무공의 고수가 될 수 있는 기초를 쌓았고, 또 우연히 건양진기를 얻어 자신도 모르는 사이에 튼실한 내공을 쌓을 수 있었다. 게다가 혈왕에게 곤음진기를 얻은데다 우연과 필연이 겹쳐 선천무상결을 대성할 수 있었다. 사실 그가 얻은 이 모든 것들은 범인들로서는 꿈도 꾸지 못할 말 그대로 엄청난 기연이었던 것이다.
　북리곤이 체계적으로 무공을 익힌 것은 월단퇴에 입문한 뒤 이 년 정도뿐, 그나마 월단퇴의 훈련은 살수를 만드는 과정일 뿐 정통 무인의 길과는 다소 거리가 있었다.
　‘어차피 월단퇴로 보내는 건 불가능하고… 그냥 내 나름대로 가르쳐야 하겠구나.’
　다음날, 날이 밝자 북리곤은 소년이 깨어나기 전에 산을 내려갔는데 되돌아온 그의 손에는 철로 만들어진 각반과 역시 철로 만들어진 묵직한 팔찌가 들려 있었다.
　“이제부터 이걸 착용하고 생활하거라. 잠을 잘 때에도 벗어놓으면 안 된다.”
　양 발목에 착용하는 쇠 각반 한 개의 무게는 무려 열 근, 양쪽 합쳐 스무 근이나 되었다. 그 외에 양 팔목에 착용하는 두 개의 팔찌 또한 각각 열 근의 무게였다.

느닷없이 나타난 북리곤이 스스로 사형이라고 소개하자 소년은 흑백자와 북리곤을 번갈아 바라보았는데 기쁨에 넘친 표정이었다.

눈앞의 신선 같은 노인은 역시 자신이 생각했던 대로 무림의 고인이었다. 게다가 사형이라고 칭하는 북리곤의 태도는 곧 자신을 받아들이겠다는 의미였던 것이다.

"신도우운(申屠羽暈)이 사형께 인사드립니다."

"기왕에 제자가 되었으니 스승님께 정식으로 구배지례를 올려라."

"넷!"

소년, 신도우운이 우렁차게 대답한 후 바위에 새겨져 있는 바둑판을 들여다보며 혼자 복기하고 있는 흑백자에게 쪼르르 달려가 아홉 번 절을 올리기 시작했다.

흑백자는 덤덤한 표정으로 고개를 끄덕였지만 지켜보고 있던 북리곤의 표정은 다소 무거웠다.

이제부터 시작이었다. 신도우운의 스승은 흑백자였지만 그건 표면적인 것일 뿐, 사실상의 스승은 북리곤이었다.

바로 그날부터 신도우운의 수행이 시작되었다.

북리곤이 신도우운에게 가장 먼저 가르친 것은 선천무상결이었다. 먼저 구결을 꼼꼼히 암기시킨 후 기의 운용에 대해 설명한다.

하루 이틀에 끝날 일은 아니었다.

두 달 안에 기초 과정이나마 마치려면 시간이 빠듯했다.

북리곤은 먼저 하루에 한 시진씩 자신의 내력으로 신도우운의 근골을 바꾸기 시작했다. 굳어버린 경혈을 풀어주기 위해서는 추궁과혈이

필요했다. 그리고 내공 입문을 돕기 위해 신도우운의 체내에 진기를
흘려 넣어 길을 인도하는 것도 게을리 하지 않았다.
　그 외에 신도우운과 북리곤은 하루에 한 시진씩 흑백자로부터 바둑
을 배웠는데 그 이치가 무공을 익히는 것과 일맥상통하는 게 많았다.

　―권여(權與)라 함은 기초를 말함인데 권여의 ‘권’은 저울의 추,
‘여’는 수레의 밑판을 의미한다. 바둑을 두는 데 있어서 먼저 네 귀를
놓아 자리를 정하는 등, 기초를 잘하는 것이 중요하다.
　―고요하면 그 속마음이 나타나지 않는 것처럼 바둑을 두는 데 있어
서도 스스로 고요하여 이편의 마음을 저편에 보이지 않아야 함이니 이
를 곧 도정(度情)이라 한다.
　―싸움에 임함에 있어 조급히 굴지 않고 국면의 형세가 어느 쪽이 우
세하고 약한지를 자세히 살펴서 대응해야만 이길 수 있으니 곧 심국(審
局)이니라.

　“바둑에서 가장 중요한 게 두터움이라는 것 정도는 이제 알고 있고
있겠지?”
　“예. 사형!”
　“발이 빠른 것은 어찌 보면 화려한 듯하나 결국에는 많은 허점을 드
러내 한순간에 무너질 수 있어. 바둑의 두터움을 무공으로 해석하면
곧 내공의 충실함을 의미하지. 모든 무공의 근간이 내공이라고 해도
과언이 아니니 넌 내공 연마를 게을리 해선 안 된다.”
　“명심하겠습니다.”
　하루에 한 번씩 흑백자로부터 바둑을 배운 뒤면 북리곤은 흑백자의

가르침을 무공으로 해석해 신도우운에게 들려주었는데 북리곤 자신도 적지 않은 깨달음을 얻곤 했다.

보름가량이 지나자 북리곤은 바둑의 기초를 익힐 수 있었다.

신도우운의 단전에 미미하나마 기가 모이기 시작한 것은 바로 그 즈음이었다.

일단 축기(畜氣)의 단계를 넘어서게 되면 구결에 따라 운기하는 것은 그리 어렵지 않다. 문제는 그 뒤부터의 성취였다.

'처음 건양진기를 연마했을 때 어느 정도의 경지에 이른 뒤 더 이상 진전이 없었던 때가 있었다. 그러다가 건양진기를 남긴 고인의 배려로 십만대산의 열지(熱地)에서 지심화기를 받아들인 후 내공이 급성장했다.'

다시 열흘가량이 지나자 과연 신도우운의 내공 연마는 한계에 부딪치고 말았다. 그러자 북리곤은 기다렸다는 듯 신도우운을 데리고 두 시진 거리에 있는 어느 험준한 산의 정상으로 올라갔는데 산정에는 방원 삼 장 넓이의 작은 호수가 있었다.

"이곳 호수의 물에는 빙정수(氷晶水)가 포함되어 있다. 널 위해 이곳을 찾아내긴 했지만 빙정수가 함유되어 있는 호수가 가까운 곳에 있었던 것은 순전히 너의 운인 것이다."

"빙정수……?"

"내공을 익히지 않은 사람이 물속에 들어가면 일각도 되지 않아 얼어 죽는다."

"화아… 결론은 지독히 차갑다는 건데… 혹시 절더러 이 물속에 들어가라는 건 아니겠지요?"

계절은 이미 겨울의 초입으로 들어서고 있었다. 이런 날씨에 빙정수가 함유되어 있는 호수 속에 들어간다는 것은 쉬운 일이 아니었다.

신도우운이 눈을 동그랗게 뜨고 질문하자 북리곤이 장난스럽게 웃으며 고개를 끄덕였다.

"왜 아니겠느냐? 벽에 막힌 너의 내공 연마를 돌파하기 위해서는 두 가지 방법이 있다."

"그렇지 않아도 더 이상 내공이 늘어나지 않아 실망하고 있었는데 해결할 방법이 두 가지나 있단 말이에요?"

"첫 번째는 빙정수의 한기를 내부로 받아들여 융화하는 것이다. 이것은 선천무상결 중 음한지기인 곤음진기를 익히는 것이고, 두 번째는 반대로 찬 기운에 대항하며 건양진기를 연마하는 방법이다."

"아……!"

이제 싫어도 무조건 찬물 속에 들어가야 한다는 것을 깨달은 신도우운이 울상을 머금었다.

북리곤은 그런 신도우운이 귀여워 한바탕 웃음을 터뜨린 후 정색했다.

"내일부터 네가 착용하고 있는 쇠 각반과 팔찌의 무게를 늘릴 것이다. 그리고 등과 배에도 다시 쇠로 만든 철판을 착용하게 할 테니 넌 매일 이곳까지 뛰어왔다가 다시 뛰어서 돌아가야 한다."

"우왁! 아예 날 죽이려는 거 아닙니까?"

신도우운이 다시 귀엽게 투정을 부렸다.

"내공 연마도 중요하지만 또한 체력을 키우는 것도 무인으로서는 게을리 해서는 안 되는 수행이다. 검법이니, 권장법이니 하는 것은 그 뒤에 배워야 한다."

"예, 사형!"

북리곤이 엄숙한 신색이 되어 말을 끝맺자 신도우운은 더 이상 투정을 부리지 못한 채 고개를 끄덕였다.

누군가를 가르친다는 것은 실로 힘겨운 일이지만 나름대로 보람도 적지 않다. 특히 가르쳐 주는 것마다 모래가 물을 빨아들이듯 흡수해 버리는 제자라면 스승으로서 느끼는 기쁨은 가히 희열이라 할 수 있을 것이다.

북리곤이 산속에 들어온 지 어느덧 두 달이 되었을 때 흑백자가 그를 불러 앉혔다.

"전에 바둑을 어느 정도 배워야 소위 경지에 올랐다고 할 수 있냐고 물어본 적이 있지 않았느냐?"

"예. 처음에 그런 질문을 했었습니다."

"그 당시에는 네가 바둑에 대해 전혀 모르는 것 같아 대충 대답했다만 사실 바둑 수업에 모두 아홉 단계가 있는데 들어보겠느냐?"

"세이경청하겠습니다."

북리곤이 자세를 바로 하자 흑백자의 말이 이어졌다.

"바둑을 모르던 사람이 배우기 시작하여 일 년이나 이 년 후에 좀 강해지면 남에게 자랑하고 싶은 시절을 일러 일년이야(一年而野)라 하니 그것이 첫 번째 단계이다."

"예."

"그리하여 계속 바둑을 배우며 두는 동안에 차츰 자기보다 강한 상대를 만나 두다 보면 스스로 자기의 미숙을 깨닫게 되고 따라서 얌전해지는 시절이 오니 이를 이년이종(二年而從)이라 칭한다."

"그렇군요."

북리곤은 귀가 번쩍 뜨이는 느낌이었다.

흑백자의 들려주는 말은 꼭 바둑에 국한된 말이 아니었다. 곧 무공에 입문한 사람의 마음가짐에 대한 가르침이기도 했다.

"삼년이통(三年而通)이라 함은 스스로의 미숙함을 깨닫고 더욱 분발하여 공부하는 단계이고……."

흑백자의 음성이 차분히 이어졌다.

계속되는 설명에 의하면 사년이물(四年而物)은 '삼년이통' 을 거쳐 면학을 계속하다 보면 자기 스스로 자제하여 둘 수 있게 되는 시절을 말하고, 다시 한 단계 위인 오년이래(五年而來)는 무엇인가 자기만의 수를 두고 싶어하는 시절을 뜻했다.

그 위로 육년이귀입(六年而鬼入)은 무공으로 따지면 그야말로 고수의 반열에 올랐다 할 수 있는데 자신만의 독특한 기풍이 완성되는 단계였다.

그 단계를 거쳐 다시 칠년이천성(七年而天成), 팔년이부지사부지생(八年而不知死不知生)의 경지에 오르면 바둑은 단순히 바둑이 아니고 그 안에서 삶의 철학과 인생을 깨달아 내적인 완숙을 이루는 시절을 말한다.

특히 마지막 단계인 구년이대묘(九年而大妙)는 바둑을 통해 인생의 삶과 죽음을 터득하는 단계이니 가히 무공에서 말하는 화경의 경지인 것이다.

바둑 수업의 아홉 단계에 대한 설명을 마친 흑백자가 불쑥 질문을 던졌다.

"네가 보기에 운아의 성품이 어떻더냐?"

"무공이 어느 정도의 경지에 올랐을 때 경망되이 복수하겠다고 뛰쳐

나갈 것을 우려해 하시는 말씀이라면 걱정하지 않으셔도 될 듯합니다. 제가 지켜본 바로는 그 성품이 대범하면서도 또한 차분했고 심지가 곧았습니다."

"나도 그렇게 보았다. 바둑의 기풍은 곧 그 사람의 성품을 드러내는 법. 운아가 바둑을 배운 지 비록 두 달밖에 되지 않았지만 그 기풍이 정대하더군."

"하면……?"

북리곤은 흑백자가 무언가 할 말이 있다는 것을 깨달았다.

"운아가 지금처럼 정진해 십 년 정도가 흐른다면 바둑에서 능히 일가를 이룰 수 있을 것이다. 아마도 무공을 익히는 것도 그렇겠지?"

"그렇습니다. 그 뒤부터는 깨달음의 단계인데 모르기는 해도 바둑을 배워 수양을 쌓는 지금의 과정이 오히려 많은 도움이 될 것입니다."

"그때쯤이면… 과연 복수심을 버리게 될까?"

"아……!"

북리곤은 그제야 흑백자의 의중을 깨달을 수 있었다. 그 역시 신도 우운이 검을 들고 무림에 나가는 것을 원치 않았던 것이다.

"사실 이 늙은이도 무림과 아주 인연이 없다고 할 수는 없다. 절친한 지기 중 무림에 몸을 담고 있는 친구가 있으니 말이다. 그 친구는 날 찾아올 때마다 제자 자랑을 늘어놓았는데 그때만 해도 난 입만 열면 제자 자랑을 하는 그 친구를 이해하지 못했다. 한데 이제 그 친구의 기쁨을 조금은 알 것 같아."

"아… 그랬군요."

비록 억지로 떠맡은 제자였지만 가르치며 함께 생활하는 동안 정이 든 것일까?

흑백자는 벌써부터 십 년 뒤 신도우운이 복수를 위해 무림에 뛰어들 일을 걱정하고 있었다.

흑백자가 쓸쓸한 미소를 머금었다.

"쯧쯧쯧! 이래서 늙으면 죽어야 한다니까. 장차 그 아이가 걸어야 할 길은 그 아이 스스로 정하는 것임에야……! 그나저나 떠날 생각이냐?"

"예. 그렇지 않아도 오늘 떠날 생각으로 인사를 드리려던 참이었습니다. 볼일을 마치는 대로 다시 들르겠습니다."

입문 단계는 이미 지난 상태이다. 이제부터 당분간은 신도우운 스스로 단련해야 하는 시기였다.

북리곤은 정중히 예를 갖춘 후 몸을 돌렸다. 신도우운에게는 미리 말해두었기 때문에 굳이 작별 인사를 따로 할 필요는 없었다.

2

월지국의 대관식까지는 이제 불과 한 달이 남았을 뿐이다. 늦지 않게 도착하려면 실로 빠듯한 일정이 아닐 수 없었다.

흑백자와 헤어진 북리곤은 곧바로 월지국으로 방향을 잡아 길을 재촉했다.

주위의 풍광들이 새롭기만 하다. 중원은 이미 겨울이었지만 월지국을 향해 남하할수록 계절이 바뀐 듯 온화하기만 하다.

북리곤은 관도를 따라 여행했는데 지리를 잘 모르는 그로서는 그편이 안전했다.

빠르지는 않지만 그렇다고 느리지도 않다.

북리곤은 한 걸음, 한 걸음 기계처럼 일정한 보폭으로 걸음을 옮기며 손으로는 한순간도 쉬지 않고 조각을 했다.

만들고자 하는 형상을 머릿속에 그린 후 소도로 조금씩 깎아나간다.

세상 이치가 그렇듯 조각 역시 서두른다고 빨리 완성되는 게 아니었다.

아무리 숙달된 사람이라 하더라도 한두 번의 칼질로 원하는 형상을 조각할 수는 없다. 어찌 보면 나무를 깎아 형상을 만들어내는 게 아니라 원래 나무 속에 감춰져 있는 형상을 천천히 끄집어내는 작업이라고 해야 옳았다.

어려운 것은 어느 정도 형상이 갖춰졌을 때부터였다.

그때부터 칼질은 더욱 조심스러워져야 하고 조밀해져야 한다. 아차 해서 한 번이라도 칼질이 어긋나면 지금까지의 과정이 모두 허사가 되고 만다.

조각을 시작한 지 닷새 만에 첫 작품이 완성되었다.

북리곤은 그 작품을 아무 미련 없이 부숴 버렸다.

조각을 완성했다는 기쁨보다는 만에 하나 누가 볼까 봐 두려운 심정, 그야말로 부끄럽기만 했다.

형태는 비슷하다. 하지만 북리곤 스스로도 자신이 만든 작품은 어설픈 흉내에 불과한 죽은 작품이라는 것을 잘 알고 있었다.

그렇다고 실망하지는 않았다. 이제 시작일 뿐이고 점차 좋아져 종내에는 작품에 마음을 담을 수 있다고 믿고 있었다.

북리곤은 조각을 하는 틈틈이 중년무인상을 꺼내 들여다보았다.

조각을 해본 뒤에야 중년무인상의 진정한 가치를 깨달았다고 할까?

그가 구북의 저잣거리에서 우연히 구입한 중년무인상은 진정 훌륭한 작품이었다.

그즈음 그는 중년무인상을 통해 많은 것을 알아냈는데, 첫째는 중년무인상을 만든 사람이 장인이 아니라 무인이라는 점이었다.

장인의 작품에는 장인의 혼이 담기지만 이 중년무인상에는 무인의 기상이 담겨 있었다. 무수하게 스쳐 간 칼질 하나하나에 무인의 패기가 담겨 있고 호연지기가 깃들어 있었다.

다시 삼 일을 지나자 두 번째 작품이 완성되었다.

첫 작품보다는 훨씬 잘 만들어진 작품이다.

균형이 잡혀 있을 뿐만 아니라 각 부위의 정교함은 둘째 치고 전체적으로 어떤 힘마저 느껴졌다.

하지만 북리곤은 완성되기 무섭게 지체없이 부숴 버렸다.

투박한 중년무인상과 비교해 세련되고 말끔해 어떻게 보면 더 뛰어나 보이지만 북리곤이 보기에는 부끄러울 뿐이었다.

계속 길을 걸으며 조각을 하자 의외의 훈련 효과가 있었다.

누구라도 길을 걷다 보면 앞도 보아야 하고 발을 딛을 지면도 보아야 한다. 이 동작들은 엄밀히 따지면 따로따로 구분된 동작이지만 갓난아이가 아닌 이상 누구라도 자연스럽게 한 번에 행할 수 있다.

문제는 이 동작에 한 가지라도 더 추가하게 되면 발이 뒤엉키고 눈이 어지러워진다는 점이었다. 더구나 조각은 세밀함을 요하는 작업인 것이다.

당연히 처음에는 발은 헛디뎌지고 또 손으로는 엉뚱한 부위를 깎아내기도 하는 일이 한두 번이 아니었다. 여행 속도 또한 평상시에 비해 현저히 떨어져 이대로라면 대관식에 참석하지 못할 정도였다.

한데 보름이 지날 무렵부터는 세 가지 동작이 자연스럽게 한 동작처럼 이루어지기 시작했다.

북리곤이 익힌 살인백율에는 의식을 일부분만을 사용하는 방법이 기록되어 있었다. 이른바 분심이용(分心二用)이었다.

북리곤은 전일 단계검문에서 광사군과 놀아줄 때 이 분심이용, 양의 심공을 연마한 적이 있었는데 그 때문에 걸으면서 조각하는 것에 빨리 적응할 수 있었던 것이다.

그 외에 조각을 하는 것은 몇 가지 이득이 있었다.

조각에 몰두하다 보면 첫째 마음이 안정된다. 북리곤은 특히나 집중력이 강해 조각에 빠져 있는 순간에는 깊은 명상에 잠기는 듯한 경험을 얻을 수 있었다.

두 번째로 조각이 주는 이점은 손의 감각을 극대화시킨다는 점이었다.

국경을 통과하려면 아직 열흘 정도는 더 가야 할 것 같았다. 그렇지 않아도 빠듯한 일정이었는데 조각을 하면서 걷는 처음 며칠간 시간을 많이 잡아먹어 일정을 맞추기 힘들어진 것이다.

결국 북리곤은 방향을 살펴본 후 관도를 버리고 숲으로 들어섰다.

국경까지 관도를 따라 가는 것보다 산을 넘고 숲을 뚫으며 직선거리로 주파하면 시간이 벌 수 있을 듯했다. 물론 일반인들이라면 힘만 들고 오히려 시간도 더 많이 걸리겠지만 지금의 북리곤에게는 적지 않은 시간을 단축할 수 있는 방법이었다.

숲에 들어서면서부터 북리곤은 경공을 펼치기 시작했다. 내를 만나면 건너뛰었고 절벽이 앞을 막으면 타 넘으며 전진한다. 막대한 진기가 몸 안에서 들끓어 험준하기 이를 데 없는 숲 속을 쉬지 않고 치달려도 전혀 힘들지 않았다.

산을 타넘으며 강행군을 한 지 닷새째 되는 날, 그날도 산을 넘기 위해 이름도 모를 어떤 산의 정상에 올라선 북리곤의 눈에 한 마을이 들어왔다.

분지에 자리 잡고 있는 전형적인 시골 마을이다.

어림잡아 인구 삼백여 호 정도 될까? 군데군데 논과 밭이 펼쳐져 있고 한쪽 산자락으로 백여 채의 집들이 옹기종기 모여 있어 평화스럽기 이를 데 없는 모습이었다.

그렇지 않아도 따뜻한 방이 그리워지던 북리곤이었다.

샘솟는 듯한 공력을 지닌 그였기에 산을 타넘으며 강행군을 하는 게 그리 힘들지는 않았지만 무엇보다도 잠자리가 문제였다. 이슬을 뒤집어쓴 채 일어나는 일과가 며칠 동안 계속되자 슬슬 지겨워진 것이다.

마을로 들어서자 북리곤은 객점부터 찾았다. 내일 아침은 이슬을 맞지 않고 푹신한 침구 속에서 눈을 뜰 생각을 하니 절로 흥이 나는 기분이었다.

잠시 후, 북리곤은 방부터 먼저 정한 뒤 다시 식당을 찾았다.

국경과 멀지 않은 외진 곳이라 그런지 식당은 썰렁하기 그지없었다.

주문한 음식이 나오기를 기다리는 동안 북리곤의 본능이 경고를 발했다.

'이 마을은… 이상하군.'

북리곤은 새삼 식당 안을 둘러보았다.

주인인 듯 회계대에 앉아 있는 중년인 한 명과 조금 전 주문을 받고 돌아간 점소이 소년, 그리고 한쪽 구석에서 잡담하고 있는 두 명의 대한.

손님이라고는 북리곤 한 명뿐이었다.

구석의 창가 쪽 자리에서 잡담을 나누고 있는 대한들은 북리곤이 보기에 손님이 아니었다.

그들은 마치 북리곤이 들으라는 듯 일부러 큰 목소리로 이야기를 나누고 있었지만 대화는 겉돌았고 애써 티를 내지 않으려 하지만 분명히 북리곤을 감시하고 있었다.

북리곤은 마을로 들어선 후의 과정을 살인백율에서 익힌 기억법으로 차분히 떠올려 보았다.

당시에는 무심코 스쳐 왔지만 생각해 보니 마을의 초입에는 사방이 트여 있는 원두막 형태의 작은 집이 한 채 있었고 그 안에 세 명의 대한이 한가롭게 앉아 있다가 북리곤을 유심히 바라본 적이 있었다.

객점까지 오는 동안 마을 사람들은 물론이고 여행객조차 한 명도 마주친 적이 없다는 것 또한 아무리 시골 마을이라 해도 이상한 일이 아닐 수 없었다.

무엇보다도 힐끔힐끔 북리곤을 바라보는 점소이 소년의 눈빛도 심상치 않았다. 무언가 할 말이 있는데 구석 자리의 대한들 때문에 가까이 오지 못하고 있는 듯한 느낌을 지울 수 없었다.

'분명히 뭔가 이상한데, 뭐지? 어떻게 해야 사정을 알아낼 수 있을까?'

이럴 경우 가장 간단한 방법은 하나뿐이었다. 직접 물어보는 것.

"이리 와보게."

북리곤은 일부러 큰 목소리로 점소이 소년을 불렀다.

"부, 부르셨습니까?"

점소이는 구석 자리의 대한들 눈치를 살피며 말을 더듬었다.

북리곤은 아무렇지도 않다는 투로 질문을 던졌다.

"지금은 정오 무렵이니 손님들이 많을 시간인데 왜 이렇게 한가하지? 오다가 보니 마을도 너무 조용한 것 같고 말이야."

큰 소리로 떠들며 잡담을 나누던 대한들의 목소리가 한순간 끊겼다. 북리곤은 그들의 마음속에서 일고 있는 파장을 감지해 대한들이 긴장하고 있는 것을 알 수 있었다.

"그, 그게… 원래 이곳은 손님이 많지 않아요. 손님이라곤 여행객들뿐인데 워낙 외진 곳이라……."

"그래? 혹시 이 식당 음식이 맛이 없어서 손님이 없는 건 아니겠지?"

북리곤이 짐짓 다그치는 말투로 입을 열었다.

그러자 당겨진 활시위처럼 팽팽히 당겨졌던 대한들의 긴장이 한순간에 풀어졌다.

"아, 아니에요. 이 마을에 식당이라곤 여기 하나뿐이지만 아직까지 음식이 맛없다고 한 사람은 없어요."

점소이 소년이 변명하듯 황급히 대꾸했다.

북리곤이 손을 저었다.

"알았다. 그나저나 음식이 나오는 동안 잠시 마을 구경이나 하고 올 테니 서두르지 말라고 해라."

북리곤이 말을 마치기 무섭게 벌떡 일어나자 구석 자리의 대한들이 긴장한 눈빛으로 북리곤을 바라보았다. 마치 따라 일어설 것 같은 태도였다.

잠시 후, 북리곤은 마을의 한가운데에 나 있는 길을 천천히 걸어가며 주위를 살폈다. 그저 구경거리를 찾는 한가한 외지인의 모습이었지만 사실 그의 감각은 활짝 펼쳐진 그물처럼 열려져 있었다.

골목 안쪽의 그늘 속에 그림자처럼 서 있는 대한 한 명, 마을의 입구와 저쪽 끝의 가게 안에 들어 앉아 있는 일단의 대한들. 대로의 양쪽 이층 누각의 창 앞에 서서 밖을 내다보고 있는 어떤 그림자.

고개를 들어 유심히 살펴보니 마을을 병풍처럼 둘러싸고 있는 주위의 산 중턱 곳곳에 숨은 듯 자리해 있는 나무집들이 보인다.

'감시초소다!'

초소들은 나무사이에 숨은 듯 자리해 있는데다 북리곤이 서 있는 곳에서부터 그 거리가 무려 삼백여 장에 달했다. 실로 북리곤 정도의 공력이 아니고서는 결코 발견해 낼 수 없는 위치였다.

마을은 죽어 있었다.

분명히 사람들이 살고 있었지만 죽은 마을이었다.

다시 식당으로 돌아온 북리곤은 때맞춰 나온 음식을 먹으며 생각에 잠겼다.

'마을 사람이라곤 저 소년 한 명뿐이구나. 나머지 사람들은 모두 어떻게 되었을까?

북리곤이 보기에 회계대에 앉아 있는 중년인 역시 대한들과 한패거리임이 분명했다.

북리곤은 마을에 어떤 일이 일어난 것인지 알아보고 싶었다. 하지만 대관식에 맞춰 월지국에 가려면 시간이 부족했다. 바로 그 점 때문에 북리곤의 갈등이 길어지고 있었던 것이다.

북리곤의 갈등이 끝난 것은 식사를 끝낼 무렵이었다.

'계월공주가 섭섭해하겠지만 어쩔 수 없구나.'

일단 결심을 굳히자 마음이 홀가분해졌다.

　거칠 것이 없는 기분, 북리곤은 구석 자리에 앉아 있는 대한들을 무시한 채 점소이를 불렀다. 만에 하나 대한들이 방해하면 제압해 버릴 생각이었다. 하지만 북리곤은 점소이 소년과 말을 나눌 수 없었다.
　쫘앙!
　점소이 소년이 다가오는 모습이 별안간 멀어지는 느낌이 드는가 싶은 순간, 북리곤은 식탁에 얼굴을 처박으며 의식을 잃고 말았다.

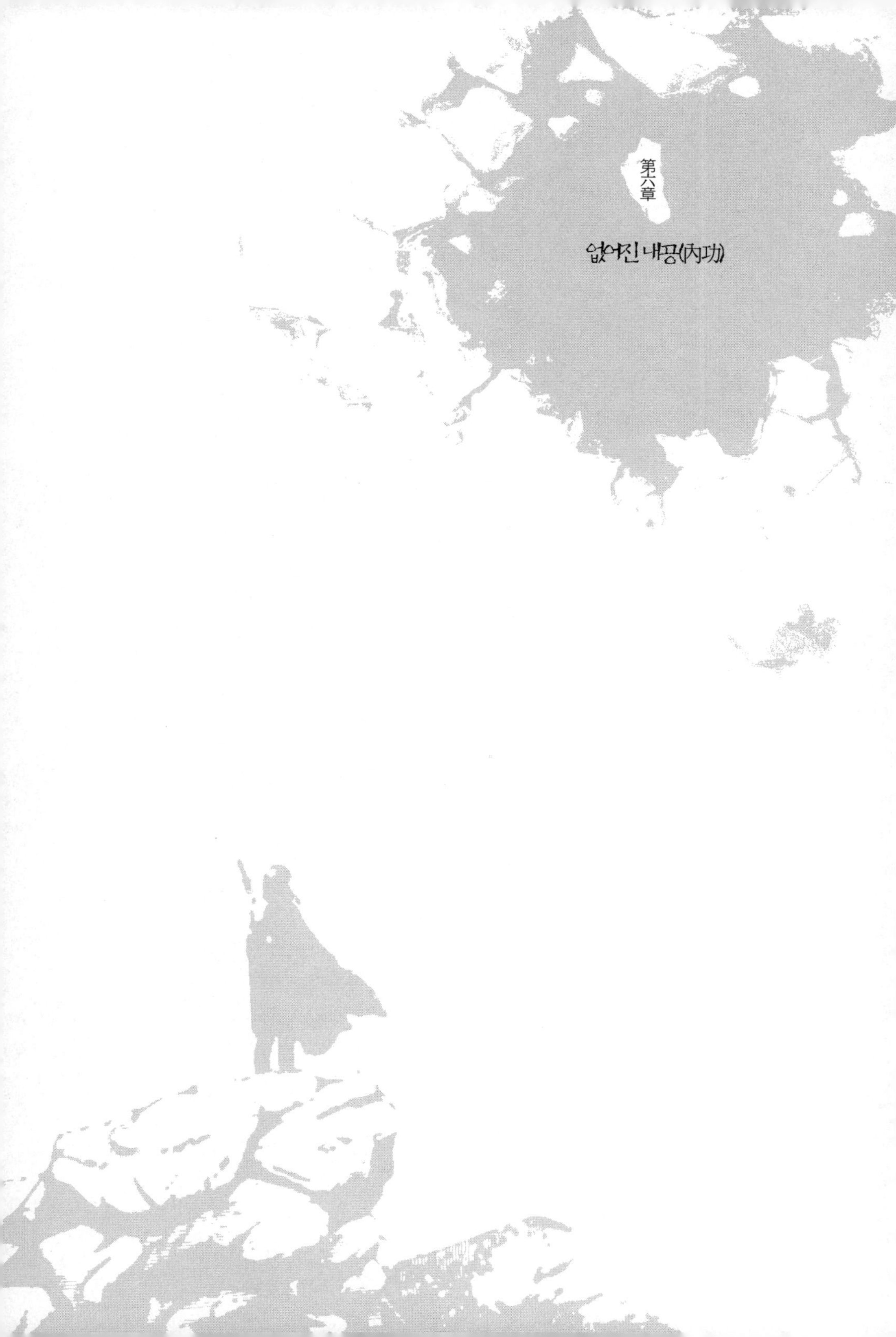

第六章
없어진 내공(內功)

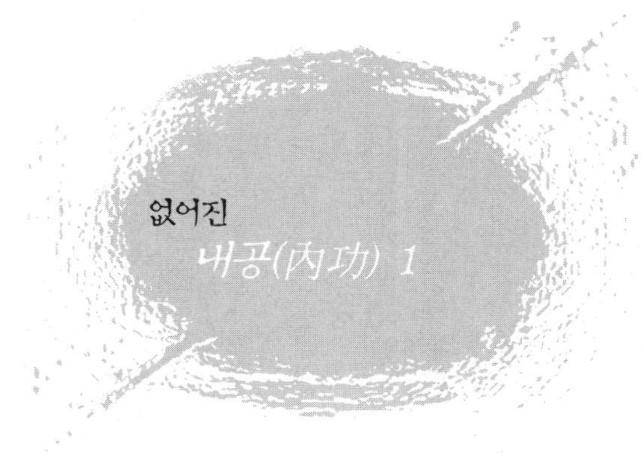

　귀효(鬼梟) 여도렴(呂度廉)이 무공에 한계를 느낀 것은 벌써 이십 년 전의 일이었다.

　일곱 살에 무공에 입문해 장장 십오 년, 실로 뼈를 깎는 노력을 아끼지 않았지만 선천적으로 자질이 부족했다.

　극의를 깨달아 절대자의 경지에 오르는 것까지는 아니더라도 적어도 문내의 경쟁에서 밀려나지 않을 정도가 되어야 하는데 시간이 흐를수록 그게 어려웠다.

　결국 여도렴은 간신히 이류를 면하는 것으로 만족한 채 더 이상 무공에 매달리지 않았다. 아무리 노력해도 진전이 없을 바에는 차라리 다른 길을 택해야 했던 것이다.

　그래도 턱걸이나마 일류고수의 반열에 올랐으니 문내에서 어느 정도의 직책을 맡을 자격은 있다. 여도렴은 모두들 각광받는 직책을 원하는 것과 달리 남들이 맡기 싫어하는 한직(閑職)을 원했다. 서기나 회계 등 앞에 나서지 않은 채 음지에서 잡무를 처리하는 그런 자리였다.

일은 힘들지만 반면에 빛이 나지 않는다.

잘하면 당연한 것이고 조금이라도 실수하게 되면 질책이 쏟아진다.

사실 일선에 나가 죽을 고비를 몇 번씩 넘겨가며 승진을 거듭하는 동료들을 부러워한 때도 적지 않았다. 그들은 문내에서 영웅이었고 곧 빛이었다.

한바탕 비라도 쏟아질 듯 낮게 내리깔린 날씨 탓이었을까?

여도렴은 창밖을 내다보다 문득 지난 세월을 반추하며 듣는 사람도 없는 빈 대청에서 혼자 입을 열었다.

"가늘고 길게 살기 위해 이 길을 택한 건 아니었어. 어차피 무공의 고하로 신분이 결정되는 게 무림의 생리이니 미친 듯 날뛰면서도 밀려나느니 차라리 내 발로 물러앉은 거지."

함께 입문한 동료들은 이제 직책상 모두들 그의 상관이 되어 있었다. 하지만 지금까지 살아남은 동료는 처음의 이 할도 되지 않았다.

또한 상관이라고는 해도 이제 더 이상 여도렴을 무시하고 냉대하는 동료들은 없었다. 높은 자리에 오를수록 더 많은 수하들을 거느리게 되고, 조직이 커질수록 문 전체의 살림을 맡고 있는 그의 도움이 필요했던 것이다.

이곳 옥 광산(玉鑛山)으로 부임한 것만 해도 문내에서는 모두들 좌천이라고 하지만 여도렴은 그렇게 생각하지 않았다. 사안이 워낙 중요해 그 외에는 맡을 사람이 없었던 것이다.

"내가 온 후 죽어나가는 인부들도 줄어들었고 또 작업량도 증가되었지."

여도렴은 흡족한 미소를 머금은 채 천천히 고개를 끄덕였다. 스스로 위안을 삼기 위한 것이 아니라 그는 진정으로 지금의 상황에 만족하고 있었던 것이다.

똑똑……!

문을 두드리는 소리가 들려온 것은 바로 이때였다.

"갓 약관을 넘긴 듯한 청년이라… 그래, 신분은 확인해 보았느냐? 만에 하나 비중있는 문파의 제자라면 골치 아프게 될 수도 있다."

"행색을 보니 염려할 필요는 없을 듯합니다."

문을 열고 들어선 수하는 오른쪽 어깨에 나무 지게를 걸쳐 메고 있었다. 투박해 보이는 나무 상자가 얹혀 있는 지게였다.

"그 지게는 뭐냐?"

"그자가 갖고 있던 물건입니다."

여도렴의 눈이 지게 위의 나무 상자를 쓸어본 뒤 다시 수하의 얼굴에 고정되었다.

"상자 안에는 뭐가 있지?"

수하의 몸이 경직되었다.

"열어보지 않았습니다."

여도렴은 지나가는 말투로 부드럽게 질문을 던졌지만 이 질문은 함정이었다. 만에 하나 상자를 열어보았다면 자신도 모르게 상자 안의 물건에 대해 대답하지 않을 수 없는 상황이었다.

부려먹기 위해 사람들을 잡아오는 데에는 몇 가지 규칙이 있었다. 그 규칙들 중 하나가 바로 잡아온 사람들의 소지품을 여도렴이 직접 확인할 때까지 절대로 손대면 안 된다는 것이었다.

"저쪽에 두어라."

여도렴은 대청 구석을 눈짓했다. 하지만 막상 수하가 북리곤이 지고 다니던 지게를 그가 지정한 자리에 내려놓는 순간 지게에 대한 일은 이미 깨끗이 잊은 상태였다. 지게는 낡아 보였고, 그 위의 상자 역시 투박하기만 해 아무런 관심도 끌지 못했던 것이다.

"예령(霓玲) 동 소저께서 오신다는 것을 알고 있느냐?"

"예. 이번에도 장신구로 쓸 옥(玉)을 직접 고르러 오신다고 알고 있어 쓸 만한 것들을 추려 준비해 놓았습니다."

"잘했다. 옥만 고르고 곧바로 총단으로 돌아가셨으면 좋을 텐데 워낙 천방지축이시니 어디로 튈지 몰라 걱정이 되는구나."

여도렴은 한숨을 내쉬며 고개를 저었다.

*　　　　*　　　　*

두통이 심했다.

북리곤은 마치 누군가가 양손으로 머리를 짓누르는 듯한 두통과 함께 눈을 떴는데 눈에 들어오는 모든 것이 낯설기만 했다.

마주 보고 있는 두 개의 침상과 옷장으로 사용하고 있는 낡은 궤짝 하나. 좁은 방 중앙에 놓여 있는 통나무 식탁.

허름하기 이를 데 없는 방이었는데 통풍이 잘 안 되는 듯 퀴퀴한 냄새가 코를 찌른다.

'여기가 어디지?

무엇이 어떻게 된 것인지 알 수가 없다. 큰 병을 앓고 난 뒤처럼 기운이 하나도 없었고 몸은 천 근처럼 무거웠다.

다음 순간, 몸을 일으켜 침상에서 내려서던 북리곤은 바닥에 발을 닫자마자 주저앉고 말았다. 제대로 서 있을 기운조차 없었던 것이다.

깜짝 놀라 공력을 일으켜 보았으나 놀랍게도 단전은 대나무 속처럼 텅 비어 있었다.

'어떻게 이런 일이……?'

북리곤은 한순간 자신이 혹시 꿈을 꾸고 있는 게 아닌가 생각했다.

그야말로 제대로 서 있을 힘조차 없는 건 그렇다고 쳐도, 공력이 모두 사라진 것은 도저히 납득할 수 없었다.

북리곤은 황급히 가부좌를 틀고 앉아 운기에 들어갔다.

운기라 함은 체내의 진기를 일주천시키는 것을 말한다. 곧 조금이라도 진기가 남아 있거나 없다면 외부의 기운을 받아들여 축기한 다음에야 가능한 일이었다.

북리곤은 단전이 텅 비어 있는 것에 놀라기는 했지만 크게 염려하지 않은 상태였다. 무엇이 잘못되었는지는 몰라도 한 시진가량 운기조식 하면 원래의 공력으로 회복되리라 믿었던 것이다.

하지만 아무리 운기조식을 해도 진기가 모이지 않는다. 단 한 줌의 진기만 있어도 선천무상결의 묘를 이용해 단숨에 원래의 공력으로 회복시킬 수 있지만 끌어들인 외부의 기는 손가락 사이로 흘러내리는 모래처럼 흩어질 뿐, 단전에 머무르지 않았다.

얼마의 시간이 흘렀을까?

집요하게 운기행공에 빠져 있던 북리곤이 결국 포기하고 눈을 뜨자 한 사람이 식탁 앞에 앉아 있었다.

"역시 무인이었구먼."

대략 나이 마흔쯤 되었을까?

허름한 황의를 걸친 중년인은 북리곤을 보고 있지 않았다. 그는 오른손에 조각용 작은 칼을 쥔 채 식탁 위에 놓인 물체를 깎아내고 있었다.

'조각을 하는 모양이구나. 한데 저건 옥(玉)인가……?'

망연히 황의중년인을 바라보던 북리곤의 눈에 이채가 스쳤다. 중년인이 조심스럽게 깎아내고 있는 옥 덩어리의 크기는 어른 주먹만 했는데 북리곤이 보기에 옥중에서도 최상품이라고 알려진 청백옥이었다.

'저 정도의 옥이라면 세공을 마치게 되면 한 가족이 몇 달은 능히 먹고살 만한 가치를 지닐 것이다.'

북리곤은 내심 고개를 저은 후 새삼 황의중년인을 바라보았다.

황의중년인은 북리곤에게 말을 건 것을 까맣게 잊은 듯 조각에 열중해 있었다. 자세히 보니 다섯 살가량 되어 보이는 어린 소녀의 형상이었다.

'칼질은 능숙하지만 옥을 다루는 장인은 아니구나.'

북리곤이 보기에 결코 뛰어난 솜씨라고는 할 수 없었다. 하지만 어설프나마 마음이 담겨 있어 오랜 세월 동안 소녀상에 매달린 듯했다.

"왜 묻지 않는가? 여기가 어디이며, 자네는 왜 쓰러졌는지 말일세."

망연히 조각하는 모습을 바라보고 있는 북리곤의 귀로 황의중년인의 음성이 다시 들려왔다. 눈은 여전히 고각에 고정되어 있는 상태였다.

"여기는 어디입니까?"

전신에 힘이 하나도 없어 무엇을 생각할 기운마저 없어진 것일까?

황의중년인의 재촉을 받고서야 북리곤은 중얼거리듯 질문을 던졌다.

"지옥이네."

황의중년인의 대답은 짧았다.

북리곤은 놀라지 않았다. 단지 어리둥절할 뿐이었다.

"지옥이라고 하셨습니까?"

"사람이 한곳에 갇혀 주는 음식만 먹고 하루 종일 시키는 일만 하며 바깥으로 나갈 수 없다면 그곳이 바로 지옥이 아니고 무엇이겠는가."

"아……!"

적어도 한 가지는 확실해졌다.

북리곤은 누군가에 의해 잡혀온 것이다.

북리곤은 망연히 주위를 둘러보았다.

허리에 차고 있던 미완은 물론이고 이것저것 중요한 것들이 들어 있는 나무 상자와 지게가 보이지 않았다.

황의중년인이 손으로는 여전히 조각을 하며 다시 입을 열었다.

"자네는 공력이 사라지는 충격 때문에 혼절한 것이네. 초선산(草仙散)은 독이 아니라 사람을 혼절시키지 않지만 공력이 깊은 사람은 혼절하기도 한다고 들었네."

"내가 산공독에 당해 공력을 잃었단 말입니까?"

전신에 기운이 없어서인지 놀랄 일이 생겨도 무덤덤하기만 하다.

북리곤은 자신이 놀라지 않는 것이 오히려 놀라울 따름이었다.

"이 마을에 들어와서 음식을 먹었겠지? 이 마을에서 하나뿐인 그 식당에서 말일세. 대부분의 산공독은 피부 접촉이나 호흡을 통해서도 중독시킬 수 있지만 초선산의 약점은 반드시 섭취해야만 약력이 발휘된다는 점이네."

"아……!"

"하지만 천하의 어떤 산공독보다도 강한 약력을 지니고 있는 게 바로 초선산이네. 아무리 운기행공을 해도 공력이 회복되지 않으니 포기하게."

"공력이… 영원히 돌아오지 않는단… 말입니까?"

어쩐지 남의 일처럼만 느껴진다.

북리곤은 말을 더듬기는 했지만 놀라서가 아니라 기운이 없었기 때문이다.

"그건 아니네. 초선산을 더 이상 복용하지만 않는다면 언젠가는 공력이 회복될 것이네. 단지 다른 산공독에 비하면 약력이 너무 강해 그게 언제가 될지 모를 뿐이네."

대부분의 산공독은 하독하는 양에 따라 다르긴 하지만 아무리 길어도 열두 시진 정도만 지나면 공력이 회복된다. 하지만 황의중년인의 말에 의하면 초선산은 일반 산공독과 다른 게 분명했다.

"난 양휘(梁揮)라 하네. 나도 무공을 익혔네만 공력이 사라져 보다시피 쓸모없는 폐물이 되고 말았네. 이곳에서는 모두들 양삼야(梁三爺)라고 부르니, 자네도 그렇게 부르면 되네."

황의중년인, 양휘가 그제야 조각에서 손을 떼며 불쑥 입을 열었다.

"누구입니까? 어떤 자들이 이런 짓을 한 겁니까?"

북리곤은 다소 힘이 돌아온 음성으로 질문을 던졌다. 그래도 잠에서 깨어났을 때보다는 어느 정도 원기가 회복된 느낌이었다.

"그건 알아서 무엇 하겠는가. 어차피 이곳을 벗어날 방도가 없으니 부질없이 노화를 키우지 말게나."

"초선산의 약력이 강하긴 해도 언젠가는 공력이 회복된다고 하지 않았습니까?"

"그거야 초선산을 딱 끊었을 때의 이야기이지. 하루도 빼놓지 않고 초선산을 복용하고 있는데 어떻게 공력이 회복될 수 있겠는가?”

“그거야 초선산을 먹지 않으면 되는 거 아닙니까?”

“놈들이 주는 음식에 섞여 있어 먹지 않을 도리가 없네.”

“하, 하지만…….”

“음식도 끊으면 되지 않느냐고 말하고 싶은가? 물론 삼사 일 굶는다고 죽지는 않네. 물만 있으면 한 보름 정도까지도 버틸 수도 있겠지. 하지만 그때까지도 초선산의 약력이 사라지지 않는다면 어찌하겠는가?”

“그럼 얼마나 되어야 초선산의 약력이 없어지나요?”

“그걸 아는 사람이 아무도 없네. 지금까지 이곳에 잡혀온 무림인들 중 적지 않은 사람들이 먹지 않고 버텨보기도 했지만 성공하기는커녕 굶어 죽은 사람만 한두 명이 아니네.”

“맙소사!”

“일단 잡혀온 사람들은 내막을 알고 나면 놈들이 주는 음식을 먹지 않기 위해 별의별 짓을 다 하네. 산짐승은 물론이고 심지어 들쥐나 벌레, 나무뿌리를 먹으며 버틴 사람도 있었지.”

“으음……!”

“그 때문에 이 안에는 더 이상 잡아먹을 벌레조차 없네.”

먹지 않고 살 수 있다면 언제고 공력이 회복되겠지만 초선산의 약력이 너무 길어 불가능했다.

대충 내막을 알게 된 북리곤은 내심 신음을 터뜨리지 않을 수 없었다.

“도대체 놈들은 왜 이런 짓을 하는 겁니까?”

“옥(玉)이네. 이 마을의 뒤에 위치해 있는 산에서 옥 광산이 발견된 거야. 그것도 질이 아주 좋은 최상의 옥이지."

"아……!"

"척박한 곳이라 대대로 가난한 마을이었는데 옥 광산이 발견되어 마을 사람들 모두 잘살게 되었다고 좋아했겠지만 그 옥 광산이 오히려 마을을 지옥으로 만든 것이네."

"그랬군요."

"옥 광산이 발견되자 촌장이 욕심을 부려 은밀히 무림 세력을 끌어들인 모양이야. 물론 그 촌장 역시 지금은 죽고 없지만."

"별로 크지 않은 마을이긴 하지만 그래도 한 마을에 이런 일이 생겼는데 관에서는 모른 척하고 있단 말입니까?"

"모른 척하고 있는 게 아니라 진짜로 모르고 있네. 워낙 외진 곳인데다 놈들이 철저하게 통제하고 있어 외부에서는 이곳 사정을 알 도리가 없네."

북리곤은 머릿속으로 마을의 지형을 떠올려 보았다.

사방이 깎아지른 듯한 험준한 산으로 둘러싸여 있는 분지 형태의 지형으로 입구는 단 한 곳뿐이었다.

"놈들은 처음에는 마을 사람들만 옥을 캐는 일에 동원했네만 너무 혹독하게 다뤄 사람들이 죽어나가 일손이 부족해지자 결국 외부의 사람들을 납치해 왔네. 물론 자네처럼 제 발로 오는 사람들도 노예가 되고 말았지."

북리곤이 한숨을 내쉬었다. 모든 내막을 알고 나자 절망감이 엄습해 왔다.

양휘가 위로하듯 말을 이었다.

"갇혀서 노역에 동원되는 처지이기는 하지만 삼 년 전, 귀효 여도렴이 책임자로 바뀐 뒤부터는 대우가 좋아졌네. 탈출할 맘만 버린다면 그럭저럭 지낼 만은 하네."

"그럭저럭 지낼 만하다……?"

북리곤은 어이가 없어 양휘를 빤히 바라보았다.

양휘가 한숨을 내쉬었다.

"난 이곳에 잡혀온 지 칠 년이 되었네. 처음 몇 년은 무척 힘들었네. 차라리 죽는 한이 있더라도 탈출하려고 했기 때문이네. 하지만 체념한 뒤부터는 오히려 마음이 편해지더군."

'하……! 도저히 탈출할 수가 없으니 차라리 처음부터 포기하는 게 현명하다는 뜻이구나.'

북리곤이 내심 장탄식을 터뜨렸다. 어쩌다 이렇게 한심한 처지가 되었는지 실로 아득할 뿐이었다.

"당분간 자네에겐 일을 시키지 않을 것이네. 초선산에 당해 공력을 잃게 되면 처음 며칠간은 앓고 난 사람처럼 기운이 없다는 걸 알고 있으니 말일세. 푹 쉬게."

그 말을 끝으로 양휘는 다시 조각에 매달렸다.

2

병이 아니었기 때문에 기운을 되찾는 것은 오래 걸리지 않았다.

갑자기 공력이 사라져 모든 점에서 크게 불편했지만 그것도 차츰 적응이 되어갔다.

삼 일 뒤, 북리곤은 어느 정도 기운을 찾자 자청해서 갱도(坑道)로 들어섰다.

밖으로 나갈 수는 없지만 배정된 작업량만 달성하면 나머지 시간은 자유스러웠다.

북리곤은 체력을 키우기 위해 일부러 열심히 일했으며 일을 하지 않는 시간 역시 체력을 단련하는 데 쏟아 부었다.

필요한 정보는 시간이 흐르면 저절로 알게 되는 법, 북리곤은 굳이 캐고 다니지 않았지만 보름 정도가 지나자 이것저것 필요한 것에 대해 알 수 있었다.

옥 광산을 장악하고 있는 문파는 사파의 중추 세력, 사도십방의 열 개 문파 중 하나인 혈막(血幕)이었다.

외부에서 붙잡혀 온 사람과 북리곤처럼 우연히 마을에 들어섰다가 붙잡힌 사람들은 여러 채의 전각에 수용되어 있었는데 그 숫자가 일백이 넘었다. 그들 중 무공을 익힌 사람들이 이십여 명, 모두들 공력이 잃어 무공을 쓰지 못했다.

마을 사람들은 낮에는 옥을 캐고 밤이면 집으로 돌아가 생활했다. 어차피 마을 전체가 거대한 감옥이었기에 도망칠 염려가 없었다.

삼 년 전, 귀효 여도렴이 책임자로 바뀐 뒤에 많은 변화가 있었다.

한 달 단위로 작업량만 정해준 뒤 그 외의 것은 모두 스스로 알아서 하도록 했고, 작업량을 채우면 나머지 시간은 무엇을 해도 간섭하지 않는다. 식사와 숙소의 환경도 대폭 개선되어 그야말로 최소한이나마 사람다운 생활을 하도록 배려한 것이다.

하지만 이 모든 것은 귀효 여도렴이 사람이 좋아서가 아니라 단지 전의 책임자들보다 영리하기 때문에 생긴 변화일 뿐이었다.

인부들을 혹독하게 다루면 분명히 작업량은 늘어난다. 하지만 그것은 일시적인 것일 뿐, 계속 유지될 수는 없다.

옥을 캐는 일이 한두 해로 끝날 일이 아닌 이상 어느 정도는 인간적인 대우를 해주며 부려먹어야 능률이 오를 뿐만 아니라 장기적인 계획을 세울 수 있었던 것이다.

다시 보름 정도가 지나 이십 리 길을 뛰어갔다가 뛰어서 돌아올 수 있을 정도의 체력을 회복하자 북리곤은 탈출을 감행했다.

이미 생각해 둔 탈출로가 있었다. 감시하고 있는 초소의 위치도 완벽하게 파악해 놓은 상태였다.

정해진 초소에서 감시하는 자들 외에 동초(動哨)들도 있지만 북리곤은 그들의 눈을 피할 자신이 있었다.

공력은 잃었지만 그동안 수련했던 감각마저 잃은 건 아니었다. 단계 검문의 숲에서 떨어지는 낙엽을 감지하던 훈련을 했던 북리곤은 누군가 십여 장 거리로 가까워지면 상대보다 먼저 감지해 낼 자신이 있었다.

탈출 시각은 점심 식사가 끝난 직후였다.

대낮에 움직이는 것은 모습이 환히 드러나는 약점이 있다. 하지만 인원 파악을 하는 다음날 아침 전까지 될 수 있는 한 멀리 도주하기 위해서는 어쩔 수 없었다.

게다가 아무래도 밤에 감시가 더 엄중해지는 법, 낮 시간에는 감시하는 자들로 어느 정도는 방심하기 때문에 허를 찌르는 효과를 기대할 수 있기도 했다.

점심 식사가 끝난 후 모두들 작업을 위해 갱도로 들어갈 때 북리곤은 미리 보아둔 숙소 맞은편의 숲으로 갔다.

숲을 통과하면 곧바로 깎아지른 절벽과 마주친다.

벽호공을 익힌 무인이 아니고서는 도저히 오를 수 없을 정도로 가파른 경사의 절벽이었다.

일단 절벽 앞에 도착한 북리곤은 망설이지 않고 절벽을 기어오르기 시작했다.

바위의 갈라진 틈새로 손가락을 쑤셔 넣은 뒤 순전히 그 힘만으로 몸을 끌어 올린다. 그 뒤 다시 손잡을 만한 곳을 찾아야 한다.

한 줌의 공력도 없는데다 아무런 장비도 없이 절벽을 오르는 것은 힘들기도 했지만 아차 하면 목숨을 잃을 위험이 있었다. 게다가 속도 또한 빠르지 못해 미처 절벽을 다 오르기도 전에 누군가의 눈에 뜨일 확률이 많았다.

하지만 북리곤은 이미 십여 일 동안 이 절벽을 조사해 맞은편 절벽에서 보이지 않는 그늘을 찾아낸 상태였다.

한 시진에 겨우 삼십 장 밖에 오르지 못한다. 게다가 손가락을 넣은 곳이 부서져 떨어질 뻔한 위기도 한두 번이 아니었다.

양쪽 손가락 끝은 어느새 헤어져 피가 흘러나오고 있었다.

세 시진이 지난 뒤, 북리곤은 절벽 중간의 두 자가량 선반처럼 튀어나와 있는 바위 위까지 오른 후 꼼짝하지 않았다.

일단 이곳까지 오른 이상 일차 관문은 통과한 셈이다.

지금까지는 절벽의 그늘진 곳을 타고 올라 맞은편에서 볼 수 없었지만 위쪽부터는 환히 노출된 곳이었다. 때문에 북리곤은 겨우 두 자가량 돌출된 바위 위에 몸을 걸친 채 해가 지기를 기다려야 했다.

이미 계산을 해둔 상태, 과연 반 시진 정도 휴식을 취하며 기다리는 동안 해가 저물어 어둠이 내리기 시작했다.

이제부터는 시간과의 싸움이었다.

가능한 한 빨리 절벽을 넘어 멀리 도주해야 한다.

공력이 온전했다면 추적해 오는 것을 두려워할 북리곤이 아니었지만 지금은 그야말로 삼류무사라도 당해낼 수가 없었다.

절벽 위쪽은 나무가 우거진 숲이었다. 다시 두 시진 정도 죽을 고비를 넘기며 마침내 절벽 위에 오른 북리곤은 그때부터 더욱 긴장하지 않을 수 없었다.

이 인 일 조인 동초들은 때로는 빠른 걸음으로 움직이고, 때로는 걸음을 멈춰 주위의 동정을 살피며 혹시 있을 탈출자를 수색한다.

초소들은 이미 파악해 두어 피할 수 있지만 언제 어디서 동초와 마주칠지 몰랐다.

얼마의 시간이 흘렀을까?

북리곤은 절벽을 넘어 반대쪽 숲을 통과하며 내려오는 동안 세 번 동초와 마주쳤는데 그때마다 상대방의 기척을 먼저 감지해 발각되지 않을 수 있었다.

이제 산 아래까지는 삼백여 장 정도의 거리에 불과했지만 아직 안심하기엔 일렀다.

해가 뜨려면 아직 한 시진가량이 남아 있고, 다시 아침 점호에서 북리곤이 없어진 것이 발각되기까지는 또 한 시진 정도가 남아 있다.

추적은 바로 그때부터 시작될 것이다.

두 시진이면 넉넉한 시간이랄 수 있지만 공력이 잃은 북리곤으로서는 과연 추적을 따돌릴 수 있을지 확신할 수 없었다.

혈막의 수하들은 마을에 관한 일이 외부에 알려지는 것을 막기 위해 그야말로 결사적으로 추적해 올 게 분명했다.

상황은 여전히 긴급했지만 그래도 휴식이 필요했다. 체력이 모두 소진되어 그야말로 한 걸음도 걷기 힘들었다.

북리곤은 쓰러지듯 지면에 주저앉았다. 바로 앞의 나무 뒤에서 그림자 하나가 걸어나온 것은 바로 이 순간이었다.

"대단하군, 대단해. 정말이지 감탄을 금치 못하네."

한 사내가 나무 뒤에서 걸어나와 천천히 북리곤에게 다가왔다.

나이는 대략 이십대 중반, 강인해 보이는 체격에 다소 날카로운 눈매를 지닌 청년이었다.

북리곤은 그가 자의를 걸치고 있다는 것을 알고 충격을 받았다. 바로 혈막의 고수였던 것이다.

혈막의 수하들은 모두 자의를 걸치고 있었는데 왼쪽 소매에 금색 띠를 수놓은 것이 특징이라면 특징이었다.

그 금색 띠는 또한 신분을 상징했다.

'이곳에 머무르고 있는 혈막의 수하들 대부분이 한 줄의 금색 띠를 둘렀다. 한데 이자는 두 줄의 금색 띠를 두르고 있으니 고수 급에 속하는 인물이로구나.'

청년이 거침없이 북리곤 옆에 앉으며 입을 열었다.

"맨손으로 그 절벽을 오른 뒤, 다시 수하들의 눈을 피해 여기까지 온 것은 확실히 놀라운 일이네. 처음부터 지켜보지 않았더라면 어쩌면 탈출에 성공했을지도 모를 정도야."

청년의 말투는 의외로 정중했다. 아마도 그런 성품인 듯했다.

북리곤은 아무런 대꾸도 하지 않았다.

단지 허무할 뿐이었다. 지금까지의 신산이 모조리 헛일이 되고 만 것이다.

청년이 말을 이었다.

"새로 붙잡혀 온 사람들은 모두 요주의 감시 대상이지. 우린 새로 붙잡혀 온 사람들을 적어도 일 년 정도는 철저히 지켜보고 있네. 그걸 몰랐던 게 자네의 실수이네.”

청년은 북리곤이 휴식을 취하는 동안 기다려 줄 생각인 듯했다.

“정말 열심히 일하더군. 하지만 말이야… 그게 탈출하기 위한 체력을 기르기 위해서라는 것도 이미 짐작하고 있었네.”

청년이 몸을 일으켰다.

“첫 번째는 징벌 정도로 끝나지만 두 번째 탈출하다 잡히면 단전을 파괴시키네. 그렇게 되면 영원히 무공을 회복할 수 없게 되니 명심하게.”

“으음……!”

북리곤은 자신도 모르게 낮게 비명을 터뜨렸다.

새삼 절망감이 전신을 휘감았다.

第七章
길들이기싸움

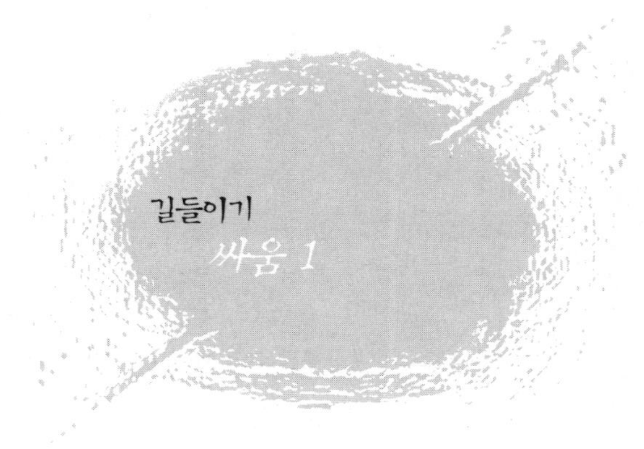

불타는 듯한 홍의(紅衣) 경장에 신고 있는 당혜도 붉은색이다. 치렁한 긴 머리를 묶고 있는 머리띠 역시 붉은색이고, 오른손에 가볍게 말아 쥔 채찍도 온통 붉은색이었다.

마치 한 무더기 홍염(紅焰)을 마주한 느낌이라 할까?

그 홍염 속에 희디흰 피부의 얼굴이 떠올라 있다.

도전적인 날카로운 눈빛 때문에 쉽게 말 붙이기 어려운 인상. 스물은 넘어 보이지만 그렇다고 서른까지는 보이지 않는다.

언제부터인가……?

온통 붉은색에 휩싸여 있는 예령 동옥군(桐玉珺)의 그 날카로운 눈빛이 더욱 차갑게 가라앉아 있었다.

무료했다. 무료하다 못해 짜증이 나기 시작한다.

그녀는 창 앞에 서서 밖을 내다보고 있었지만 눈에 들어오는 것 역시 무료하기 이를 데 없는 풍경들뿐이었다.

귀효 여도렴의 집무실은 언덕 위에 세워져 있어 마을 전체가 한눈에 들어온다. 하지만 아무리 오랫동안 지켜보아도 움직이는 것 하나 없다. 심지어 그 흔한 비루먹은 강아지조차 보이지 않았다. 어떻게 보면 아무도 살지 않는 텅 빈 마을 같았다.

'마을 꼬라지하고는……!'

한낮에는 모두들 작업에 동원되어 사람의 그림자조차 볼 수 없다. 동옥군도 그 사실을 잘 알고 있었다. 그럼에도 불구하고 마을이 한적하다는 것에 짜증을 느끼는 이유는 역시 무료하기 때문이었다.

이곳에 올 때도 그랬다. 오랜만에 강호로 나가게 되어 기뻐했던 것과 달리 내내 마차 안에만 갇혀 있어 엉덩이만 아팠던 기억밖에 없다. 그녀의 장신구로 만들 옥을 고를 때를 제외하곤 무료해도 너무 무료하기만 했다.

그녀의 무료함을 한 번에 날려 버리는 음성이 들려온 것이 바로 이 순간이었다.

"어지간히 독종인 듯합니다. 아니, 차라리 괴물이라 해야 옳겠군요."

"매에 장사는 없어. 그건 그렇고… 단지 기를 꺾기 위한 것이니 너무 혹독하게 다루지는 마라. 어차피 일을 부려먹어야 하니까 몸이 상하면 안 돼."

"한데… 아무리 해도 도무지 기가 꺾이지 않는다고 해서 이렇게 보고를 드리는 겁니다."

"기가 꺾이지 않는다니?"

"고통을 아예 느끼지 못하는 것 같다고 하더군요. 맞으면서 딴생각을 하거나 심지어 즐기까지 한다고……."

귀효 여도렴이 눈썹을 찌푸렸다.

"혹시 공력이 남아 있는 건 아니겠지?"

"그건 확실히 아니었습니다."

귀효 여도렴이 반신반의하며 고개를 갸웃하는 순간, 창 앞에 서 있던 예령 동옥군이 몸을 돌렸다.

"나 줘!"

"뭘 달라는 건지?"

귀효 여도렴은 무려 한 시진 넘게 미동도 하지 않고 창밖을 보며 서 있던 그녀가 별안간 입을 열자 화들짝 놀라기까지 했다.

"아무리 해도 기가 꺾이지 않는다는 그 사람 말이야."

"어, 어쩌시려고?"

귀효 여도렴은 아무래도 골치 아픈 일이 생길 것만 같아 가슴이 철렁 내려앉는 기분이었다.

"그런 사람을 길들여 보는 것도 재미있을 것 같지 않아?"

동옥군의 눈이 잔잔히 빛을 발했다.

*   *   *

징벌은 가혹했다.

단지 징벌 차원이 아니라 두 번 다시 탈출하지 못하도록 의지를 꺾기 위한 것이기에 더욱 혹독했다.

하지만 온갖 징벌들은 사실 북리곤에게 아무런 고통도 주지 않았다. 살인백율에서 익힌 마음을 쓰는 방법 때문이었다.

육감을 발달시키는 법, 상대의 내심을 읽는 법, 의식의 일부분만을 사용해 고통을 인식하지 않는 방법 등등… 북리곤이 혈왕의 연무실에서 익힌 살인백율에는 실로 유용한 공부들이 적지 않았다.

사실 북리곤을 힘들게 한 것은 징벌 자체보다 정말로 탈출할 수 없을지도 모른다는 절망감이었다.

"고생했네."

칠주야 동안 뇌옥에 갇혀 온갖 혹독한 징벌을 받은 후 숙소로 돌아온 북리곤에게 양휘가 던진 한마디였다.

그뿐이었다.

왜 탈출하려 하느냐, 어느 쪽으로 갔느냐, 어떻게 해서 다시 잡혀왔느냐 등등 물어볼 게 많을 것 같은데 그는 이미 다 알고 있다는 심드렁한 태도였다.

그제야 북리곤은 그가 탈출하는 것을 모두들 알고 있었음을 깨달았다. 후에 알게 된 일이지만 탈출을 감행할 시기에 대해 서로 내기를 걸었고, 심지어 시각까지 정확히 맞춘 사람도 있다고 했다.

'나, 바보 아냐……?'

북리곤은 내심 쓴웃음을 머금지 않을 수 없었다.

모두들 짐작하고 있는데 자신만 감쪽같이 속였다고 생각하고 있었으니 참으로 민망할 따름이었다.

"스스로 고요하여 이편의 마음을 저편에 보이지 않아야 함이니 이를 곧 도정(度情)이라 한다."

불현듯 흑백자로부터 배운 바둑이 떠올랐다.

바둑에서 이르길, 이편의 수가 상대에게 읽히면 안 된다 했다. 어쩔 수 없이 끌려가는 수순 중에도 고요함을 유지해 반격이 준비되고 있음을 드러내서는 안 된다.

북리곤은 생각했다.

한번 탈출했다가 혹독한 징벌을 받은 사람이 그 뒤에 취할 행동은 과연 어떤 것일까?

모두들 예측하고 있을 북리곤의 다음 행동은 어떤 것일까?

오래지 않아 북리곤은 생각을 정리할 수 있었다.

탈출했다가 다시 붙잡혀 온 사람들 중에 어떤 사람은 절망에 빠져 식음을 전폐하기도 했을 것이고, 또 어떤 사람은 포기하고 적응하려고 애쓴 사람도 있을 것이며, 더러는 다시 탈출하려던 사람도 있었을 것이다.

곧 북리곤이 어떻게 행동하든 모두 예측 가능한 범위 안의 일이었다.

이제부터는 적에게 마음을 읽혀선 안 된다.

일단은 그들이 예측하고 있는 그대로 행동하되 조급해하면 안 된다. 기다리다 보면 언제고 기회는 올 것이다.

'막상 탈출하지도 않으면서 입으로만 계속 탈출할 것이라고 떠벌리고 다니는 건 어떨까? 일도 하지 않고 빈둥거리면서 말이야.'

생각해 보니 어차피 예측된 행동을 할 수밖에 없다면 개인적으로 활용할 시간이 많은 걸 택하는 게 유리할 듯했다.

북리곤은 자리에 길게 누웠다.

이제부터는 일을 하지 않고 빈둥거릴 작정이다.

때리면 맞아주고, 다시 뇌옥에 처넣고 온갖 징벌을 가하면 그대로 받아주면 된다. 하지만 일을 시키는 것을 포기할 정도로 자극해서는 안 된다. 그렇게 되면 돌아올 것은 죽음밖에 없었다.

마음을 정하자 지금까지 북리곤을 휘감고 있던 절망감이 씻은 듯이 사라져 버렸다.

북리곤이 문득 히죽 웃었다.

반항적으로 빈둥거리는 것도 연습이 필요할 것 같다는 생각이 불현듯 뇌리를 스친 때문이었다.

이때, 숙소의 문이 열리며 한 사람이 북리곤의 숙소로 들어섰다.

바로 예령 동옥군이었다.

누구라도 동옥군을 처음 보게 되면 그 강렬함에 놀란다.

온통 불타는 듯한 붉은 옷차림과 대조적으로 희고 아름다운 얼굴, 그리고 무엇보다도 천하에 거리낄 것이 없는 듯한 당당하고 도전적인 그 눈빛.

'……!'

동옥군과 눈이 마주친 북리곤의 눈에 물결이 일렁였다.

동옥군의 눈빛이 차갑게 가라앉았다.

자신과 처음 마주친 사람들은 누구나 이런 식으로 놀란다. 상대가 젊은 사내라면 더욱 더했다.

눈앞의 도무지 기가 죽지 않는다던 사내의 반응도 똑같았다. 혹시 하는 기대감을 갖고 찾아왔는데 역시 그렇고 그런 속물일 뿐이었다.

흥미를 잃었다고 할까? 동옥군은 아직도 누워 있는 북리곤을 내려다보며 잠시 갈등하지 않을 수 없었다.

그러다 문득 한 가지에 생각이 미쳤다.

‘날 보고도 그냥 누워 있어?’

그러고 보니 사내는 몸을 일으키는 것도 귀찮다는 듯 그냥 길게 누워 있는 상태였고, 놀란 듯하던 눈빛도 어느새 권태로움이 가득한 눈빛으로 바뀌어 있었다.

그뿐이 아니었다.

다음 순간, 사내는 늘어지게 하품을 하더니 옆으로 돌아누워 버렸다.

누구라도 무시를 당하게 되면 화를 내게 되어 있다. 특히 동옥군처럼 늘 다른 사람들의 선망 어린 시선에 익숙해 있던 여인이라면 더욱더 분노하지 않을 수 없을 것이다.

동옥군은 화가 나다 못해 멍청해지는 느낌이었다.

사내는 내친김에 아예 잠을 자려는 듯 아주 편안해 보였다.

실제로 북리곤은 동옥군에게 아무런 관심도 없었다.

붙잡혀 온 사람들 중에 여자가 있다는 말은 들어본 적이 없으니 당연히 혈막 측의 인물임이 분명하다. 곧 그의 적인 것이다.

동옥군의 옷차림과 아름다운 모습이 인상적이긴 하지만 지금의 북리곤에게는 그 아름다움이 아름다움으로 인식되지 않았다.

더욱이 앞으로 골통짓을 하기로 작정한 그가 아니던가. 상대가 예쁜 여자라고 태도를 바꿀 북리곤이 아니었다.

“일어나!”

동옥군의 아미가 파르르 떨렸다.

“……!”

북리곤은 미동도 하지 않았다. 아예 잠이 든 듯 낮게 코를 골기까지 했다.

촤아악!

동옥군의 오른손에서 붉은빛이 허공을 갈랐다.

긴 채찍은 마치 살아 있는 뱀처럼 꿈틀거리며 허공을 단축하고 날아와 북리곤의 등을 강타했다.

"너, 뭐야?"

북리곤이 몸을 돌렸다. 그는 여전히 몸을 일으키지 않은 채 예령 동옥군을 빤히 바라보았다.

공력이 담겨 있는 그녀의 공세는 옷과 함께 살을 찢어낼 정도로 강력했지만 북리곤은 아파서가 아니라 단지 귀찮아서 입을 연 태도였다.

동옥군의 눈빛이 표독하게 가라앉았다.

"너의 생살여탈권을 쥐고 있는 사람. 쉽게 말하면 난 너를 죽일 수도, 살릴 수도 있는 신분인 것이다."

"그럼 죽이든 살리든 맘대로 해! 귀찮게만 하지 않으면 난 상관없어."

북리곤이 다시 돌아누웠다.

동옥군의 전신이 분노로 부들부들 떨리기 시작했다.

이런 경우는 실로 처음이었다.

사도십방 중 하나인 혈막 막주의 딸이라는 신분으로 수많은 수하들을 눈짓으로 부려온 그녀이다. 막주의 직전제자들조차 그녀 앞에서는 스스로 고양이 앞의 쥐가 되기를 자처하고 있지 않은가!

사람은 익숙하지 않은 것에는 당황하는 법이었고 동옥군이라고 예외는 아니었다.

무시당한 것에 화가 나고, 또 너무 당황해 어떻게 해야 할지 모른다.

동옥군은 또 자신이 당황하고 있다는 것에 더욱더 분노가 치밀기 시작했다.

"일어나라고 했다!"

동옥군은 애써 화를 억누르며 다시 입을 열었다. 한마디 한마디 천천히 흘러나오는 음성에는 살기가 묻어 있었다.

북리곤은 여전히 미동도 없었다. 아예 상대하기도 싫다는 태도였다.

촤아악!

동옥군의 손에서 채찍이 길게 풀려나 북리곤의 몸을 휘감았다.

북리곤의 상의가 길게 찢겨 나가며 피가 튀었다.

촤악! 촤악!

동옥군은 일단 손을 쓰기 시작하자 자신도 모르게 발작하듯 마구 채찍을 휘두르기 시작했다.

사내는 한 줌의 고깃덩어리처럼 때리는 대로 맞고만 있을 뿐, 일체 반항하지 않았다. 놀라운 것은 때리는 대로 몸이 출렁이면서도 비명을 지르지 않는다는 점이었다.

촤아악! 퍽!

얼마의 시간이 흘렀을까?

자신도 모르게 흥분 상태에 빠져 미친 듯이 채찍을 휘두르던 동옥군은 무언가 이상한 것을 느끼고 손을 멈췄다.

눈[眼].

한 쌍의 눈이 멀뚱멀뚱 그녀를 바라보고 있었다.

바로 북리곤의 눈이었다.

고통이나 절망의 빛이 담겨 있는 눈이 아니었다. 오히려 뭔가 신기한 걸 보고 있는 듯한 눈빛 같기도 하고, 또 경멸의 눈빛 같기도 했다.

동옥군이 손을 멈추자 북리곤이 조용히 입을 열었다.

"어이, 계집! 때릴 땐 때리더라도 뭘 좀 먹여가면서 때려라. 난 맞는 건 참을 수 있는데 배고픈 건 못 참는단 말이다."

동옥군의 내심으로 비명이 터져 나왔다.

'뭐, 이딴 자식이 다 있어! 수하들이 때리다가 질렸다고 하더니 사실이구나.'

동옥군이 입술을 깨물었다. 그녀는 사실 조금 전 북리곤이 욕을 한 것조차 의식하지 못할 정도로 당황한 상태였다.

실컷 얻어맞은 사내는 태평하기만 한데 때린 자신은 오히려 당황하고 있었다. 동옥군은 그 사실을 자각하곤 더욱더 당황하지 않을 수 없었다.

원래 이러려고 온 게 아니었다.

그녀는 좀 강단이 있다는 사내를 갖고 놀며 굴복시키기 위해 온 것이지, 상대에게 휘말려 발을 동동 구르며 화를 내고 또 당황해서 쩔쩔매려고 온 게 절대 아니었다.

'좋아! 누가 이기나 끝까지 해보자.'

잠시 후, 북리곤을 암팡지게 노려보던 동옥군이 홱 하고 몸을 돌렸다.

"계집! 내 말 잊지 마. 다음에 올 땐 먹을 걸 좀 갖고 와서 먹여가면서 때리라고!"

숙소를 빠져나가는 동옥군의 등에 대고 북리곤이 빙글거렸다.

막 숙소 밖으로 한 걸음 내딛던 동옥군의 걸음이 멈춰졌다.

'계, 계집……? 지금 날더러 한 말이었어? 저, 저 자식이 정말……!'

동옥군의 전신이 부들부들 떨리기 시작했다. 어찌나 주먹을 꽉 쥐었는지 손에서 핏기가 사라질 정도였다.

하지만 그녀는 끝내 돌아서지 않은 채 숙소를 빠져나갔다. 그녀의 등 뒤로 이를 가는 소리만이 낮게 들려왔을 뿐이었다.

"아이고! 팔다리, 허리, 삭신이야. 안 아픈 데가 없네. 사람을 이렇게 모질게 패다니, 얼굴은 반반하게 생긴 계집애가 정말 독종이구나."

동옥군이 사라지기 무섭게 북리곤은 이리저리 몸을 주무르며 신음을 터뜨렸다.

차라리 맞고 있을 때는 고통을 피할 수 있었다. 살인백율에서 익힌 데로 마음을 엉뚱한 곳에 쓰면 고통을 인식하지 못하기 때문이었다.

하지만 언제까지 의식의 초점을 엉뚱한 곳에 둘 수는 없는 법. 시간이 흐르면 어쩔 수 없이 고통을 느껴야 했다.

'그나저나… 저 여자 때문에 앞으로 심심치는 않겠구나.'

북리곤은 이미 동옥군이 찾아온 이유를 잘 알고 있었다.

혈막의 수하들을 통해 아무리 때려도 끄떡없는 사람이 있다는 말을 듣고 재미 삼아 길을 들이려고 온 게 분명했다.

살인백율에 수록되어 있는 수많은 기공 중에는 상대의 내심을 읽을 수 있는 공부도 있었다. 때문에 북리곤은 그녀의 심리 상태를 충분히 짐작할 수 있었다.

북리곤은 새삼 살인백율을 떠올렸다. 앞으로 벌어질 동옥군과의 긴 싸움에 대비하기 위해서였다.

결론은 간단했다.

상대가 원하는 대로 이끌려 가면 안 된다.

때려도 아픈 티를 내지 말아야 하고, 또 웃으며 친절하게 대해준다고 헬렐레 마음을 열어서도 안 된다.

동옥군은 북리곤을 길들이기 위해 앞으로 온갖 방법을 동원할 게 분명했다.

오늘보다 더욱 혹독하게 다룰 수도 있을 것이고, 또는 회유하기 위해 영악하면서도 엉뚱한 방법을 사용할 수도 있었다.

'날 길들이겠다, 이거지? 재미있군, 재미있어. 어디 누가 누구를 길들이나 해볼까……?'

북리곤의 입가에 미소가 맺혔다.

뭔가 재미있는 장난거리를 찾아낸 악동의 미소였다.

2

삼 일 뒤, 동옥군은 두 자루 목검을 들고 아침 일찍 북리곤의 숙소를 찾았다.

그녀는 곧바로 숙소 앞의 마당으로 북리곤을 데려간 뒤 한 자루 검을 건네주었는데 훈련용 목검이었다.

"넌 이제부터 내 검술 연습 상대가 되어야 하니 일은 하지 않아도 돼."

어차피 일을 하지 않고 빈둥거리기로 작정한 북리곤이었다. 한데 이렇게 되자 오히려 계획이 어긋한 셈이 되고 말았다.

쉬익!

북리곤이 목검을 든 채 황당해하는 순간 동옥군이 일검을 찔러왔다.

빤히 눈에 보이는 수였다.

"컥!"

하지만 그 빤한 일초에 북리곤은 목을 찔린 채 주저앉고 말았다.

목을 찔린 충격은 적지 않았다. 하지만 북리곤에게 더욱더 큰 충격이 되어 다가온 것은 자신이 그 허술한 일초를 피하지 못한 사실이었다.

파파파팟!

북리곤이 다시 몸을 일으키자 동옥군의 목검이 현란하게 움직이기 시작했다.

"맞지만 말고 피하거나 막아! 그래야 검술 연습이 되지."

동옥군이 이제야 북리곤을 제대로 골탕 먹일 방법을 찾아냈다는 듯 신이 나서 외쳤다. 짐짓 검술 연습을 위해서라는 진지한 태도이지만 눈은 영활하게 번뜩이고 있었다.

무수한 격타음이 북리곤의 몸에서 터져 나왔다.

북리곤은 동옥군의 검에 맞아줄 생각이 전혀 없었다. 하지만 결과적으로 그는 그녀가 휘두르는 대로 고스란히 얻어맞고 말았다.

동옥군의 검술은 비슷한 나이의 신진 고수들과 비교해 전혀 손색이 없었다.

기초도 탄탄했고 운검의 묘도 어느 정도 경지에 올라 있었다. 하지만 아직 일류라고 할 만한 수준은 못 되었고 당연히 북리곤과는 많은 격차가 있었다.

한데 북리곤의 시각에서 보면 어린아이 수준에 불과한 검초들을 그는 단 일 초도 피하지 못했다.

북리곤의 무공은 뜻이 일면 기가 움직이고 동시에 몸이 반응하는 경지에 이르러 있는 상태, 검법으로는 또한 이미 초식에 구애받지 않는 경지였다.

문제는 머릿속으로 아는 것과 몸이 반응하는 게 전혀 다르다는 점이었다. 보법을 펼칠 수 없기 때문이었다.

동옥군이 펼치는 무수한 검초가 몸으로 엄습해 오는 순간 북리곤은 언뜻 용등신보를 떠올렸지만 단 한 걸음도 펼치지 못했다. 일반적인 보법도 마찬가지이지만 특히 용등신보는 묵룡신공을 바탕으로 한 막대한 공력이 뒷받침되어야 펼칠 수 있는 보법이었던 것이다.

말이 검술 연습이지 이건 일방적인 구타에 지나지 않았다.

반 시진가량 무아지경(?)에 빠져 북리곤을 두들겨 패던 동옥군은 때리다 지쳤는지 손을 멈췄다.

"삼 일 뒤에 또 올 테니 그 안에 몸을 회복시켜 놔."

'하아……! 몸을 회복할 시간은 주겠다는 건 하루 이틀에 끝장을 보겠다는 게 아니라 길게 가자는 뜻이로구나.'

북리곤은 내심 어이가 없었지만 입에서 튀어나온 말은 엉뚱하기만 했다.

"계집, 내가 분명히 다시 올 때에는 먹을 걸 갖고 오라고 했지 않느냐!"

동옥군의 눈에서 새파란 불길이 번뜩였다.

"한 번 더 날더러 계집이라고 부르면 그 혀를 뽑아주겠다."

"그럼 계집애더러 계집이라고 부르지, 뭐라고 부르란 말이냐!"

북리곤은 전혀 기가 죽지 않았다. 동옥군이 자신을 죽이지 못한다는 것을 이미 알고 있었던 것이다.

동옥군은 북리곤을 길들이는 싸움을 시작한 상황, 만에 하나 분노를 참지 못해 상대를 죽여 버리면 그것은 곧 그녀의 패배였다.

무엇보다 북리곤이 자신하고 있는 건 그녀의 성품이었다.

사람이 사람을 죽인다는 건 아무리 무림인이라고 해도 쉬운 일이 아니다. 살인은 그야말로 해본 사람만이 할 수 있으며, 또 살인을 해본 사람은 이미 그 눈빛부터 달랐다.

북리곤이 본 동옥군은 짐짓 독한 척하고 있지만 절대로 유희 삼아 사람을 죽일 수 있는 성품의 여자가 아니었다. 북리곤이 조심해야 할 게 있다면 너무 약을 올려 아차 하는 순간 그녀가 화를 참지 못하고 살수를 펼치는 것뿐이었다.

북리곤을 노려보던 동옥군이 돌연 생긋 웃으며 입을 열었다.

"내 이름은 동옥군이야. 너 따위가 입에 올릴 이름은 아니다만… 넌 앞으로 동 소저라고 부르면 돼."

"어……?"

동옥군이 화를 내지 않고 상냥하게 대꾸하자 북리곤은 멍청해지지 않을 수 없었다. 예상 밖의 반응이었다.

'아무래도 오늘은 나의 패배로군.'

멀어져 가는 동옥군의 뒷모습을 보며 북리곤이 고개를 저었다.

잠시 후, 동옥군은 수하를 시켜 북리곤에게 금창약과 속골단을 보냈다.

북리곤은 찢겨진 피부와 혹시 상했을지 모를 뼈를 치료하라고 보낸 약들을 보며 쓴웃음을 머금지 않을 수 없었다. 북리곤을 염려해서라기보다는 빨리 회복해서 맞을 준비를 하라는 의미이기 때문이었다.

오후에 북리곤을 찾아온 또 한 명의 방문객이 있었다. 나이를 짐작하기 힘든 얼굴을 지닌 노인이었다.

주름살투성이의 얼굴과 다소 붉은색을 띠고 있는 작은 눈.

얼굴을 대한 순간 기이하게도 한 마리 늙은 쥐가 연상된다.

노인의 눈은 한곳에 고정되지 않은 채 쉬지 않고 움직이고 있었다.

"탈출하다가 붙잡혀 와 혹독한 징벌을 받고도 계속 탈출하겠다고 떠들고 다니는 게 바로 자네로군."

"북리곤이라 합니다."

북리곤은 침상 위에 누워 빈둥거리다가 몸을 일으키며 예를 갖췄다.

"이 늙은이는 고잔(高潺)이라 하네. 모두들 고이야(高二爺)라고 하네만……."

"아… 고 어르신이군요."

북리곤이 이채를 머금었다.

외부에서 잡혀온 사람들과 원래 마을 사람들을 합쳐 옥을 캐는 강제 노역에 동원되고 있는 사람들의 수효는 도합 오백여 명에 달했다. 인원이 워낙 많다 보니 혈막에서는 인부들 중 세 명의 우두머리를 두어 다른 사람들을 통솔하도록 했는데, 눈앞의 고잔이 바로 그들 중 한 명이었다.

고잔이 문득 숙소 안을 둘러보며 입을 열었다.

"자네가 온통 탈출하는 것에만 신경을 쓰고 곁을 주지 않아서 그렇지 사실 이곳에 기거하는 것만 해도 일종의 특전이야."

다른 사람들이 대부분 이십 명씩 한 숙소에서 생활하는 것에 비해 북리곤은 양휘와 단둘이서 숙소를 쓰고 있었다. 붙잡혀 온 노예치고는 호사가 아닐 수 없었다.

"알고 있습니다. 해서 늘 고맙게 생각하고 있습니다."

"뭐, 그런 말을 듣자고 온 건 아니고… 한데 정말 탈출할 생각인가?"

"예. 언제가 되었든 난 반드시 탈출할 겁니다."

어차피 감추지 않고 떠벌리고 다니던 일이었다.

북리곤이 거리낌없이 대답하자 고잔이 고개를 끄덕였다.

"정히 그렇다면 내 자네에게 보여줄 게 있으니 따라오게."

고잔이 휘적휘적 앞장서 걸음을 옮기자 북리곤의 눈에 이채가 솟아 났다.

고잔은 다른 사람들처럼 직접 옥을 캐는 일을 하지는 않는다. 하지 만 흑막 쪽과 강제 노역에 동원되고 있는 사람들과의 가교 역할을 하 며 작업 일정과 진행을 관리해야 하기 때문에 오히려 더욱 바쁜 사람 이었다.

그런 고잔이 직접 북리곤을 찾아온 건 확실히 의외의 일이 아닐 수 없었다.

잠시 후, 북리곤을 데리고 고잔이 들어선 곳은 수많은 갱도 중 한 곳 이었다.

"그래, 일 안 하고 빈둥거리니까 편해서 좋던가?"

비꼬는 것도 아니고 그렇다고 일을 시키기 위해 회유하는 말투도 아 니었다.

수평으로 이어진 갱도를 걸으며 고잔이 말을 걸자 북리곤은 진솔하 게 대꾸했다.

"놈들에게 반항하기 위해 일을 하지 않고 빈둥거리고 있었는데 사실 알고 보니 놈들은 신경도 안 쓰는 것 같더군요."

"그건 사실이네. 한 사람의 인부가 늘었으니 그만큼 작업량을 더 배 정해 주면 그만일 뿐, 나머지는 그들이 알 바가 아니거든."

"그렇더군요. 알고 보니 내가 일을 하지 않으면 다른 사람들이 그만 큼 더 일을 해야 하니 오히려 불편했었습니다."

"뭐, 그 문제도 그 빨간 계집애가 자넬 괴롭히기 위해 작업에서 빼주는 바람에 이젠 아무 상관 없네."

'빨간 계집애? 동옥군을 말하는 것이군.'

북리곤이 내심 실소를 터뜨렸다.

처… 벅! 처벅!

들리는 것이라고는 두 사람의 발걸음 소리뿐이다.

갱도 안으로 깊이 들어갈수록 점점 어두워져 고잔은 이미 화섭자를 꺼내 밝힌 상태였다.

갱도는 곧게 수평으로만 이어져 있는 게 아니었다. 때로는 줄을 타고 삼 장 아래로 내려가기도 하고 또 때로는 비스듬히 기어올라 가기도 했다.

'보아하니 이제는 옥을 캐지 않는 폐광 같은데 정말 무척 길구나. 한데 보여줄 게 있다더니 왜 이곳에 데려온 것일까?'

한 시진가량 지났을까?

북리곤의 의혹이 커질 무렵 고잔이 걸음을 멈췄다. 갱도의 한쪽 석벽이 세로로 갈라져 한 자가량 사이가 벌어진 곳이었다.

"따라오게."

고잔이 좁은 틈 사이로 들어가며 달했다.

몸을 옆으로 구겨 넣다시피 해야 간신히 들어갈 수 있는 작은 틈 사이를 지나자 한 사람이 기어들어 갈 수 있는 작은 굴이 모습을 드러냈다.

고잔은 이미 굴속으로 들어가 보이지 않았다.

한 사람이 겨우 기어들어 갈 수 있는 크기의 굴은 그 길이가 무려 백 장에 달했는데 그 끝은 천연 동굴과 이어져 있었다. 높이가 일 장에 달하고 폭 또한 다섯 자가 넘는 큰 동굴이었다.

좁은 굴 안을 기어오다가 허리를 펼 수 있는 큰 동굴을 만나자 그야말로 숨이 탁 트이는 느낌이었다.

고잔은 기다리고 있다가 북리곤이 도착하자 다시 걸음을 옮기기 시작했다.

'갱도를 따라 들어온 것만 해도 근 한 시진… 좁은 굴을 기어서 여기까지 오는 데 다시 반 시진이 걸렸다. 한데 아직도 더 가야 하는 걸까?'

고잔이 따라오라는 듯 묵묵히 동굴 안쪽으로 걸어가자 북리곤은 그의 뒷모습을 보며 고개를 저었다.

이때, 북리곤은 고잔의 손에 화섭자가 없다는 것을 깨닫고 어리둥절해했다.

고잔은 원래 좁은 굴 앞에서 화섭자를 꺼놓은 상태였다. 기어서 움직이려면 어쩔 수 없었다. 한데 손이 자유로운 넓은 동굴에서도 고잔은 화섭자를 다시 밝히지 않았다.

'어디선가 빛이 들어오고 있다!'

아니나 다를까.

미로처럼 얽혀 있는 동굴 속에서 세 번 정도 방향을 바꾸자 앞쪽에서 환한 빛이 쏟아져 들어왔다. 동굴의 입구였다.

입구에 멈춰 선 고잔이 입을 열었다.

"우리가 갇혀 있는 마을을 둘러싸고 있는 산의 반대쪽이네."

"그렇다면 아까 그 굴은 탈출하기 위해 뚫어놓은 것이군요."

"그렇다네. 난 이곳에 붙잡혀 온 뒤 탈출하기 위해 일 년 동안 굴을 뚫었는데 뜻밖에 바깥으로 연결되어 있는 이 동굴과 만나게 되었네."

북리곤은 새삼 자신이 통과해 온 굴을 떠올려 보았다. 무려 반 시진이나 기어서 와야 할 정도로 긴 굴이었다.

이곳이 옥 광산이니만치 갱도를 뚫기 위한 장비가 있었다고는 해도 그 긴 굴을 아무도 모르게 뚫었다는 건 실로 예사로운 일이 아니었다.

북리곤의 얼굴에 감탄의 빛이 스치자 고잔이 쓴웃음을 머금었다.

"이곳에서는 다들 고이야라 부르지만 사실 무림에서는 날 모산야응(模山夜鷹)이라 불렀네. 뭐, 배운 게 도둑질이니 굴을 뚫는 건 그리 어려운 일은 아니었네."

'모산야응? 신투(神偸)……!'

북리곤은 월단퇴에서 백의대의 제자로 훈련받을 때 강호의 문파와 무림인들에 대해 공부한 적이 있었다.

처음 고잔의 이름만 들었을 때는 기억하지 못했지만 별호마저 알게 되자 새삼 인명록에서 읽은 기억이 났다.

"한데… 이렇게 나갈 수 있는 길이 있는데 왜 탈출하지 않으셨습니까?"

고잔이 고개를 저었다.

"확신이 서지 않았네. 공력을 잃은 몸으로 섣불리 나갔다가 다시 잡히면 꼼짝없이 목숨을 내놓거나 단전이 파괴되어 영원히 공력을 회복할 수 없게 되네."

고잔의 설명에 의하면, 동굴 밖으로 나가 다시 산을 벗어나려면 닷새가 걸린다. 공력이 없어 속도를 낼 수 없기 때문이었다.

닷새라는 시간은 혈막의 추격대가 탈출한 사람을 다시 잡아들이기에 충분한 시간이었으며, 또한 천라지망을 완벽하게 펼칠 수 있는 시간이기도 했다.

혈막은 광동에 본거지를 두고 있지만 비상시에는 귀주와 광서까지 포함해 삼 개 성에 천라지망을 펼칠 수 있는 문파였던 것이다.

"으음……!"

고잔이 설명을 마치자 북리곤이 내심 고개를 저었다.

생각해 보니 자신이 시도했던 탈출 계획은 무모하기 이를 데 없어 실패하지 않으면 그게 오히려 이상한 일이었다.

동굴의 입구는 깎아지른 듯한 절벽의 중간에 자리해 있었다.

높이는 대략 삼십여 장, 아래를 내려다보니 공력이 없어도 내려가는 건 어렵지 않아 보였다.

아직 완벽한 탈출로를 찾아낸 건 아니다. 하지만 일단 마을에서나마 빠져나올 수 있는 길을 알게 되자 북리곤은 한줄기 희망을 얻은 기분이었다.

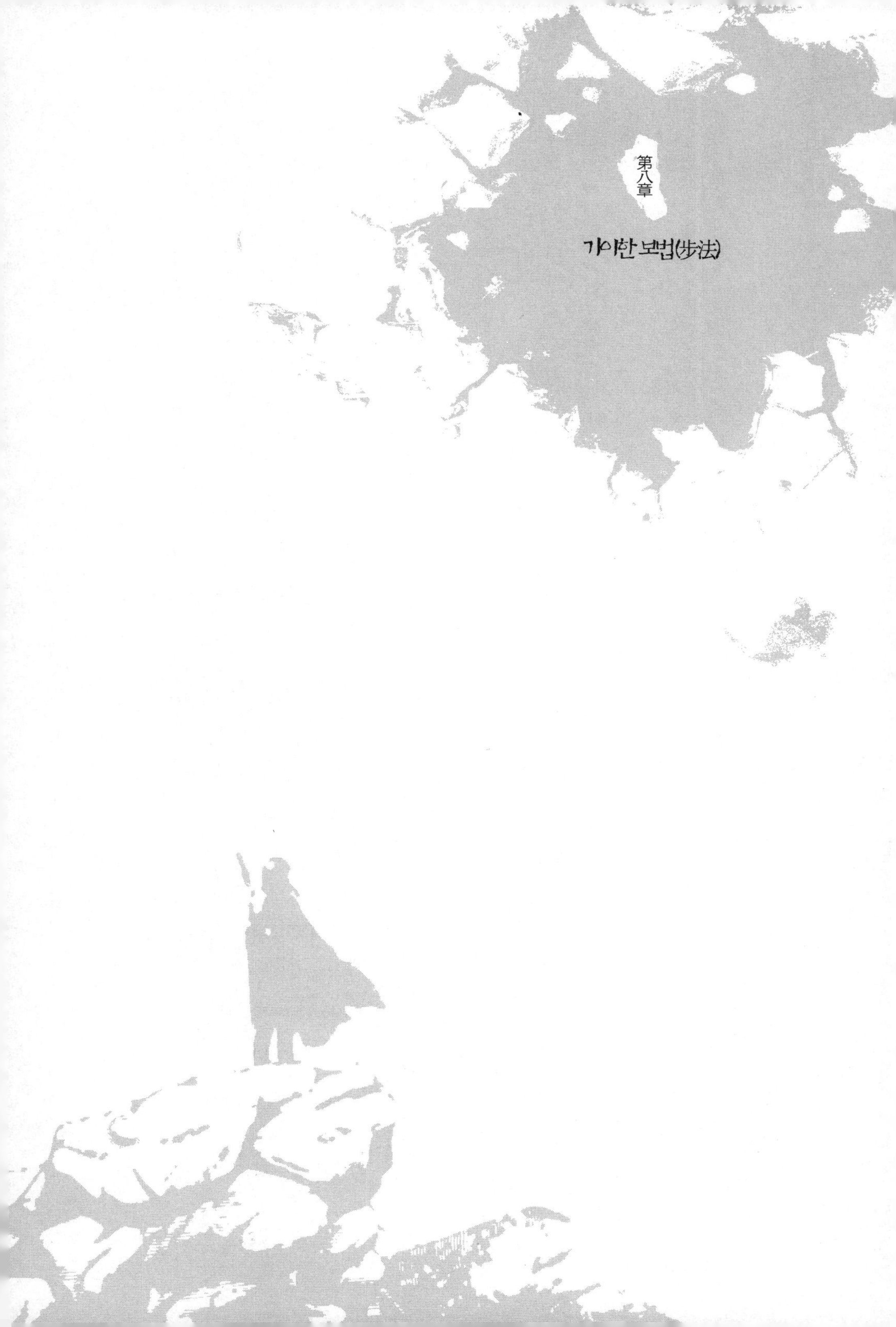

第八章

가파른 보법(步法)

삼 일이 지나자 과연 동옥군은 북리곤을 찾아왔다. 하지만 북리곤은 첫 번째처럼 무차별적으로 얻어맞지는 않았다.

삼 일 전에는 몸이 생각처럼 움직여지지 않는 것에 당황해 대응할 방법조차 떠올리지 못했지만 이제는 달랐다.

첫 번째 검초는 어쩔 수 없이 얻어맞는다. 하지만 이미 검로를 알고 있어 두 번째 검은 피할 수 있었다. 그러니까 첫 번째 검에 얻어맞는 것은 두 번째 검을 피하기 위한 준비 동작이었다.

하지만 다시 세 번째 검은 피하지 못한 채 얻어맞을 수밖에 없었다. 이어지는 검초의 변화를 뻔히 알면서도 몸이 움직여지지 않기 때문이었다. 하지만 세 번째를 얻어맞으면 네 번째 검은 또 피할 수 있었다.

이런 식으로 북리곤은 삼 일 전에 비교해 정확히 반만 얻어맞기 시작했다.

동옥군은 크게 놀라지 않을 수 없었다. 단 한 줌의 공력도 없는 사람이 자신의 목검을 절반이나 피하고 있었던 것이다.

다시 삼 일 뒤, 북리곤은 공력을 사용하지 못하는 것에 더욱 적응되어 나름대로 동옥군의 검에 대응할 수 있었다.

역시 첫 번째 검은 얻어맞는다.

공력을 펼치지 못하는 북리곤의 몸으로서는 검이 뻗어오는 속도를 감당할 수 없었다. 하지만 두 번째는 피했고, 다시 피하지 못할 세 번째 초식은 목검을 들어 막아냈다.

그러나 거기까지가 한계였다. 세 번째 초식을 막아내는 순간 힘에 밀려 몸의 균형이 흐트러지기 때문이었다.

그래도 수확은 적지 않았다. 검술 연습 상대가 되어주기 시작한 지 단 세 번 만에 얻어맞는 회수가 삼분지 일로 줄어든 것이다.

이것은 또한 검술 훈련을 핑계 삼아 북리곤을 두들겨 패려던 동옥군에게 진짜로 검술 훈련을 하는 효과를 주는 일이기도 했다. 그 과정에서 북리곤 또한 얻는 것이 적지 않았다.

북리곤은 시간이 날 때마다 동굴로 가서 밖을 바라보며 희망을 키웠다.

동굴을 드나들수록 왕래하는 시간이 점점 짧아져 처음에 세 시진이 걸리던 길이 이제는 반으로 줄어 있었다. 익숙해지기도 했지만 숨이 턱에 닿을 때까지 달리고 기며 일부러 체력을 단련시킨 결과였다.

어느 날, 북리곤은 동굴의 입구 반대쪽으로 깊숙이 들어갔다가 바닥의 평평한 암반 위에 한 치 깊이로 새겨져 있는 발자국들을 보게 되었다.

발자국들은 큰 마름모꼴 안에 다시 작은 마름모꼴이 담겨 있는 형태를 하고 있었다.

안쪽의 능형(菱形)은 한 사람이 제자리에서 이리저리 움직이는 듯한 작은 크기였고 외곽의 능형도 폭이 세 자, 길이가 넉 자에 불과해 그리 넓은 범위가 아니었다.

발자국들은 각기 방향이 달라 어떤 현기를 담고 있는 듯했는데 아무리 살펴보아도 구결은 적혀 있지 않았다.

'보법인 모양인데 구결도 없는데다 발을 내딛는 순서와 방향을 알 수 없으니 아무 소용이 없구나.'

북리곤은 새삼 발자국들이 새겨져 있는 주위를 자세히 둘러보았다.

커다란 돌을 평평하게 다듬어 만든 돌 침상과 벽장 용도로 쓰인 벽에 패어 있는 네모난 구멍 하나.

한쪽 바닥으로 맑은 물이 동굴을 가로지르며 흐르고 있어 식수로 사용한 듯했다.

"그 동부는 아마 전대의 고인이 수행하던 곳인 듯하네. 한데 바닥에 새겨진 보법은 정말 이상해. 보기에는 현기가 어려 있지만 아무리 들여다보아도 알 수가 없네. 게다가 구결이 없으니 무용지물이네."

북리곤은 자신이 발견한 발자국에 대해 고잔에게 이야기했는데 그도 이미 알고 있었다.

딱히 할 일도 없었다.

삼 일마다 동옥군에게 얻어맞으며 공력을 잃은 상태에서 싸우는 훈련도 점차 시들해져 갔다. 공력이 없이 하나의 완성된 검법을 상대하는 일은 아무리 애를 써도 더 이상의 진전이 없었다.

북리곤은 시간이 날 때마다 동굴로 가서 바닥에 새겨진 보법을 연구했다.

발자국들은 금강지(金剛指)로 새긴 것들이었다.

한 개의 능형마다 왼발의 형태와 오른발의 형태가 짝을 이뤄 여섯 쌍이었고, 두 개의 능형 모두 합쳐 정확히 스물네 걸음이었다.

북리곤은 그야말로 온갖 방법을 다 동원해 발자국들에 대해 파고들었다.

일일이 손으로 만져 보기도 하고 또 직접 발을 대보기도 한다. 눈을 가까이 가져가 자세히 살펴본 적도 있고, 심지어 그 위에 벌렁 누워 등으로 비벼본 적도 있었다.

그러던 어느 날 북리곤은 신을 벗고 맨발로 발자국들을 하나하나 디뎌보다가 한 가지 사실을 깨닫게 되었다.

돌에 새겨진 발자국들은 앞뒤, 또는 옆으로 그 깊이가 미세하게 차이가 났다. 새길 때 정교하지 못해 생겨난 차이가 아니라 분명히 의도적으로 만들어진 깊이의 차이였다.

북리곤의 내심으로 환호성이 터져 나왔다.

발자국 하나하나 앞과 뒤, 또는 좌측과 우측에 깊이의 차이가 있다는 것은 곧 방향을 뜻했다.

예를 들어 발뒤꿈치가 좀 더 깊이 파인 것은 그곳에 힘이 가해진다는 의미이다. 곧 뒤로 물러나기 위한 자세였다. 당연히 앞쪽에 힘을 두는 자세는 또한 전진하기 위한 자세이기도 했다.

일단 방향만이라도 알아낸 건 큰 진전이었다.

깊이의 차이는 그야말로 미세했다. 맨발로 디뎌본다고 해도 그 차이를 알아내기 어려울 정도였다.

북리곤이 그 차이를 알아낸 것은 결코 감각이 예민해서가 아니라 바닥에 새겨진 발자국의 크기가 북리곤의 발과 똑같았기 때문이다.

그야말로 우연의 일치가 하나의 기연으로 연결된 것이 아닐 수 없었다.

북리곤은 먼저 안쪽의 작은 능형을 이루고 있는 발자국들의 방향을 모두 알아낸 뒤 다시 한 쌍이 되는 발자국들을 찾아내기 시작했다. 두 발을 어떤 형태로 지면을 딛고 있다가 움직이는 것인지 알아내기 위해서였다.

한 쌍이 되는 발자국들을 찾아내는 것은 그리 어려운 일이 아니었다.

왼발이 앞을 향하고 있는 순간에 오른발이 뒤로 돌려져 있을 수는 없는 법.

북리곤은 일단 왼발을 딛고 있는 상태에서 오른발의 형태들을 일일이 디뎌본 후 하나하나 그 짝을 찾아내 단단히 기억해 두었다.

결국 동굴에 드나들기 시작한 지 열흘째 되는 날 북리곤은 하나의 보법을 완성시킬 수 있었다.

이상한 보법이었다.

북리곤은 스스로 이십사능보(二十四菱步)라 이름 붙였는데 그 이유는 마름모 형태의 능형을 따라 모두 스물네 번의 걸음이 좁은 공간에서 반복되는 보법이기 때문이었다.

정확히 말해 이십사능보는 마름모 형태의 꼭짓점으로 한 걸음 전진했다가 옆으로 미끄러진 후 후퇴하고, 다시 앞으로 한 걸음 전진하는 걸 반복하는 형태였다.

어떻게 보면 무척이나 단순해 보였고 또한 술에 취한 사람이 비틀거리는 듯해 이것이 과연 보법일까 의심스러울 정도였다.

하지만 북리곤은 의심하지 않고 시간 나는 대로 돌에 새겨져 있는 발자국 형태를 따라 연습하기 시작해 다시 열흘이 흐른 뒤에는 저절로 발이 미끄러질 정도로 익숙해졌다.

같은 자리를 계속 맴돌기만 하는 보법이라는 점이 참으로 기이했지만 어차피 할 일도 없는데다 호기심이 강한 그의 성격이 결국 이십사능보를 능숙하게 펼칠 수 있는 경지로 만든 것이다.

후에 알게 된 일이지만 이 이십사능보는 상대가 공격해 올 때 그 위력이 발휘되는 보법이었다.

상대의 움직임을 쫓아가는 게 아니라 오히려 상대보다 먼저 앞길을 선점한다. 이 보법을 펼치면 상대는 오직 맞받아야만 할 뿐, 피할 수가 없었다.

북리곤이 이십사능보를 익히기 시작한 뒤부터 동옥군과의 검술 훈련에 엄청난 변화가 생겼다.

얻어맞는 횟수가 눈에 띄게 줄어들기 시작해 이십사능보를 무의식적으로 펼칠 수 있는 경지에 오른 뒤부터는 단 한 대도 얻어맞지 않게 된 것이다.

검법에서 이미 초식에 구애받지 않을 경지에 오르고도 공력이 없어 맞받아치지도 못하고 또 피하지도 못하던 것에 비하면 실로 엄청난 결과였다.

“멍청한 계집애 같으니! 일곱 번째 변식에서는 손의 방향이 틀렸단 말이다.”

“너, 바보 아냐! 어렸을 때부터 익힌 검법이라면서 아직도 이 정도밖에 안 되냐!"

"에구, 에구! 느리다, 느려!"

여유가 생기자 북리곤은 동옥군을 조롱하기 시작했다.

"뭐야! 이 자식이 정말……!"

이렇게 되자 동옥군은 너무도 화가 나 씩씩거리며 마구잡이로 덤벼들었지만 그야말로 북리곤의 옷자락조차 건드리지 못했다.

분명히 앞에 서 있었는데 막상 공격을 시작하면 어느새 옆으로 몸을 돌린 상태이다. 하지만 검을 돌리는 순간에 상대는 다시 제자리로 돌아와 있었다.

북리곤이 익힌 이십사능보는 놀랍기 이를 데 없어 공력이 없어도 운용이 가능했으며, 좁은 공간 안에서 발만의 움직임만으로 능히 상대의 검을 피하는 묘용이 있었다.

북리곤은 이십사능보를 펼치며 동옥군을 상대해 주는 동안 또 다른 묘를 깨우칠 수 있었다.

상대의 공격을 최소한의 움직임만으로 피하는 방법이었다.

굳이 큰 동작으로 피할 필요가 없었다. 많은 걸음 또한 필요없었다.

검이 찔러 들어오는 순간 왼발을 축으로 몸을 틀며 오른발이 뒤로 돌아 딱 한 걸음만 방향을 바꾼다. 이렇게 되면 정면을 향해 있던 몸이 옆으로 틀어지고 검은 가슴 앞의 허공을 스쳐 가게 된다.

몸과 공격해 온 검과의 거리는 언제나 한 치에서 두 치 사이, 누군가 보았다면 아슬아슬하게 피했다고 여기겠지만 사실 북리곤으로서는 안전하기가 반석과 같았다.

한 걸음에 몸이 반 정도 돌게 되고, 두 걸음이면 완전히 방향이 뒤바뀐다. 오히려 검을 향해 앞으로 뛰어드는 것처럼 느껴지는 순간 어느

새 옆을 보며 서 있다. 심지어 적을 앞에 두고 뒤돌아서 있는 자세가
될 때도 있었다.

맞지 않게 되자 공격할 수 있는 여유도 생겼다.

이십사능보를 자유자재로 펼치며 단 한 대도 얻어맞지 않게 되자 북
리곤은 동옥군을 상대로 공력이 담겨 있지 않은 검법을 시험해 보기
시작했다.

검로(劍路)를 막는다.

검초가 변화하는 순간, 그 변화한 뒤에 검이 전개될 공간에 미리 검
을 찔러 넣는다.

북리곤은 이십사능보로 동옥군의 검을 한발 앞서 피하면서 때로는
일부러 검을 들어 막았다. 힘으로 막는 게 아니라 비스듬히 상대의 힘
을 이용해 미끄러뜨리는 식이었다.

북리곤은 검왕의 검을 전해 받아 이미 검으로는 천하에 적수가 없다
고 해도 과언이 아니었다. 그 상태에서 이십사능보를 운용하자 동옥군
의 검은 단 일 초도 북리곤의 통제에서 벗어나지 못했다.

동옥군은 때때로 자신이 스스로 북리곤의 검을 향해 뛰어드는 형세
가 되자 깜짝 놀라며 식은땀을 흘리지 않을 수 없었다. 비록 훈련용 목
검인데다 공력이 담겨 있지 않았지만 죽음의 공포마저 느껴야 했다.

결국 동옥군이 더 이상 검을 휘두르지 못하게 된 것은 북리곤이 이
십사능보를 익힌 지 두 달째 되는 날이었다.

"너, 너 이 자식! 이게 무슨 사술이지?"

"사술은 무슨 얼어 죽을 사술! 네가 수련을 게을리 해서 실력이 엉망
일 뿐이다."

동옥군이 씩씩거리며 북리곤을 노려보았다.

무엇이 어떻게 된 것인지 절실히 알고 싶었지만 더 이상 질문할 수가 없었다. 매달리고 애원하는 꼴이 될까 두려웠던 것이다.

"망할 자식! 내일부턴 검술 훈련이 아니라 권법 훈련을 할 테니 각오하고 있어!"

결국 동옥군은 이를 갈며 몸을 돌렸다.

이상하게도 북리곤 앞에만 서면 고아하던 그녀는 사라지고 시정잡배들처럼 쌍스럽고 천박하게 변했다.

말투와 행동은 물론 심지어 생각조차 천박해지는 것 같았다. 그녀 자신이 생각해도 이해할 수 없는 노릇이었다.

2

전체 인부들을 통솔하는 우두머리로 선발된 사람들은 모두 세 명.

그 세 명 중 북리곤이 만나본 사람은 양휘와 고잔뿐이었는데 하루는 아직까지 만나보지 못했던 정일야(鄭—爺)가 자신의 숙소로 북리곤을 불렀다.

"자네, 이화단철장의 사람이라 했는가?"

"예. 장주님이 제 아버님 되십니다."

"그럼 장인인가?"

"그렇습니다. 최고의 장인, 장왕(匠王)이 되는 게 제 목표입니다."

북리곤은 붙잡혀 와 처음 심문받을 때 자신이 이화단철장 사람이라는 것을 굳이 숨기지 않았다. 하지만 월단퇴의 문주라는 것은 물론 무공에 대해서는 일체 이야기하지 않았다.

정일야의 눈에 감탄과 의혹이 빛이 교차했다.

"초선산에 당한 직후 의식을 잃었다고 들었네만, 사실인가?"

"예. 그랬던 모양입니다."

"이 늙은이도 남 못지않은 공력을 지녔다고 자부하고 있었지만 초선산에 당한 순간 맥이 풀려 일어서지 못했을 뿐, 혼절하지는 않았는데 도대체 원래 지니고 있던 공력이 어느 정도란 말인가?"

"기연을 만나 일 갑자 정도의 공력을 얻었습니다."

"호오! 대단하군, 대단해. 일 갑자의 내공을 지닌 장인이라……."

북리곤이 머쓱해하는 표정으로 대답하자 정일야가 놀란 빛을 감추지 않았다.

십 년 공력이란 십 년 동안 하루도 빼놓지 않고 내공을 연마해야 얻을 수 있는 진기를 의미한다. 때문에 육십 년 공력이라는 것은 한 사람이 평생을 정진해도 얻기 힘든 엄청난 공력이었다.

북리곤의 나이 이제 겨우 이십대, 더구나 무인도 아닌 장인이 그 정도의 공력을 지니고 있음이니 정일야로서는 정녕 믿기 힘든 일이었다.

사실 북리곤의 공력은 근 이 갑자에 달했다. 하지만 북리곤은 사실대로 이야기할 수가 없었다. 대충 반으로 깎아서 말해도 놀라는 판이니 사실대로 이야기하면 오히려 믿지 않을 게 분명했다.

"젊은 나이에 그만한 성취를 얻었는데 이런 곳에 처박혀 미래를 잃었으니 참으로 한심한 노릇이야. 하지만 희망을 포기하지는 말게. 언제고 반드시 밖으로 나갈 수 있을 것이네."

정일야의 눈빛이 차갑게 가라앉았다.

자신을 비롯해 이곳에 붙잡혀 온 사람들의 처지에 새삼 분노가 솟구친 눈빛이었다.

대략 육십쯤 되었을까?

정일야는 공력을 잃었음에도 불구하고 눈빛이 형형했다.

"보여줄 게 있네."

정일야는 갑자기 자신의 허름한 나무 침상 끝을 들어 한쪽으로 옮기며 말했다.

침상 아래쪽은 흙바닥이었다. 하지만 손으로 잔뜩 쌓인 흙을 한쪽으로 밀어내자 나무로 만들어진 커다란 상자가 모습을 드러냈다.

뚜껑을 열자 상자 안에 가득 담겨 있는 옥 덩어리들이 보였다. 다듬어지지 않은 원석들이었다.

"두 달치 작업량을 미리 확보해 놓은 것이네."

"아……!"

두 달치 작업량을 미리 준비해 놓았다는 것은 곧 두 달 동안 일을 하지 않고 그 시간에 다른 준비를 해도 발각되지 않는다는 의미이기도 했다.

"아직 구체적인 계획은 없지만 언제고 탈출할 날을 노리며 준비해 둔 것들이네. 이 정도면 놈들에게 발각되지 않고 무언가를 꾸밀 수 있는 시간을 벌 수 있네."

아직 다듬어지지 않았지만 옥 덩어리들이 한곳에 잔뜩 쌓여 있는 모습은 보는 것만으로도 황홀해지는 기분이다.

북리곤은 제법 큰 상자 안에 가득 담겨 있는 옥 덩어리들을 살펴보다가 문득 눈을 빛냈다.

그의 눈은 잔뜩 쌓여 있는 옥들 중에서 길이는 대략 두 자 반 정도, 폭이 세 치에 달하는 긴 막대기 형태의 옥 덩어리에 고정되어 있었다.

전체적으로 붉은빛이 감돌고 있는 옥 덩어리는 첫눈에도 다른 옥과 달라 보였다.

정일야는 북리곤이 쳐다보고 있는 옥 덩어리를 꺼내 손에 쥔 채 이리저리 흔들어보며 입을 열었다.

"이놈이 마음에 드는가 보군. 옥을 보는 안목이 있어."

"혹시… 혈옥이 아닙니까?"

"맞네. 이곳에서 생산되는 청백옥은 옥 중의 옥이라 불리는 특상품이네. 한데 청백옥을 캐다 보면 간혹 청백옥보다 더욱 귀한 혈옥이 섞여 나오는데 이 정도 크기의 혈옥은 정말 보기 드문 것이네."

"아……! 과연 혈옥이었군요."

"그래, 자네 같으면 이 혈옥으로 무엇을 만들겠는가?"

정일야가 북리곤의 눈을 똑바로 바라보며 질문을 던졌다.

"검입니다."

북리곤이 짧게 대답했다.

정일야가 고개를 끄덕였다.

"역시 검을 생각했군. 하지만 혈옥은 경도(硬度)가 만년한철에 못지않아 장인들도 세공을 하기가 어렵네. 내공이 깊은 사람이 내공을 불어넣으며 세공을 해야 원하는 형태를 만들 수 있을 뿐이네."

정일야가 말을 마치기 무섭게 불쑥 옥 덩어리를 북리곤에게 내밀었다.

"이걸 왜 제게……?"

"사실 이걸 자네에게 주기 위해 보자고 한 것이네. 장인이면서도 깊은 내공력을 지닌 자네만이 이 혈옥을 검으로 만들 수 있음이네."

"하지만 전 공력을 잃었습니다."

"초선산에 당해 흩어진 공력은 언제고 되찾을 수 있네. 그때 이놈으로 멋진 검을 만들면 되네."

“감사합니다.”

북리곤은 사양하지 않았다. 혈옥이 진정 마음에 들었기 때문이다.

“필부는 죄가 없지만 구슬을 지닌 것이 죄라는 말이 있네. 다른 사람들의 눈에 뜨이지 않도록 잘 감춰놓게.”

혈옥을 한 자루 검으로 세공하게 되면 능히 일 개 성(城)과도 맞바꿀 수 있을 가치를 지니게 된다.

그 점을 잘 알고 있는 북리곤은 정일야의 말에 고개를 끄덕였다. 이미 감춰둘 장소까지 생각해 둔 상태였다.

3

검법이 통하지 않자 권법으로 바꿨지만 동옥군은 여전히 북리곤의 옷자락 하나 건드리지 못했다.

그녀가 펼치고 있는 권법은 천파구류권(天破九流拳)으로, 오성의 경지에 이르면 쇠를 끊고 바위를 부술 수 있으며, 칠성의 경지에 이르면 능히 권법만으로도 일류의 반열에 오른다는 절기였다.

동옥군의 성취는 오성, 가히 권영이 난화가 휘날리는 듯한 경지였다.

주먹에서 뻗어 나오는 경기 또한 대단해 스치기만 해도 어디 한 군데는 부러질 듯 위력적이었다.

하지만 오성 정도의 천파구류권은 북리곤 앞에서는 어린아이 장난에 불과했다.

북리곤은 이미 천파구류권보다 뛰어난 용권참을 연마한데다 이십사 능보 역시 더욱 능숙해져 있었던 것이다.

북리곤은 현란하게 펼쳐지는 권영 속을 미꾸라지처럼 빠져나가 동옥군의 뒤에 붙어선 채 뒤통수를 때리거나 때로는 뒤에서 가볍게 끌어안는 등 장난을 치며 약을 올렸다.

"쯧쯧! 차라리 춤을 춰라, 춤을 춰!"

"난 여기 있는데 왜 엉뚱한 허공만 치는 거지?"

작전을 바꿔 권법 훈련을 하자던 동옥군은 결국 반 시진 만에 손을 내리고 말았다.

'이크! 내가 너무 약을 올렸나?'

한참을 씩씩대며 노려보던 동옥군이 휙 하고 몸을 돌려 사라져 버리자 북리곤은 오히려 아차 하는 기분이었다.

사실 동옥군이 자신을 길들이겠다는 생각을 포기하게 만들어서는 안 되었다. 그녀 덕분에 옥을 캐는 노동에서 해방된 채 비교적 자유스럽게 생활할 수 있었던 것이다.

잠시 생각에 잠겨 있던 북리곤의 입가에 다시 미소가 떠올랐다.

지금까지 파악해 낸 동옥군의 성격으로 볼 때 아직은 포기할 그녀가 아니라는 확신이 들었기 때문이다.

과연 동옥군은 다시 북리곤을 찾아왔는데 삼 일 뒤가 아니라 바로 그 다음날이었다.

그녀의 손에는 보자기에 싸인 쟁반이 들려 있었다.

"호……! 날 만나러 올 땐 맛있는 음식을 갖고 와야 한다고 가르쳤더니 이제야 말을 듣는구나."

북리곤은 그녀의 손에 들려 있는 게 음식이라는 걸 알고 입맛을 다시며 손을 내밀었다.

"조건이 있어."

“조건……?”

“그 보법… 가르쳐 줘.”

입술을 꼬옥 깨문 채 망설이던 동옥군이 결국 입을 열었다.

북리곤의 눈에 이채가 떠올랐다.

절실했다.

동옥군은 눈으로 애원하고 있었다.

북리곤을 대하는 태도도 지금까지와는 확연히 달랐다.

북리곤이 고개를 저었다.

“머리가 있는 거야, 없는 거야? 남의 절기를 가르쳐 달라면서 그깟 음식을 조건으로 내걸다니, 말이 된다고 생각해?”

“그래서 가르쳐 주겠다는 거야, 안 가르쳐 주겠다는 거야?”

동옥군의 눈썹이 파르르 떨렸다.

음식을 장만해 오고, 또 애써 부드럽게 말했던 게 스스로 울화통이 치민다는 태도였다.

“난 혹독한 매도 견딘 사람이야. 그까짓 음식은 안 먹어도 그만이야.”

동옥군의 눈 깊숙이 당황해하는 빛이 스쳤다.

북리곤이 짐짓 거드름을 피우며 말을 이었다.

“무림의 절기는 함부로 남에게 전하지 않아. 너도 무림인이니 그걸 모르지는 않겠지?”

“알고 있어, 알고 있단 말이야. 하지만…….”

“좋아. 가르쳐 줄 순 있어. 하지만 두 가지 조건이 있어.”

“그게 뭔데?”

동옥군이 간절한 눈빛으로 북리곤을 바라보았다.

늘 오만하면서도 도전적이던 눈빛도 이 순간만큼은 더할 나위 없이 부드럽게 변해 있었다.

"첫째, 내 소지품을 돌려줘."

북리곤은 짐짓 아무렇지 않게 말했지만 사실 내심 크게 긴장한 상태였다.

다행히도 동옥군은 그 정도는 아무것도 아니라는 듯 황급히 고개를 끄덕였다.

"그건 어렵지 않아. 그럼 두 번째 조건은 뭐지?"

북리곤의 내심으로 안도의 한숨이 터져 나왔다.

그의 소지품은 모두 허름한 지게 위에 얹혀 있는 낡은 상자 안에 있었다. 그 안에는 쇠를 다루는 겸자와 망치, 갈아입을 옷 등 잡다한 물건들 이외에도 중요한 기물들이 한두 가지가 아니었다.

만들다 만 것 같은 반검(半劍), 미완을 비롯해 실로 천금과도도 바꿀 수 없는 물건들이었다.

사실 미완은 그 가치를 알아볼 수 있는 사람이 거의 없었다.

또한 혈왕의 의복도 다른 사람에게는 별 가치가 없으니 문제될 게 없었다. 하지만 상자 안에는 북리곤이 구북의 저잣거리에서 구입한 다섯 가지 기물들과 묵룡갑이 있었다.

묵룡갑 하나만 해도 무림병기보 여덟 번째 서열에 올라 있는 보물. 북리곤으로서는 반드시 되찾아야 할 물건들이었다.

일단 소지품을 되찾을 수 있게 되자 북리곤은 여유가 생겼다.

"두 번째는 날 스승으로 모시고 매일 맛있는 음식을 대접할 것."

북리곤은 팔짱을 낀 채 동옥군을 바라보았다. 싫으면 그만두라는 태도였다.

동옥군의 눈이 좁혀졌다.

첫 번째 조건은 대수롭지 않게 생각했지만 두 번째는 달랐다.

사실 북리곤을 스승으로 모시는 건 간단한 문제가 아니었다.

자신과 비슷한 나이의 북리곤을 스승으로 모셔야 한다는 건 참을 수 있다. 그만치 이십사능보에 대한 열망이 강했다.

하지만 가장 큰 문제는 북리곤이 지금 혈막의 노예로 붙잡혀 있는 신분이라는 점이었다.

"스승으로 모시는 건 안 돼. 만에 하나 스승으로 모시게 되면 더 이상 이곳에 붙잡아둘 수가 없는데, 그건 내 힘으로도 불가능해."

동옥군이 한숨을 내쉬며 힘없이 고개를 저었다.

북리곤이 다시 입을 열었다.

"넌 다만 날 스승으로 생각하면 그만이지, 다른 건 걱정할 필요가 없다. 날 이곳에서 빼내주지 않아도 된다. 물론 스승에 대한 예의로 구배를 올리라고도 하지 않을 것이다."

"정말이야?"

동옥군이 눈을 빛냈다.

"난 언제고 내 힘으로 이곳을 탈출할 것이니 네가 마음 쓸 필요 없어."

북리곤이 다짐하듯 말을 잇자 동옥군의 눈에 안도의 빛이 떠올랐다.

북리곤이 소지품을 되찾은 건 다음날이었다.

허름한 지게와 낡은 상자에 대해 이곳 옥 광산의 총책임자인 귀효여도렴조차 별다른 관심이 없었기에 가능한 일이었다.

북리곤은 되찾은 소지품을 동굴로 옮긴 후 가장 먼저 미완을 꺼내 혈옥 덩어리를 깎아보았다.

한데 쇠조차 두부처럼 베어버리는 미완으로도 혈옥은 깎이지 않았다. 힘을 주어도 미세하게만 깎일 뿐이어서 하나의 검으로 세공할 수가 없었다.

"역시 공력을 불어넣은 뒤 다시 검기를 발현시켜야만 깎아낼 수 있겠구나."

북리곤의 입가에 흐뭇해하는 미소가 떠올랐다.

미완으로도 깎아낼 수 없다는 것이 오히려 더욱 맘에 들었다.

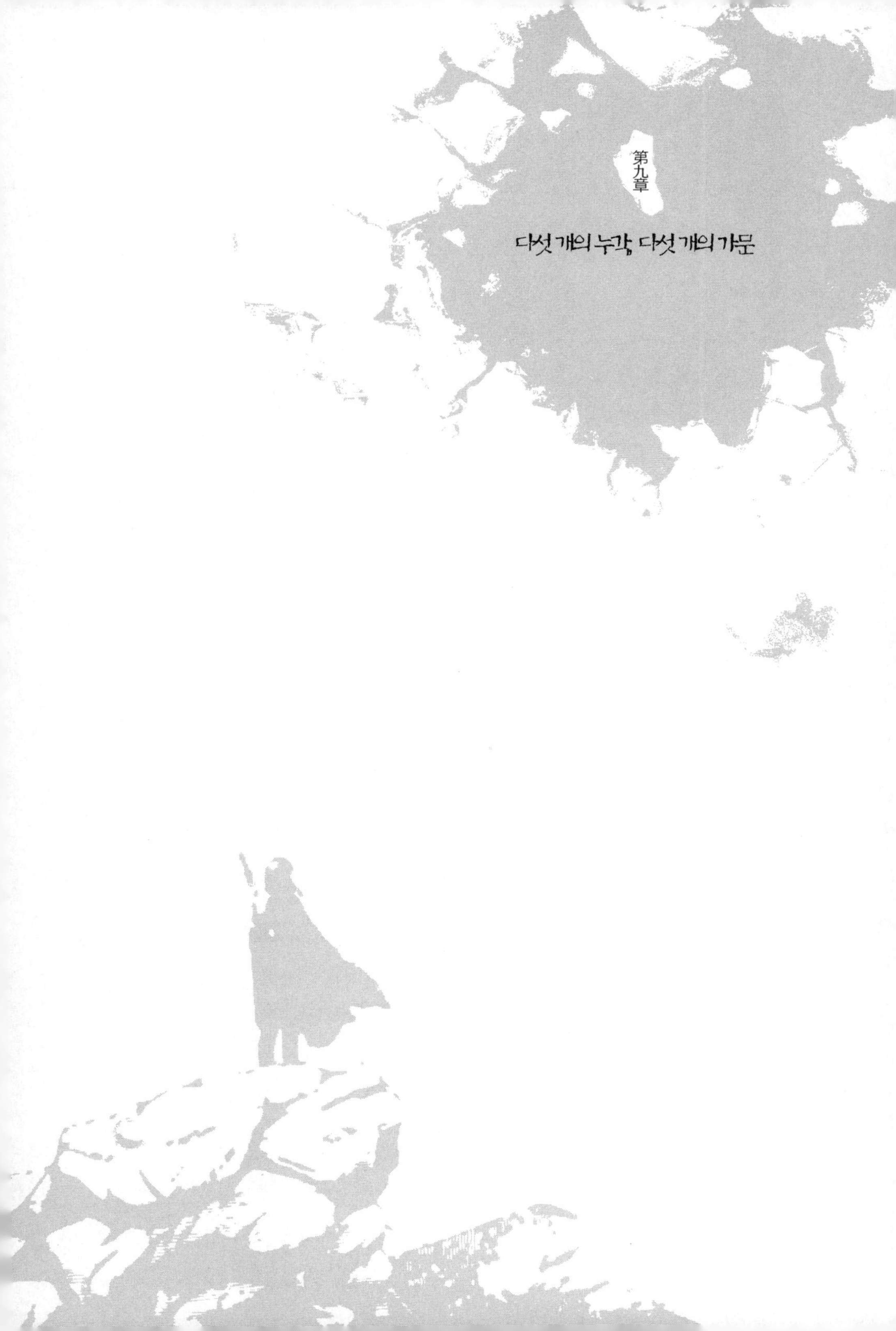

第九章
다섯 개의 누각, 다섯 개의 가문

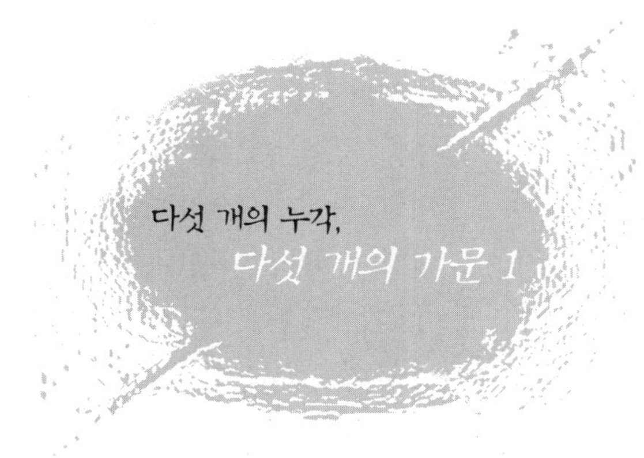

　제자가 되기로 자청한 다음날부터 동옥군은 매일 북리곤을 찾아왔다.

　북리곤은 이십사능보를 가르쳐 주었을 뿐만 아니라 그녀가 익힌 검법과 권법도 보완해 주었다. 동옥군으로서는 실로 예상치도 못한 소득이었다.

　수련 장소는 북리곤이 기거하는 숙소의 뒷마당이었다.

　동옥군은 북리곤을 길들이기 위해 처음 찾아온 날부터 모두들 갱도에 들어가 있는 시간을 택했고, 또 수하들에게 따로 엄명을 내려놓아 숙소의 뒷마당은 항상 한적하기 이를 데 없었다.

　이십사능보를 전수받기 시작한 지 정확히 열흘이 되던 날, 동옥군은 이상하게도 수련할 생각도 하지 않은 채 머뭇거렸다.

　그녀가 입을 연 것은 적지 않은 시간이 흐른 뒤였다.

"이곳의 일을 비밀로 해줄 수 있어?"

"비밀? 나에게 이십사능보를 배운 것 말이야?"

"그게 아니라… 밖에 나가게 돼도 이곳 옥 광산의 일을 다른 사람에게 이야기하지 않겠다고 약속해 달란 말이야."

"날 풀어주겠다는 뜻이냐?"

북리곤은 그녀가 자신을 풀어주려는 것으로 생각하고 내심 기뻐했지만 동옥군의 뜻은 그게 아니었다.

동옥군의 표정이 어두웠다.

그녀는 어쩐지 불안해하는 태도였다.

"사실은 나 이제 곧 집으로 돌아가야 해. 그래서 하는 말인데… 이곳에서의 일을 비밀로 지킬 것만 약속하면 널 데려갈 수 있어."

"데려가다니……?"

동옥군이 이곳에 온 지 어느덧 사 개월이 지나 있었다.

원래대로라면 이미 오래전에 혈막으로 돌아갔어야 하는데 북리곤을 길들이겠다고 나서는 바람에 시간이 훌쩍 지나가 버린 것이었다. 그녀로서는 이제 한시도 더 머무를 수 없는 입장이었다.

북리곤이 고개를 저었다.

"난 가지 않겠다."

"너, 너 이 바보 같은 자식!"

동옥군의 표정이 굳어졌다.

그녀는 거절당하면 어쩌나 하고 불안해하고 있다가 막상 단호하게 거절당하자 화가 나서 어쩔 줄 몰라 했다.

"잘 생각해 봐. 날 따라가면 공력을 회복시켜 주는 건 물론이고, 아버님 제자로 추천해 줄 수 있어. 그렇게 되면 넌… 넌……!"

잠시 후, 화를 가라앉힌 동옥군은 은근한 목소리로 다시 입을 열었다. 기이한 것은 마지막 대목에서 얼굴을 붉힌 채 더 이상 말을 잇지 못한다는 점이었다.

북리곤은 그녀의 이상한 태도를 눈치 채지 못하고 빙글빙글 미소를 머금었다.

"가게 되었다니 잘됐구나. 그렇지 않아도 너에게 얻어맞는 것도 지긋지긋했는데……."

"처음에만 몇 번 얻어맞았지 이십사능보를 쓰면서부터는 한 대도 맞지 않았으면서 무슨 소리야!"

동옥군이 빽! 하고 소리 질렀다.

다음 순간, 찬바람이 이는 태도로 몸을 돌린 그녀는 지면이 울릴 정도로 쿵쿵거리며 멀어져 갔다.

"너 같은 놈은 평생 여기 처박혀 고생 좀 해봐야 해!"

독기 어린 음성이 들려온 것은 그녀의 모습이 보이지 않을 무렵이었다.

동옥군의 모습이 보이지 않게 되자 북리곤은 아쉬워하는 표정을 감추지 않았다.

'가게 되었다고? 앞으로는 좀 심심해지겠구나.'

인연의 끈이 어떤 식으로 이어질지 지금의 북리곤으로서는 알 수가 없었다.

동옥군에게 이십사능보를 전수해 준 것은 소지품을 돌려받기 위한 것이었지만 그녀의 검법과 권법을 보완해 준 것은 사실 충동적인 행동이라고 할 수 있었다. 마음이 그렇게 움직인 것이다.

북리곤은 무림의 관례조차 무시한 채 마음가는 대로 행동했지만 후

회는 하지 않았다.

예령 동옥군은 독선적이고 냉정한 성품처럼 보이지만 내면은 그렇지 않았다. 누구보다도 여리고 따듯한 심성을 지닌 여인이었다.

이미 그녀의 그런 성품을 파악했기에 북리곤은 거리낌없이 이십사 능보를 전수해 주었고 또 부족한 무공도 보완해 줄 수 있었던 것이다.

2

동옥군이 떠난 것은 삼 일 뒤였다.

그녀가 떠나자 북리곤은 지금까지 작업에서 열외로 빠져 있던 혜택을 더 이상 누릴 수 없었다.

빈둥거리며 일을 하지 않겠다던 계획은 이미 접어둔 상태였다. 일을 하지 않으면 누군가가 그의 작업량을 대신 채워야 했다.

한 사람이 북리곤을 찾아온 것은 북리곤이 다른 사람들처럼 갱도에 들어가 옥을 캐기 시작한 지 닷새째 되는 날이었다.

"구북의 저잣거리에서 이상한 물건 다섯 개를 산 적이 있는가?"

"예. 그런 것 같습니다만……?"

"무엇 무엇을 샀는지 말해줄 수 있겠는가?"

"그거야 어려울 건 없는데 무엇 때문에 그러십니까?"

하루 작업이 끝나 숙소로 돌아온 북리곤의 뒤를 따라와 대뜸 질문을 던진 중년인의 기태는 범상치 않았다.

단아한 얼굴에 짧게 손질된 수염과 물처럼 잔잔한 기도.

날이 잘 벼려진 한 자루 검을 대하는 느낌이 이러할까?

북리곤은 흑의중년인을 처음 마주친 순간 어쩐지 한 무더기의 어둠을 대하는 느낌을 받고 내심 해연히 놀랐다.

북리곤의 질문에 흑의중년인이 고개를 끄덕였다.

"내가 그 물건들을 저잣거리에 내놓은 사람이네. 해서 묻는 것인데 황금 백 냥씩에 산 다섯 가지 물건이 어떤 것인지 말해주게."

"작은 칼 하나와 무인상 하나, 그리고 부채를 비롯해 화살과 철패였습니다."

북리곤은 흑의중년인이 삼 일 전에 붙잡혀 온 사람이라는 것을 알고 있었다. 그 역시 북리곤처럼 마을의 객점에서 초선산이 들어 있는 음식을 먹고 공력을 잃은 상태였다.

"맞군. 한데 지금 지니고 있는가?"

"예."

"놈들에게 빼앗기지 않았는가?"

"원래는 빼앗겼다가 얼마 전 다시 찾았습니다."

"오오……!"

흑의중년인의 눈빛이 격동으로 파도쳤다.

북리곤은 흑의중년인의 태도에 의아심을 갖지 않을 수 없었다.

잠시 후, 격정을 가라앉힌 흑의중년인이 차분한 음성으로 입을 열었다.

"사실 난 자네를 쫓아왔네. 중도에 행적을 놓쳐 시간이 많이 걸리는 바람에 이제야 만나게 된 것이네."

"어떻게 날 쫓아올 수 있었습니까?"

북리곤은 크게 놀라지 않을 수 없었다.

북리곤은 구북의 저잣거리에서 신도우운을 따라 결국 이름도 모를 깊은 산으로 가게 되었고, 그곳에서 흑백자를 만나 두 달간 함께 지낸 적이 있었다. 게다가 그 뒤에도 시간을 절약하기 위해 관도가 아닌 산속으로만 여행했던 것이다.

"구북에서 자네 행적을 놓치는 바람에 할 수 없이 문으로 되돌아가 섬전초(閃電貂) 한 마리를 데려왔네."

"섬전초?"

"자네가 구입한 다섯 가지 물건 중 하나가 섬전초의 주인이 지니고 있던 물건인지라 섬전초는 그 냄새를 따라 여기까지 날 인도할 수 있었네."

"아……!"

"그 뒤는 자네도 알고 있을 것이네. 나 역시 이 마을에 들어오자마자 초선산에 당해 공력을 잃은 것이네."

북리곤은 아연해져 흑의중년인을 바라보았다.

미안해야 하는 건지 아닌지 영 분간을 할 수가 없다.

흑의중년인은 자신을 쫓아왔다가 초선산에 당해 공력을 잃고 갇힌 몸이 되었지만 아직 쫓아온 이유를 달하지 않았다.

"한데 무엇 때문에 절 쫓아온 겁니까?"

"자세한 건 다섯 가주가 모두 모인 자리에서 말해줄 것이니 기다려 보게."

'다섯 가주……?'

북리곤으로서는 뭐가 뭔지 알 수가 없었다.

공력을 잃은 채 갇혀 있는 것에 대해서 아무 걱정도 하지 않는 것 같은 흑의중년인의 태도가 그를 더욱더 어리둥절하게 만들었다.

"일단 자네를 찾았으니 다섯 가주 모두에게 연락을 할 것이네."

‘바깥과 연락할 수 있는 방법이라도 있단 말인가?

북리곤은 더욱더 어리둥절해져 흑의중년인을 멍청히 바라보았다.

흑의중년인은 말을 마치기 무섭게 낮게 휘파람을 불었다.

채 일각이나 지났을까?

무언가 황색 그림자 하나가 창을 타넘으며 방 안으로 들어와 흑의중년인의 주위를 맴돌았는데 그 속도가 가히 섬전을 방불케 했다.

황색 그림자가 자리를 잡은 곳은 흑의중년인의 발아래였다.

‘담비로구나.’

전신을 뒤덮고 있는 선명한 황색의 털이 부드러우면서 광택이 흐른다.

족제비보다는 약간 크지만 수달보다는 작았다. 황색 담비는 발밑에서 흑의중년인을 올려다보며 눈을 이리저리 굴리는 게 무척이나 영활해 보였다.

황색 담비가 나타나자 흑의중년인은 품속에서 조그맣게 말려 있는 밀지를 꺼냈다.

‘아… 저런 식으로 바깥과 연락을 하겠다는 것이었구나.’

북리곤은 흑의중년인이 황색 담비의 왼쪽 발목에 묶여 있는 작은 통 속에 밀지를 넣는 것을 보고 가슴이 뛰는 것을 느껴야 했다.

“이 안의 사정을 자세히 적어놓았네. 아마 늦어도 보름이면 다섯 가주 모두 이곳에 도착할 것이네.”

황색 담비가 사라지는 것을 지켜보며 흑의중년인이 고개를 끄덕였다.

이 순간, 북리곤은 한가한 생각에 잠겨 있었다.

‘금모신원을 데리고 있었으면 나 역시 저런 방법으로 바깥과 연락을

취할 수 있었을 텐데… 그나저나 빙아를 비롯해 모두들 잘들 지내나
모르겠구나.'

생각해 보니 갇혀 지낸 지 벌써 육 개월이 넘고 있었다.

월지국의 대관식은 잘 치러졌는지, 또 북천조 조광은 월단퇴에서 잘
적응하고 지내는지 궁금한 게 한두 가지가 아니었다.

보름 뒤, 새로운 식구들이 늘어났다.

늘어난 사람은 모두 넷, 중년인 두 명과 백 살은 되었을 듯한 노인
한 명, 그리고 남자처럼 거친 분위기를 풍기는 중년 미부였다.

모두들 혈막의 눈을 피해 잠입한 듯 공력을 잃지 않은 상태였다.

비록 네 명에 불과했지만 수백, 수천 명이 한꺼번에 다가오는 듯한
위압감이 전해져 온다. 한 명, 한 명 모두 절대자의 기도를 풍기고 있
었던 것이다.

혹의중년인이 네 사람을 데리고 숙소로 찾아오자 북리곤은 내심 크
게 놀라지 않을 수 없었다. 하나같이 모두 엄청난 고수였기 때문이다.

그제야 북리곤은 혹의중년인 역시 이들 네 사람과 비슷한 무위를 지
녔으리라 예상할 수 있었다.

"자네가 나의 혼원패(混元牌)를 지니고 있는가?"

"정말 내 혈마금시(血魔金矢)를 네가 갖고 있느냐?"

"칠보탈명비(七步奪命匕)가 본 가의 제자 손에 쥐어지면 누구라도
일곱 걸음을 벗어나지 못하니 어찌 신병이기라 하지 않을 수 있겠는가.
자넨 정말 그 칠보탈명비를 황금 백 냥에 샀는가?"

네 사람은 북리곤의 숙소에 들어서기 무섭게 질문을 던지기 시작했
다.

그들은 첫 대면임에도 불구하고 통성명을 하지도 않았고, 북리곤의 옆 침상에 앉아 있는 양휘는 아예 신경도 쓰지 않았다.

그야말로 거칠 것이 없다는 태도.

북리곤은 네 사람이 한꺼번에 질문을 쏟아내자 정신이 없다는 듯 멀뚱멀뚱 눈만 끔뻑였다.

희디흰 백의를 걸친 노인이 손을 내저었다.

"그만들 하시게. 하나하나 차분히 알아보면 될 것을 뭘 그리 서두르시는가."

백의노인은 나이 차이가 많음에도 불구하고 다른 사람들에게 하대를 하지 못했다. 이는 곧 그들 일행이 같은 사문이 아님을 의미하는 일이기도 했다.

백의노인이 분위기를 가라앉히자 나머지 사람들은 고개를 끄덕인 후 돌아가며 질문하기 시작했다.

"그 물건들을 어떻게 사게 되었는가?"

첫 번째로 질문을 던진 것은 제일 먼저 북리곤을 찾아왔던 흑의중년인이었다.

그는 첫날 이후 북리곤과 마주쳐도 한마디도 나누지 않았는데 일부러 그렇게 행동한 게 분명했다. 북리곤이 생각으로는 나머지 사람들이 다 모이기를 기다린 듯했다.

굳이 감출 것도 없었다.

북리곤은 구북의 저잣거리에서 다섯 가지 기물을 사게 된 경위를 거리낌없이 이야기했다.

"처음에는 중년무인상이 맘에 들었습니다. 조각에 대해서는 아는 게 없었지만 어쩐지 자꾸 눈이 가더군요. 조각상에 어떤 현기가 감춰져 있는 느낌을 받았다고 할까요.”

“호오……! 뇌광섬(雷光閃)의 기운을 읽었느냐?”

백의노인이 눈에 감탄의 빛이 솟아났다.

북리곤이 고개를 저었다.

“그게 뇌광섬인지 뭔지는 몰라도 하여간 그냥 마음에 들어 황금 백 냥을 아끼지 않고 산 것입니다. 그리고…….”

“그리고……?”

“다른 물건들은 왜 산 것이냐?”

북리곤이 잠시 말을 멈추자 다섯 기인들이 눈을 빛내며 재촉했다.

“조각상을 보니 저도 조각을 배워보고 싶었던 겁니다. 해서 아무래도 조각칼이 있어야 할 것 같아 소도를 구입했습니다.”

“칠보탈명비를 단지 조각하는 데 쓰려고 샀다니!”

전면에 앉아 있는 흑의중년인이 어처구니가 없다는 표정이 되어 고개를 저었다. 이어 북리곤을 뚫어지게 응시하며 차분한 음성으로 질문을 던졌다.

“칠보탈명비는 그 가치만 따지면 하나의 쇳조각에 불과하네.”

북리곤이 고개를 끄덕였다.

그 역시 소도의 가치를 알고 있었다.

흑의중년인이 말을 이었다.

“그 쇳조각에 생명을 불어넣어 천하의 어떤 병기보다 무서운 병기로 만드는 건 바로 본 가의 제자들만이 할 수 있네. 내가 알고 싶은 건 본 가의 제자가 아닌 다른 사람에게는 황금 백 냥은커녕 황금 한 냥의 가치도 없는 물건을 어째서 자네만 황금 백 냥을 주고 구입했느냐는 것이네.”

“소도의 가격이 황금 백 냥이었기 때문에 사게 된 것입니다.”

“뭐야?”

“무슨 뜻이냐?”

다섯 사람이 북리곤의 말이 무슨 의미인지 모른다는 듯 서로 눈을 찾았다.

북리곤이 장난스러운 미소를 머금었다.

“처음에는 가게 주인이 팔지 않으려고 일부러 비싼 값을 부르는 것으로 오해했습니다. 그래서 오기가 발동한 겁니다.”

“오기라니?”

“쉽게 말해 성질이 나더라, 이 말입니다. 호기심도 생기고.”

다섯 사람들이 어이가 없다는 듯 멍청해졌다.

북리곤이 말을 이었다.

“한데 알아보니 칼의 주인은 따로 있고 반드시 백 냥을 받아야 한다고 했다더군요.”

“그랬지. 그래야만 아무도 사지 않을 테니 말이네.”

흑의중년인이 고개를 끄덕였다.

북리곤이 미소와 함께 말을 이었다.

“바로 그겁니다. 제가 저잣거리를 뒤져 나머지 물건들마저 모조리 사들인 이유는 다섯 개의 물건이 모두 똑같이 황금 백 냥에 나와 있었기 때문입니다.”

적지 않은 시간 동안 침묵이 이어졌다.

다섯 사람들은 애써 북리곤의 말을 이해하려고 노력하는 것 같았다.

“오기와 호기심이라… 황당하긴 하지만 그것으로 납득이 될 것도 같은데, 여러분들은 어떻습니까?”

가장 말수가 적은 황의중년인이 다섯 사람을 둘러보았다.

거친 사내 같은 분위기를 풍기는 중년 미부가 고개를 저었다.

"막상 황당한 짓을 한 것은 우리였으니 더 황당한 일이 생겨도 할 말은 없는 셈이 아닌가요? 다섯 개의 신물이 한 사람의 손에 들어가길 원하면서도 각기 다른 가게에 흩어놓고 모두 황금 백 냥씩을 부르라 했으니 말입니다."

모두들 북리곤이 다섯 개의 신물을 구입한 이유를 억지로나마 납득한 듯했다.

분위기가 차분해지는 순간 백의중년인이 문득 북리곤을 바라보았다.

"사문에 대해 말해줄 수 있느냐?"

"사문이랄 건 없고… 이화단철장이 제 집입니다."

"이화단철장? 그렇다면 장인이란 말인가?"

"그렇습니다."

북리곤이 자랑스러워하는 태도로 고개를 끄덕이자 다섯 사람의 표정이 각양각색으로 변화했다.

반응이 각기 달랐는데 어떤 사람은 다행이라는 듯 안도의 한숨을 내쉬었고, 또 다른 사람은 얼굴을 일그러뜨리며 절망 어린 신음성을 흘려냈다.

잠시 후, 백의중년인이 몸을 일으켰다.

"일단 이곳에서 나가세. 어차피 련(聯)으로 돌아가야 매듭을 지을 수 있을 테니."

그 말이 신호라도 된 듯 모두들 몸을 일으켰다.

"우릴 따라와 줄 수 있겠는가?"

북리곤이 멍청해졌다.

다섯 사람은 감시하고 있는 혈막의 수하들 따위는 아예 염두에도 없는 듯했다.

바로 이때, 문이 열리며 정일야와 양휘가 들어왔다.

양휘는 다섯 명의 괴인이 북리곤을 찾아온 순간 자리를 피해준다는 듯 밖으로 나갔었는데 곧바로 정일야에게 사태를 보고한 게 분명했다. 공력이 온전한 네 명의 무림인이 북리곤을 찾아왔으니 실로 보통 일이 아니었던 것이다.

"저 친구를 데려가겠다고 하셨습니까? 그렇게 되면 문제가 복잡해집니다."

다섯 괴인의 눈빛이 차갑게 가라앉았다.

그들은 정일야가 누군지도 모르지만 알고 싶지도 않다는 태도였다. 그나마 대뜸 손을 쓰지 않은 이유는 흑의중년인이 손을 저으며 말렸기 때문이다.

"무슨 문제가 복잡해진다는 게요?"

흑의중년인이 정일야를 바라보았다.

정일야는 새삼 흑의중년인을 제외한 나머지 사람들을 둘러보았다.

혈막에서 옥 광산을 관리하기 위해 파견한 수하는 모두 일백여 명, 그들 중 일류고수만 해도 일곱이 넘으니 결코 가볍게 볼 수 없는 전력이었다.

하지만 정일야는 그들이 눈앞의 네 사람을 막을 수 없다는 것을 알고 있었다. 한 명, 한 명 각자 절대의 경지에 올라 있는 무인이라는 것을 이미 느끼고 있었던 것이다.

정일야는 다섯 괴인을 상대하지 않고 북리곤에게 눈을 주었다.

“이곳에서 누군가가 탈출에 성공하게 되면 남아 있는 사람들이 어떻게 될지 생각해 본 적이 있는가?”

“글쎄요……?”

북리곤은 항상 언제고 탈출하겠다고 공언하고 다녔지만 막상 자신이 탈출한 뒤의 문제는 생각해 본 적이 없었다.

정일야의 표정이 굳어졌다.

“혈막에서는 당연히 이곳의 일을 감추려 하지 않겠나?”

북리곤이 한 생각을 떠올리고 크게 놀란 빛을 머금었다.

“잡혀 있는 사람들을 모두 죽인다는 말입니까?”

“증거를 없앨 수 있는 유일한 방법이네.”

정일야가 단언하듯 고개를 끄덕였다.

북리곤이 망연히 허공에 눈을 주었다.

밖으로 나갈 수 있는 기회가 왔지만 나갈 수가 없었다. 실로 황당하기 이를 데 없는 일이었다.

오백 명에 이르는 사람들 모두를 데려갈 수는 없다. 설령 모두 함께 데려간다고 해도 그 많은 인원이 함께 움직이는 한 혈막의 추격대를 피할 수가 없게 된다.

다섯 괴인이 일제히 북리곤을 직시했다.

입을 열지는 않았지만 너만 나가면 그만이지 다른 사람들을 걱정할 필요가 없지 않느냐는 듯한 눈빛이었다.

“방법이 없겠습니까?”

잠시 후 북리곤이 한숨을 내쉬며 정일야를 바라보았다.

정일야가 내심 고개를 끄덕였다.

‘내가 사람을 제대로 보긴 본 모양이구나.’

정일야가 보기에 북리곤은 자신만 살면 다른 사람들이야 어떻게 되든 그만이라는 성품이 아니었다. 그랬기에 또한 만금의 가치를 지닌 혈옥 덩어리를 아낌없이 내줄 수 있었던 것이다.

"방법이 아주 없는 건 아니네. 탈출한 사람의 신분에 따라 상황이 바뀔 수도 있으니."

"탈출한 사람의 신분이 무슨 상관이란 말입니까?"

북리곤이 의아해하자 정일야가 차분히 입을 열기 시작했다.

"만약 탈출한 사람이 무시하거나 덮어버릴 수 있는 정도의 신분이라면 이곳에 있는 사람들은 모두 죽을 수밖에 없네."

"그렇겠지요."

분쟁이 벌어졌을 경우 힘이 없거나 지위가 낮은 사람의 말은 묻히게 마련, 그것이 세상 이치였다.

북리곤은 정일야의 말을 이해할 수 있을 듯했다. 상대가 별 볼일 없는 신분이라면 그 사람이 설령 관에 가서 고변을 한다 해도 혈막에서는 모든 증거를 없애고 잡아떼면 그만이었던 것이다.

정일야가 말을 이었다.

"하지만 아무도 무시할 수 없는 신분의 사람이 이곳의 일을 폭로하면 그 말 자체가 증거가 되네."

북리곤은 별안간 즐거워졌다.

그는 오랫동안 앓고 있다가 별안간 활기를 되찾은 사람처럼 환하게 웃으며 말했다.

"그렇군요. 혈막에서 이곳을 파괴하고 이곳에 붙잡아둔 사람들을 모두 죽여 증거를 없애도 소용이 없게 되니 오히려 남아 있는 사람들은 애쓰지 않아도 저절로 풀려나게 되겠군요."

“그렇다네.”

정일야가 의아해하는 눈빛으로 북리곤을 바라보았다. 그의 태도가 갑자기 바뀐 것을 느낀 때문이었다.

북리곤이 자신감 넘치는 미소를 머금었다.

“아무래도 이화단철장의 소장주 신분으로는 좀 어렵겠지요?”

“사실이 그렇다네.”

“그렇다면 한 문파의 장문이라면 어떻겠습니까? 제가 바로 이대 혈왕으로서 월단퇴의 당대 문주입니다. 그것으로도 부족하다면 묵룡대제의 후인이라는 신분도 있습니다.”

정일야와 양휘의 눈이 휘둥그레졌다.

하지만 그들이 더욱 놀라 하마터면 제자리에 주저앉을 뻔한 것은 이어진 흑의중년인의 한마디 때문이었다.

“자네의 신분은 그것만이 아니네. 자네는 오성마루(五姓魔樓)의 신임 루주이기도 하네.”

오성마루는 다섯 개의 누각에 불과했다.

하지만 열 개의 전각인 십밀각(十密閣)을 거느리고 있고, 십밀각은 또 휘하에 각기 일백 개의 장원, 백마장(百魔莊)을 두고 있었다.

백마장은 다시 일천 개의 단체를 예하로 부리고 있었는데, 이 모든 걸 합쳐 오성련(五姓聯)으로 통칭하기도 했다.

다섯 개의 누각, 각기 다른 성(姓)을 쓰는 다섯 개의 가문.

지금의 마풍람이 마도제일세력으로 부상될 수 있었던 것은 오성마루가 이백 년 전부터 활동을 하지 않은 채 은거하고 있기에 가능한 일이었다.

북리곤이 고개를 돌려 흑의중년인을 바라보았다.

별다른 감흥이 없는 듯 무덤덤한 표정이었다.

"어떻게 해서 내가 오성마루의 루주가 된 겁니까?"

북리곤이 너무도 태연하게 묻는 바람에 정일야와 양휘는 너무 놀라
결국 제자리에 주저앉지 않을 수 없었다.

3

"오성마루는 이백 년 전부터 강호에 나오지 못했네."

"이유가 무엇입니까?"

"오성마루의 다섯 분 개파 조사께서 다섯 가문에서 마음을 합쳐 루주
를 탄생시키지 못하면 강호에 나갈 수 없도록 유시를 내렸기 때문이네."

"이백 년 전부터 루주를 선출하지 못했단 말입니까?"

"그전에도 수많은 파란과 우연곡절을 겪긴 했지만 끝내 루주를 선출
하지 못하는 일이 벌어진 적은 없었네. 한데 그게……."

"짐작이 갑니다. 계속 말씀하십시오."

"그래서 다섯 가문의 가주들이 모여 결단을 내린 것이네. 각자 자신
의 신물을 내놓고 그 모두를 누군가 한 사람이 갖게 되면 그 사람을 루
주로 삼기로 말일세."

"장난도 아니고… 루주를 그런 식으로 선출한단 말입니까?"

"장장 이백 년이네, 강호에 나오지 못한 세월이. 오죽했으면 이런 방
법까지 써야 했겠는가."

"하……!"

"누가 되었든 상관 않기로 했네. 다섯 개의 신물을 지닌 사람이 설

령 어린아이일지라도 우린 그 사람을 루주로 모시기로 한 것이네."

"한데… 마음을 뭉쳤다고 했지만 사실 루주를 선출할 마음이 없었던 게 아닙니까?"

"왜 그렇게 생각하시는가?"

"미친 사람이 아니고서 누가 저잣거리에서 다섯 가지 물건을 황금 백 냥씩에 한꺼번에 구입한단 말입니까? 결국 어떤 식으로든 루주를 탄생시키겠다고 한 게 몽땅 허울이 아니냐 이겁니다."

"그럼 자네… 미친놈인가?"

"끄응……!"

"심지어 낙양 거리에 가서 사람들이 가장 붐비는 시간에 돌을 던져 돌에 맞은 놈을 루주로 삼기로 하자는 말도 있었을 정도니 이 방법이 그렇게 황당한 것만은 아니네."

"어련하시겠습니까!"

어찌 되었든 북리곤으로서는 탈출하는 게 우선이었다.

때문에 그는 오성마루의 가주들을 거부할 수 없었다. 골치가 아프게 될 게 분명하지만 그건 차후의 문제였다.

갇혀 있던 사람이 도망칠 때는 은밀하고 소리없이, 그리고 신속해야 하는 게 고금의 진리이다.

하지만 북리곤과 오성마루의 가주들은 감추려 하지 않았고, 또 조용하지도 않았으며 무엇보다 신속과는 아예 거리가 멀었다.

마치 군역에 나가는 사람을 온 동네 사람들이 배웅이라도 나온 듯 시끌벅적하다. 강제로 붙잡혀 있는 사람들 모두 북리곤을 뒤따르고 있었던 것이다.

오백 명에 달하는 사람들이 한 곳을 향해 움직이고 있어 어떻게 보면 대단한 위세였다. 하지만 대부분 무공을 잃은 사람들이니 혹여 싸움이라도 벌어지면 떼죽임을 당할 게 분명했다. 오성마루의 다섯 가주가 없다면 말이다.

잠시 후, 가장 가까운 곳을 지키고 있던 혈막의 수하 이십여 명이 황급히 달려왔다.

"무슨 짓을 하는 거냐?"

"이놈들이 한꺼번에 미쳐 버렸구나. 모조리 죽고 싶지 않으면 모두들 어서 돌아가라―!"

혈막의 수하들은 뭐가 뭔지 몰라 어리둥절해했다.

북리곤이 선두에서 천천히 걷고, 오성마루의 다섯 가주가 그 한 걸음 뒤에서 보좌하는 자세로 뒤따른다. 다시 그 뒤로 구름처럼 많은 사람들이 줄줄이 따라오고 있었는데 모두들 태연하기 이를 데 없었다. 마치 갇혀 있는 신분이라는 걸 까맣게 잊은 것 같은 태도들이었다.

"모 형님! 도대체 무슨 일입니까? 우리들 입장 곤란하게 왜들 이러십니까?"

달려온 혈막의 수하들 중 한 명이 친하게 지내는 사람을 찾아내곤 질문을 던졌다.

서로 입장이 다르다. 한쪽이 죄수라면 혈막의 수하들은 그 죄수를 감시해야 하는 간수의 신분이다. 하지만 어찌 되었든 이곳도 사람 사는 세상이니 서로 친분이 생기게 마련이었다.

"어이, 용식이 이 친구, 이리 좀 와보게. 냉큼 오게!"

"용식이 저 친구는 사람이 괜찮으니 죽게 하면 안 되지."

사람들이 말을 건 혈막의 수하에게 황급히 손짓했다.

　지목받은 혈막의 수하가 사람들 사이로 들어오자 한 중년인이 잔뜩 굳어진 표정으로 입을 열었다.

"쉿! 자넨 아무 소리 말고 내 말대로 하게. 살고 싶으면 절대 앞을 막지 말게."

"허어……! 그러게 무슨 일이냐 이겁니다."

"그건 두고 보면 알 테니 제발 말 좀 듣게. 그리고 저쪽 기붕이, 저 친구도 피해 있으라고 하게."

혈막의 수하들 중에는 붙잡혀 있는 사람들에게 그동안 잘 대해준 사람들이 더러 있었다.

사람들은 그들을 붙잡아 강제적으로 자신들 옆에 있게 했다. 각기 십여 명씩 달라붙어 기를 쓰고 막으니 그들로서는 동료들과 합류할 수 없었다.

그 소란 속에서 시작이 있었다.

휘리리리릭!

너울거리는 죽음의 손.

오성마루의 다섯 가주 중 네 명이 유령처럼 허공을 밟으며 혈막의 수하들 사이로 뛰어들었는데 옷자락과 소매가 너울거리는 것 이외에는 아무것도 보이지 않았다.

퍼퍼퍼퍼퍽!

"으악!"

"끅!"

무거운 철퇴로 살가죽을 격타하는 듯한 둔탁한 음향이 연달아 터져 나왔다.

동시에 비명 소리가 연이어졌는데 그 간격이 어찌나 빠른지 마치 한 사람이 길게 비명을 지르는 것으로 착각할 정도였다.

오성마루의 가주들이 그림자가 되어 사라졌다가 다시 제자리로 되돌아온 것은 그야말로 눈 한 번 깜빡일 정도의 짧은 순간의 일이었다.

하지만 그 짧은 순간에 삶과 죽음이 바뀌어 있었다. 조금 전까지만 해도 살아 숨 쉬고 있던 혈막의 수하들이 싸늘한 시체로 변해 있었던 것이다.

일순, 물을 끼얹은 듯 무거운 침묵이 좌중을 내리눌렀다.

사실 시체가 되어 쓰러져 있는 혈막의 수하들은 자신들을 감금하고 강제로 노역을 시킨 자들이었다. 때문에 마을 사람들과 초선산에 당해 지금까지 붙잡혀 있던 무인들 모두 환호성을 터뜨려야 마땅했다.

하지만 지금 이 순간, 기뻐서 소리치는 사람은 아무도 없었다. 너무도 가공할 신위에 통쾌함을 느끼기 이전에 먼저 공포를 맛보아야 했기 때문이다.

북리곤은 지면을 나뒹구는 시체들을 둘러보며 내심 고개를 저었다.

너무 잔혹하다는 느낌이 언뜻 뇌리를 스친다. 하지만 다시 생각해 보니 그건 감정의 사치에 불과했다.

앞을 막아섰던 혈막의 수하들 이십여 명을 쓰러뜨린 뒤에도 북리곤과 다섯 가주는 서두르지 않았다.

나머지 혈막의 수하들을 기다리기 위해서였다.

아니나 다를까!

둥둥둥둥!

북소리가 다급하게 울려 퍼지며 사방에서 혈막의 수하들이 뛰쳐나와 북리곤 일행의 앞쪽으로 집결되기 시작했다.

포위할 필요는 없었다. 오직 하나뿐인 출구인 마을 입구만 막으면 되기 때문이었다.

대략 차 한 잔 마실 시간이 지났을 무렵, 혈막의 수하 칠십여 명이 북리곤 일행을 막아섰다. 외곽은 감시하고 있던 수하들까지 모조리 몰려온 것이다.

"돌아들 가라! 지금 제자리로 돌아가면 선동을 한 자들 몇 명에게만 죄를 묻고 나머지 사람들은 관대하게 처리해 주겠다!"

귀효 여도렴이 선두에 서서 목소리에 공력을 담아 외쳤다.

사실 그는 아직 자세한 내막을 알지 못했다. 사람들이 별안간 입구 쪽으로 몰려가고 있다고만 보고받은 때문이었다.

귀효 여도렴은 폭동이 일어난 것으로 생각했다. 능히 일어날 수 있는 일이고, 또 늘 신경 쓰던 일이기도 했다.

'쯧쯧……! 이래서 너무 잘 대해주는 것도 문제가 있단 말이야.'

귀효 여도렴은 내심 혀를 찼다.

수하들의 시체 이십여 구가 눈에 들어온 것은 바로 이 순간이었다.

'뭐야! 설마……?'

수하들이 죽었다면 문제가 다르다. 단순한 폭동이었다면 그저 가벼운 앙탈로 치부할 수 있지만 이건 아니었다.

이십여 명의 수하를 잃은 건 문책감이었다.

단지 좌천만으로 끝나면 차라리 다행일 터, 어쩌면 몇 달간 뇌옥에 처박혀야 할지도 모르는 사태였다.

그리고 보니 선두에 서 있는 자들 중에 눈에 띄는 자들이 있었다.

무시할 수 없는 기도를 풍기고 있는 네 사람, 비록 십여 장 거리이긴 하지만 귀효 여도렴은 그들이 초선산에 당하지 않은 무인들이라는 것을 대번에 알 수 있었다.

귀효 여도렴은 자신이 폭동의 원인을 찾아냈다고 판단했다. 어떻게 감시의 눈을 피해 잠입했는지는 모르지만 그들이 원흉이었다.

더 이상 생각하고 자시고도 없었다.

"저놈들… 죽여!"

귀효 여도렴은 북리곤의 한 걸음 뒤에 늘어서 있는 오성마루의 가주들을 손으로 가리키며 낮게 으르릉거렸다.

쐐애애액!

집결해 있던 혈막의 수하들 중 소매 끝에 두 줄의 금색 띠를 두르고 있는 일류 급 고수는 모두 아홉. 명령이 떨어지는 순간 그들이 가장 먼저 움직였다.

귀효 여도렴은 단지 죽이라고만 했을 뿐 어떤 식으로 싸우라고 자세한 지시를 내리지는 않았다. 하지만 상대가 고수라는 것을 알고 있기에 그들은 따로 명령이 없어도 당연히 선봉을 맡은 것이다.

아홉 명이 쐐도해 오자 오성마루의 다섯 가주 중 세 명이 뛰쳐나갔다. 다섯 가주 중 공력을 잃은 비도관홍(飛刀貫虹) 종일(琮溢)과 북리곤을 보호하기 위해 한 명이 남아 있어야 했다.

먼저 덮쳐 온 건 혈막의 고수들이었다.

하지만 십 장 거리 중에서 그들이 삼 장을 치달려 온 순간 오성마루의 세 가주는 이미 칠 장 거리를 단축해 먼저 공세를 펼쳤다.

퍼억!

최초의 격돌에서 아름다우면서 거친 분위기를 풍기고 있는 중년 미부가 한 명의 오른팔을 베어냈다.

오성마루의 다섯 누각 중 흑옥마루(黑獄魔樓)의 루주인 도고(刀姑) 희설린(喜雪璘)은 한 자루 도를 병기로 삼고 있었는데, 실로 패도적인 기세였다.

따따따땅!

한 명이 어깨가 잘려 피를 뿌리며 튕겨 나가는 순간 도고 희설린의 도는 이미 다른 먹잇감을 찾아 벼락치듯 번뜩였다.

아홉 명과 세 명의 혼전.

하지만 숫자는 아무런 의미가 없었다.

오히려 오성마루의 가주들 쪽이 더 많은 인원을 동원해 협공을 하고 있는 듯한 느낌이라고 할까?

오성마루의 가주들은 세 명에 불과했지만 혈막의 아홉 고수가 한 번 공격할 때 그들은 네 번, 다섯 번 공세를 쏟아내고 있었다.

꽈꽈꽈꽝!

"커억!"

최초의 격돌에서 도고 희설린이 한 명의 어깨를 잘라낸 것을 시작으로 혈막의 아홉 고수 중 마지막 한 명이 쓰러지기까지 걸린 시간은 불과 일다경.

"이, 이놈들!"

수하들이 일방적으로 밀리다가 격살되는 것을 목격한 귀효 여도렴의 눈이 찢어질 듯 부릅떠졌다.

"한 손이 열 손을 당할 수 없는 법! 쳐라─!"

귀효 여도렴이 자신도 모르게 발작하듯 소리쳤다. 동시에 이미 이성을 잃은 그는 선두를 치달리며 병기를 뽑아 들었다.

쩌저저정!

어깨를 나란히 한 채 서 있던 오성마루의 세 가주 중 검루(劍樓)의 가주인 남천검(南天劍) 대태무(岱太武)의 검에서 눈부신 광채의 기둥이 뻗어나갔다.

빛의 기둥은 그 길이가 무려 삼 장에 달했다. 전뢰가 이는 듯한 엄청난 광경이었다.

그 빛의 기둥이 혈막의 수하들을 쓸고 지나가자 덮쳐 오던 선두의 일진이 와르르 무너져 내렸다.

"죽여!"

"와아……!"

혈막의 수하들은 아직도 칠십 명이 넘는 상태, 어떻게 보면 오성마루의 가주들은 수많은 병장기에 파묻혀 버릴 것 같은 위세이다.

하지만 오성마루의 가주들은 세 줄기의 거대한 폭풍이었다.

광풍에 휘말리는 낙엽들이랄까.

끊어진 팔다리와 부서진 병장기들이 사방으로 튀어 오른다. 동시에 피의 소낙비가 허공에서 쏟아져 내렸고, 그 피로 인해 안개가 만들어지는 듯한 광경이 펼쳐졌다.

도광과 검기가 사방에서 번뜩이고 손바람 소리가 폭풍처럼 휘몰아친다.

한꺼번에 사방으로 튕겨 나가는 자가 무려 이십여 명, 손짓 한 번에 일곱, 여덟 명씩 한꺼번에 베어지는 광경은 가히 공포라 하지 않을 수 없었다.

"이, 이런 무공이라니……! 저들이 도대체 누구란 말인가?"

귀효 여도렴이 제자리에 얼어붙은 채 망연히 중얼거렸다.

단 한 번의 격돌로 수하들 반 이상이 죽거나 무력화되었다. 오성마루의 세 가주가 보여준 무위가 너무도 엄청나 살아남은 수하들도 더 이상 공격할 엄두를 내지 못한 채 공포에 질려 서 있을 뿐이었다.

"그대들은… 뉘시오?"

귀효 여도렴은 아득해지는 정신을 가까스로 추스르며 입을 열었다.

오성마루의 세 가주 중 가장 나이가 많은 백의노인, 검루의 가주 남천검 대태무가 검을 거두며 고개를 끄덕였다.

"이 일은 비단 오늘만으로 끝나지 않을 것이다. 혈막에서 감히 오성마루의 주인을 핍박했으니 곧 대가를 치르게 될 것이다."

"오성마루의 주인?"

백의노인의 말이 의미하는 바를 어찌 모르랴!

귀효 여도렴은 일시지간 정신을 차리지 못했다.

"오성마루… 오성마루… 하지만 벌서 이백 년이나 강호에 나오지 않고 있는 오성마루가 아니었소? 본 막에서 언제 오성마루의 주인을 핍박했다는 것인지……?"

북리곤이 천천히 앞으로 나섰다.

귀효 여도렴은 돌연 북리곤이 세 사람 뒤에서 걸어나와 앞으로 나서자 어리둥절해하지 않을 수 없었다.

북리곤이 천천히 입을 열었다.

"내가 바로 다섯 개 누각의 주인이오. 그동안 신세 많이 졌소."

귀효 여도렴의 입이 딱 벌어졌다.

'맙소사! 어쩌다 이런 황당한 일이… 허름한 지게 따위나 짊어지고 다녀 일개 초부로 알았거늘, 오성마루의 루주라니!'

처벅! 처… 벅!

북리곤이 천천히 걸음을 떼었다.

그 한 걸음 뒤로 오성마루의 다섯 가주가 뒤따랐고 다시 오백여 명에 달하는 사람들이 거대한 파도가 되어 밀려 나갔다.

귀효 여도렴은 물론이고, 혈막의 수하들 역시 황급히 옆으로 물러나
며 길을 텄다.

북리곤은 귀효 여도렴 앞을 스쳐 가며 조용히 입을 열었다.

"혈막과는 계산해야 할 게 있다는 게 본인의 생각이오. 그렇지 않
소? 조만간 막주를 뵙고 싶다고 전해주시오."

귀효 여도렴이 자신도 모르게 황급히 고개를 끄덕였다.

"당주님! 어떻게 해야 할까요?"

잠시 후, 북리곤 일행이 입구 쪽으로 멀어져 가는 모습을 망연히 바
라보고 있는 귀효 여도렴을 향해 수하들 중 한 명이 황급히 입을 열었
다.

"추적하지 마라."

귀효 여도렴이 한꺼번에 십 년은 늙어버린 듯한 얼굴로 고개를 저었
다.

第十章
오성마루(五姓魔樓)의 주인

　외부에서 납치되었거나 마을에 들렀다가 붙잡힌 백여 명을 제외한 나머지 마을 사람들은 입구에서 되돌아갔다.

　이제 더 이상 혈막에서 마을 사람들을 괴롭히지 못할 것이라는 정일야의 말이 아니었더라도 그들은 처음부터 떠날 마음이 없었다. 이곳이 바로 조상 대대로 터전으로 삼아온 고향이기 때문이었다.

　"이제 어떻게 해야 합니까?"

　마을과 이어진 관도를 따라 걷기 시작한 지 얼마나 되었을까?

　북리곤이 문득 낮은 음성으로 정일야에게 질문을 던졌다.

　"귀주성의 경계에 이르면 각자 헤어지기로 하세."

　북리곤이 목소리를 낮췄다.

　"전 과연 오성마루에 가야 하는 겁니까?"

　정일야는 조심스레 주위를 둘러보았다. 북리곤이 무엇을 묻는 것인지 잘 알고 있었던 것이다. 다행히 오성마루의 다섯 가주는 저만치 앞 장서서 걷고 있어 그들의 음성이 들리지 않을 거리였다.

"오성마루에 가고 싶지 않다는 뜻인가?"

북리곤이 한숨을 내쉬었다.

"다시 말하지만 전 장인입니다. 제가 월단퇴의 문주가 된 것도 어쩌다 보니 사정이 그렇게 된 것인지 제 뜻이 아니었습니다. 한데 이제 오성마루의 루주가 되어야 한다니 너무 황당하군요."

"살다 보면 더러 기상천외한 일을 겪기도 한다만 자네 같은 경우는 정말이지 무어라 할 말이 없음이네. 하지만 자네는 반드시 오성마루의 루주가 되어야 하고, 또 오성마루에 가야만 하네."

"왜 그래야만 합니까?"

"사실 우리들은 아직 완전히 풀려난 것이라고 할 수가 없네."

정일야가 정색하자 북리곤 역시 얼굴을 굳히지 않을 수 없었다.

혈막은 귀주와 광동, 광서 삼 개 성에 천라지망을 펼칠 수 있는 저력을 지녔을 뿐만 아니라 설령 풀려난 사람들이 천하 곳곳으로 흩어진다고 해도 사도십방을 동원해 다시 잡아들일 수 있는 문파였다.

정일야가 말을 이었다.

"혈막에서는 이번 사태를 수습하기 위해 오성마루로 찾아올 것이네. 물론 사과를 하기 위해서 말일세."

"그때 제가 반드시 있어야 하는 겁니까?"

"놈들은 자네가 오성마루의 루주라는 것을 확인하기 전까지는 마을 사람들은 물론이고 지금 길을 떠나고 있는 우리들에 대한 감시를 풀지 않을 것이네."

"으음……!"

"문제는 자네가 과연 오성마루의 본가에 무사히 도착할 수 있느냐 하는 걸세."

옥 광산에 파견 나와 있던 수하들로서는 막을 수 없었지만 북리곤 일행이 오성마루의 본가에 도착할 때까지 내버려 둘 혈막이 아니었다.

북리곤 일행이 과연 오성마루의 사람들인지 아닌지 확인하기 위해서라도 공격해 올 게 분명했다.

그 과정에서 죽일 수 있으면 죽인다. 수습은 그 뒤의 일이었다.

'우리 쪽에서 무공을 펼칠 수 있는 사람은 기껏해야 네 명뿐이니 죽여 버리고 싶은 유혹을 뿌리칠 수 없을 것이다.'

생각에 잠겨 있던 북리곤이 내심 고개를 저었다.

상대편의 입장에서 생각해 보니 앞으로의 상황이 눈에 보였다.

'만약 손을 쓴다면 실패할 경우를 생각해 혈막이 직접 나서지 않을 것이다. 그렇다면 과연 그들은 누구를 동원시킬까?

최소한 일고여덟 수 앞을 내다봐야 하는 게 바둑이다. 북리곤은 흑백자로부터 바둑을 배우던 때를 떠올리며 다시 생각에 생각을 거듭했다.

잠시 후, 휴식을 취하기 위해 걸음을 멈췄을 때 북리곤은 오성마루의 다섯 가주와 정일야를 불러모았다.

오성마루의 다섯 가주는 기이하게도 늘 독자적으로 행동했다. 서로 친밀하게 말을 나누기는커녕 눈빛조차 주고받는 일이 없었다. 지금처럼 휴식을 취할 때도 서로 떨어져 앉아 있어 어찌 보면 서로 모르는 사람들 같았다.

"오성마루의 본가가 청해성에 있다고 들었는데, 맞습니까?"

북리곤의 질문에 검루(劍樓)의 가주 남천검 대태무가 고개를 끄덕였
다.

"정확히 말하면 청해성 연백(硯伯)에 있네."

"좋습니다. 그렇다면 우린 귀주와 사천을 거쳐야 하는군요."

북리곤과 비도관홍 종일이 경공을 펼치지 못한다는 걸 감안하면 강
행군을 해도 한 달이 넘게 걸리는 대장정이었다.

북리곤은 마른 나뭇가지 하나를 주워 지면에 대략의 위치를 표시한
다음 일직선으로 길게 선을 그었다.

"혹시 이 선과 가까운 곳에 위치해 있는 문파들에 대해 알고 계시는
분 없습니까? 주로 혈막과 관계가 없는 문파들과 살수 조직이나 용병
단체에 대해 알고 싶습니다."

북리곤이 별안간 질문을 던지자 사람들은 의아해하지 않을 수 없었
다.

"살수 조직이라면 혈정이 이곳 광동에 본거지를 두고 있고, 사천에
는 살각(殺閣)이 있네."

북리곤이 오성마루의 다섯 가주와 정일야를 불러 모으자 무슨 일인
가 하고 기웃거리고 있던 고잔이 끼어들었다.

'혈정은 이미 월단퇴에 흡수되었는데 고이야는 아직 모르고 있구
나.'

북리곤은 내색하지 않은 채 다시 질문을 던졌다.

"살각에는 과연 어느 정도의 고수가 있습니까?"

모산야옹 고잔이 고개를 갸웃했다.

"살수 단체의 특성상 정확한 인적 구성을 알기는 어렵네만 각주인
혈륜사신(血輪死神)은 무시할 수 없는 고수라 들었네."

"혈륜사신이라……?"

"그의 무공은 정면대결을 해도 능히 구파의 장문인과 대등할 정도라 했네. 그리고 혈륜사신에게는 세 명의 사제가 있는데 그들 역시 강하다고 하더군."

"이곳에서 며칠 거리입니까?"

"빠른 말로 달리면 열흘 정도의 거리이네."

"가까운 곳에 용병 단체는 없습니까?"

"용병 단체라면 사상숙(死商宿)이 귀주의 낙창(樂昌)에 있네."

"사상숙에 대해 자세히 말해주시지 않겠습니까?"

북리곤이 계속 질문하자 오성마루의 다섯 가주는 의아해 마지않았다.

"사상숙은 일종의 용병 시장이네. 고정적으로 머물러 있는 무인보다는 떠도는 용병들이 많아 누가 있는지 알 수가 없네."

"낙창이라면 칠 일 정도의 거리군요."

모두들 의아해서 바라보는 순간 북리곤이 고개를 끄덕이며 혼자 중얼거렸다.

고잔이 말을 덧붙였다.

"그 외에 청해의 연백까지 가는 길목에 몇 개의 군소 문파가 있긴 하지만 주목할 만한 문파는 한 곳뿐이네."

"그곳이 어디입니까?"

"금와곡(金蛙谷)이네. 하지만 그들은 혈막과는 적대 관계이니 그들이 올 리는 없을 것이네."

고잔은 이미 북리곤의 의도를 잘 알고 있는 듯 단정적으로 대답했다.

그제야 오성마루의 다섯 가주 역시 북리곤이 무엇을 염려하는지 눈치 채고 고개를 끄덕였다.

북리곤이 고개를 저었다.

"병법에도 적으로 적을 치는 게 가장 좋은 계책이라 했으니 아마도 우린 가장 먼저 금와곡의 고수들과 마주칠 것 같군요. 어쩌면 살각이나 사상숙 모두 함께 올지도 모르겠습니다만……."

고잔은 물론 오성마루의 다섯 가주는 내심 크게 놀라 새삼 북리곤에게 눈을 주었다.

북리곤의 말에는 힘이 있었다. 마치 이제부터 벌어질 혈막 수뇌부의 움직임을 손바닥 들여다보듯 잘 알고 있는 것 같은 자신감 넘치는 태도였다.

북리곤의 잔잔한 음성이 이어졌다.

"사상숙의 용병들이야 크게 신경 쓸 필요는 없을 것 같고… 또 살수 따위에 당할 분들이 아니니 살각도 그럭저럭 상대할 수 있지만 금와곡이 가장 문제로군요."

북리곤의 눈이 정일야에게 돌려졌다.

"금와곡에 사람을 보내야 하는데 어느 분을 보냈으면 좋겠습니까?"

"무엇 때문에 금와곡에 사람을 보내려는 겐가?"

"그들이 혈막의 음모에 속지 않도록 하기 위해서입니다."

문득 고잔이 끼어들었다.

"금와곡이라면 아무래도 내가 가야 할 것 같구먼. 예전에 곡주와 약간의 친분 관계가 있었네. 한데 나는 금와곡에 가서 무어라 해야 하는가?"

"만 가지 계략이 한 가지 진실을 이기지 못하는 법. 그냥 있는 그대로 말씀하십시오."

"있는 그대로 이야기하면 그들이 오지 않는단 말인가?"

"혈막은 금와곡의 힘으로 우릴 공격하기 위해 그야말로 온갖 수단방법을 가리지 않을 겁니다. 하지만 금와곡에서 혈막과 우리 사이의 일을 알게 되면 절대로 놈들의 계략에 넘어가지 않을 겁니다."

"그렇군. 바보가 아닌 이상 알고 있으면서 속아 넘어가지는 않겠지."

"호오……!"

오성마루의 다섯 가주와 정일야가 감탄사를 터뜨렸다. 그야말로 너무도 간단하게 미래의 적을 제거한 셈이 된 것이다.

"그렇다면 난 지금 당장 금와곡으로 출발해야겠군."

고잔이 서두르자 북리곤이 손을 저었다.

"가장 빠른 전서구를 동원한다고 해도 이곳의 일이 혈막의 총단에 알려지려면 반나절은 걸릴 테고, 그들이 다시 계획을 세워 금와곡에 사람을 보내려면 적어도 닷새는 걸릴 겁니다."

"그렇겠지."

"고이야께서는 혈막의 사자보다 한발 앞서 금와곡에 도착하면 되니 서두르실 필요는 없습니다."

북리곤이 다시 오성마루의 다섯 가주를 둘러보았다.

"어느 분이 섬전초를 기르고 계십니까?"

북리곤이 문득 오성마루의 다섯 가주를 둘러보았다.

도고 희설린이 고개를 끄덕였다.

"원래는 암수 한 쌍만을 길렀는데 이놈들이 다섯 마리의 새끼를 낳았다. 하지만 강호에 데리고 나온 것은 그중 한 놈뿐이지."

도고 희설린은 말과 함께 가볍게 손뼉을 쳤다.

순간, 손뼉 소리의 여운이 채 사라지기도 전에 한 마리 담비가 숲 속에서 뛰쳐나와 일행들 사이로 파고들더니 도고 희설린의 앞에 앉았다.

“본가에 연락을 취하실 수 있겠지요?”

“지원군을 보내라고 연락하란 말이냐?”

도고 희설린의 표정은 밝아지지 않았다. 설령 연락을 받고 지원군이 출발한다고 해도 때맞춰 도착할 수 없다는 걸 알고 있었다.

“지원군은 필요없습니다. 단지 한 통의 서찰을 오성마루의 이름으로 천하방에 보내면 됩니다.”

“한 통의 서찰을 천하방에 보내기만 하면 된다고?”

“현재 사도십방을 총괄하고 있는 게 바로 천하방입니다. 당연히 혈막도 천하방의 명령을 받고 있지요. 천하방에 보내는 서찰에는…….”

북리곤이 음성을 낮췄다.

잠시 후, 북리곤의 설명이 끝나자 정일야와 고잔은 물론 오성마루의 다섯 가주도 감탄사를 터뜨렸다.

“오오……! 훌륭한 계책이네.”

“흠……! 그런 방법이 있었군. 그렇게 되면 우린 더할 나위 없이 훌륭한 지원군을 얻게 되는 셈이 아닌가!”

오성마루의 다섯 가주가 새삼스러운 눈으로 북리곤을 바라보았다.

사실 그들은 북리곤을 그저 성품이 밝은 청년 정도로만 생각하고 있었다. 북리곤이 월단퇴의 문주이며 또한 묵룡대제의 후인이라는 것을 알고 있었지만 대수롭지 않게 여긴 것이다.

그들이 그야말로 황당하기 짝이 없는 방법으로 루주를 선택한 것은 어차피 누가 되어도 상관없다는 생각 때문이었다. 오죽했으면 낙양 거리에서 돌을 던져 맞은 사람을 루주로 삼자는 말이 나왔겠는가.

한데 북리곤이 일행을 주도하기 시작하자 이미 오래전부터 일행의 수장인 듯 자연스러운 가운데 전혀 거부감이 생기지 않는다. 일처리 또한 주도면밀해 감탄사를 터뜨리지 않을 수 없었다.

이렇게 되자 오성마루의 가주들은 자신들이 오성마루의 이백 년 한을 풀어줄 진정한 루주를 만난 게 아닌가 하는 생각에 잠겨들었다.

모두들 감탄의 눈빛으로 자신을 바라보자 북리곤이 얼굴을 붉혔다.

"전 공력을 잃어 힘으로는 싸우지 못합니다. 그래서 열심히 머리를 굴린 것뿐이니 그렇게 감탄하실 것까진 없습니다. 한데 아무래도 목숨이 걸린 일이라서 그런지 머리가 잘 돌아가더군요."

북리곤은 머쓱하다는 듯 머리를 긁으며 입을 열었는데 그 태도가 너무도 천진하게 느껴져 저절로 친근감이 들 정도였다.

"자, 그럼 다시 출발할까요?"

오성마루의 다섯 가주는 물론이고 다른 사람들도 계속 신기하다는 듯 빤히 바라보자 결국 북리곤은 다시 얼굴을 붉히며 황급히 몸을 일으켰다.

이 순간, 북리곤의 등을 바라보는 검루의 가주인 남천검 대태무의 눈에서 한광이 솟아났다가 번개처럼 스러졌다.

음산하기 이를 데 없는 눈빛, 마치 눈 속에서 악마의 손이 번뜩이는 듯한 무서운 눈빛이었다.

2

일행이 광서 서북부의 최대 도시인 능운(凌雲)에 도착한 것은 닷새 뒤의 일이었다. 낙업(樂業)을 거쳐 귀주성의 경계까지는 이제 하루도 남지 않은 곳이었다.

북리곤 일행은 처음 옥 광산을 출발할 때만 해도 일백여 명에 달했지만 도중에 한 명 한 명 흩어져 능운까지 함께 온 사람은 이제 불과 삼십여 명에 지나지 않았다.

"생각 같으면 끝까지 함께 가주고 싶다만……."

능운에서 하룻밤을 쉰 뒤 아침이 되었을 때 정일야가 북리곤을 찾아왔다.

북리곤이 부드럽게 미소했다.

"아닙니다. 자그마치 칠 년을 갇혀 지내다가 이제 겨우 풀려났으니 마음이 얼마나 급하시겠습니까. 어서 고향으로 돌아가십시오."

아직 공력이 회복되지 않아 오히려 짐만 된다. 그 점을 잘 알고 있는 정일야는 도움을 줄 수 없다는 것 때문인지 표정이 무거웠다.

정일야가 정색했다.

"우리가 제아무리 천하 곳곳으로 흩어진다고 해도 여전히 놈들의 손 안에 있네. 자네가 무사히 오성마루에 도착해야만 우리도 살게 된다는 것을 명심하게."

"예. 염려하지 마십시오. 반드시 그렇게 될 겁니다."

북리곤이 환하게 미소했다. 자신감 넘치는 태도였다.

정일야를 비롯해 남은 사람들과도 헤어진 일행은 공력을 잃은 북리곤과 비도관홍 종일을 배려해 마차 한 대를 구입했다.

능운을 벗어나 한 시진가량 길을 재촉하자 울창한 숲 지대가 모습을 드러냈다. 숲 사이로 이어진 길은 마차 한 대가 겨우 지나갈 수 있을 정도로 폭이 좁았다.

"생각이 많을 텐데 너무 담담해. 그 나이에 그 정도의 수양을 쌓기도 쉽지 않을 텐데 정말 대단하구나."

마차 안에는 북리곤과 비도관홍 종일 이외에도 한 사람이 더 타고 있었다.

바로 도고 회설린이었다.

걸치고 있는 것은 여인들이 입기에는 부담스러운 거친 마의. 소매를 팔목 위까지 아무렇게나 둘둘 말아 올려 더욱 거친 분위기를 풍긴다.

한 자루 도를 가슴에 안은 채 앉아 있는 도고 회설린은 맞은편의 북리곤을 예의 주시하고 있었다.

근 반년이 넘는 동안 혈막에 의해 붙잡혀 있다가 다시 타의에 의해 오성마루까지 가야 하는 입장이니 북리곤의 머릿속이 복잡하리라는 건 미루어 짐작할 수 있는 일.

하지만 그는 옥 광산을 떠난 뒤부터 계속 조각에 빠져 있을 뿐, 조금도 답답해하거나 초조해하지 않았다.

북리곤이 조각에서 눈을 떼고 도고 회설린을 향해 히죽 장난꾸러기 소년처럼 웃었다.

"원래 생각 같은 거 잘 안 하는 성격입니다. 미리부터 골치 싸맨다고 해결되는 것도 아니고 해서 말입니다."

"생각을 안 하는 성격이라고? 그렇다면 금와곡을 따돌리고 서찰 한 통으로 천하방을 끌어들이게 한 건 누구 생각이란 말이냐?"

"아… 그건 정말이지 힘을 쓰지 못하니까 할 수 없이 머리 한번 써 본 것에 지나지 않습니다."

북리곤은 그 말을 끝으로 다시 조각에 매달렸다.

도고 희설린이 어이가 없다는 듯 고개를 설레설레 저었다.

마차가 멈춰 선 것은 바로 이 순간이었다.

쐐애액—!

마차가 멈춰 서기 무섭게 날카로운 파공음이 들려왔다.

"사상숙의 용병들이 왔군요."

북리곤은 마차가 멈춰 서고 곧이어 격돌음이 들려오자 조각하던 것을 주섬주섬 챙기며 입을 열었다.

"마차 밖을 내다보지도 않고 어떻게 아느냐?"

도고 희설린이 이채를 머금었다.

"오늘쯤 흑막에서 고용한 용병들이 움직일 거라 생각했습니다. 공격받을 장소도 예상대로이고요."

펑!

"크헉!"

이 순간, 마차 밖의 격돌음이 더욱 격렬해졌다. 어느새 사상자가 발생했는지 비명 소리와 함께 누군가가 지면에 나가떨어지는 둔탁한 음향도 들려왔다.

"뭐, 뭐야! 이 정도의 고수라는 말은 해주지 않았어."

"씨팔! 이 자식들, 우릴 속였어!"

극도로 당황해하는 음성과 함께 터져 나오는 격한 욕설, 곧이어 또다시 격돌음이 연이어졌다.

쐐애액!

캉!

북리곤은 처음의 격돌음과 달리 쇠와 쇠가 맞부딪치는 날카로운 금속성이 들려오자 고개를 갸웃했다.

　날카로운 격돌음은 연달아 터져 나오고 있어 비록 눈으로 보진 못했어도 공격과 방어가 벼락 치듯 빠름을 알 수 있었다.

　잠시 후, 마차에서 내려선 북리곤의 눈에 앞을 막고 서 있는 일단의 무인들이 들어왔다.

　서로 복장이 다르고 지니고 있는 병기도 제각기이다. 한눈에 보아도 용병들임이 분명했다.

　용병들의 숫자는 모두 일곱, 하지만 그중 세 명은 이미 지면에 쓰러져 있었고 또 한 명은 군마루(群魔樓)의 가주, 십망세야(十網勢爺) 주중천(周仲夼)의 번개 같은 공세를 맞받아치며 뒷걸음치고 있었다.

　십망세야 주중천의 공세는 그야말로 뇌전이 번뜩이듯 빠르고 위력적이어서 상대방은 당장이라도 피를 뿜으며 쓰러질 듯 보였다.

　하지만 자세히 살펴보니 십망세야 주중천을 상대하고 있는 인물을 비틀거리면서도 모든 공세를 정확하게 차단하고 있었다.

　'고천리……?'

　북리곤의 눈이 커졌다.

　"제 아우 되는 사람입니다. 손을 멈춰주십시오."

　다음 순간, 북리곤은 음성을 높이지 않은 채 한 자 한 자 천천히 입을 열었다.

　다급한 상황임이 분명함에도 불구하고 너무도 느린 말투였다. 하지만 그의 음성은 기이한 힘을 지닌 채 또렷하게 십망세야 주중천의 귀로 파고들었다.

　십망세야 주중천이 도를 거뒀다.

　"형……?"

고천리가 북리곤을 발견하고 이채를 머금었다.

'헤어진 지 얼마 되지 않았는데 그사이에 무공이 몰라보게 급증했구나.'

북리곤이 내심 고개를 끄덕였다.

따지고 보면 고천리와는 특별한 관계가 아니었다. 한데 그의 무공이 놀랍도록 강해진 것을 대하자 어쩐지 기분이 흔쾌해졌다.

"단계검문은?"

"그곳은 이제 더 이상 용병이 필요없습니다. 해서 이곳저곳을 떠돌다가 얼마 전부터 사상숙에 몸을 담았습니다."

"한데 싸우려던 상대가 어떤 사람들인지도 모르고 온 거야?"

"그것이……."

북리곤이 질책하듯 입을 열자 고천리가 더듬거리며 말을 잇지 못했다.

"너희가 상대하려던 사람들은 오성마루의 다섯 가주 분들이다."

북리곤은 뒤에 어정쩡하게 서 있는 나머지 용병들을 둘러보며 일부러 어이없다는 표정을 머금었다.

"우린 그저 좀 강한 사람들 네 명을 상대하는 일이라고만 알고 있었소. 한데 오성마루의 가주들이라니……!"

"맙소사! 이런 말도 안 되는 청부를 맡기다니!"

용병들이 크게 놀라 수군거렸다.

이미 고천리와 북리곤이 서로 친분이 있는 사이라는 게 밝혀져 상황이 이상해져 버린 상태, 북리곤 일행의 신분을 알고 나자 더 이상 싸우겠다는 용병들은 없었다. 오히려 계란으로 바위를 치려 했던 자신들의 무지함을 한탄했을 따름이다.

북리곤이 문득 주위를 둘러보며 입을 열었다.

"사상숙의 용병들로 오성마루의 가주들을 상대할 수 있다고는 누구도 기대하지 않았을 것. 당신들은 이쪽의 무공을 시험해 보기 위한 제물로 동원된 겁니다."

"이런 죽일 놈들 같으니!"

"어떤 자식들입니까?"

용병들이 화를 참지 못하겠다는 듯 중구난방으로 떠들어대기 시작했다.

"용병들이 우릴 공격한 것과 때맞춰 살각의 살수들이 나타난 게 결코 우연일 리는 없겠지요?"

북리곤이 문득 좌측의 숲을 한번 응시한 뒤 눈을 돌려 다시 우측의 숲을 한번 바라보았다.

도고 희설린이 깜짝 놀라 주위를 둘러보았다.

놀란 것은 용병들과 다른 가주들도 마찬가지였다.

도고 희설린은 공력을 끌어올린 후에야 과연 매복이 있음을 감지할 수 있었다.

더욱 놀라운 것은 살각의 살수들이 매복해 있는 지점이 정확히 북리곤이 한 번씩 눈길을 준 곳이라는 점이었다.

'공력이 온전한 우리들보다 먼저 놈들의 매복을 알아내다니? 이 아이는 도대체…….'

도고 희설린이 괴물 보듯 바라보자 북리곤이 다시 머리를 긁적였다.

"공력을 잃기는 했지만 그동안의 수련을 통해 쌓여진 감각마저 잃은 건 아닙니다. 공력에 의지하지 않게 되니까 오히려 모든 감각이 더 극대화되었다고 할까요?"

돌연, 북리곤의 눈이 곧게 뻗어 있는 앞쪽의 길 한곳에 고정되었다.

그의 눈이 고정되어 있는 곳은 아무것도 없는 허공이었다.

거리는 십여 장.

도고 희설린은 북리곤이 관도 위의 빈 허공을 뚫어지게 바라보자 자신도 모르게 그 눈길을 따라 허공 한 점을 응시했다.

'아무것도 보이지 않는데 저 아이는 과연 무엇을 보고 있는 걸까?

나무들이 울창한 양옆과 달리 북리곤이 바라보고 있는 길 한가운데는 그야말로 작은 돌멩이 하나 없어 몸을 숨길 만한 지형이 아니었다. 하지만 북리곤은 계속 빈 허공을 응시한 채 긴장한 빛을 감추지 않았다.

이때였다.

한순간, 북리곤이 바라보고 있는 허공 한곳이 일렁이는 느낌이 들었다. 마치 허공에 물결이 흔들리 듯 파문이 인 듯한 광경이었다.

동시에 한줄기 보이지 않는 암격이 쏘아져 왔다.

마치 아무것도 없던 허공에서 불쑥 혈륜(血輪) 하나가 튀어나온 듯한 광경. 하나였던 혈륜이 두 개로 분리되어 일행을 좌우에서 덮쳐 온 건 바로 일 장 전면에서부터였다.

"흥!"

도고 희설린이 냉소를 터뜨리며 도를 뻗었다.

까앙!

불꽃이 튀며 곧바로 도고 희설린을 휩쓸어 오던 혈륜이 튕겨 나갔다.

또 하나의 혈륜역시 군마루의 가주 십망세야 주중천의 검과 격돌한 뒤 크게 원을 그리며 되돌아갔다.

텅 빈 허공에 다시 물결이 일렁이는 듯한 느낌과 함께 한 사람의 형체가 투명한 상태에서 어른거리며 희미하게 모습을 드러냈다.

'월영잠형술에 못지않은 은신술이구나.'

희미한 형체는 점차 또렷해져 다음 순간 완연히 한 사람의 모습으로 변화되었다.

깡마른 체구에 일체의 감정이 담겨 있지 않아 마치 죽은 물고기의 눈처럼 번들거리는 음산한 눈동자.

그야말로 시체가 서 있는 것 같은 착각을 불러일으킬 만한 모습이었다.

북리곤은 좌우를 살펴본 뒤 다시 고개를 돌려 뒤를 돌아보았다.

그가 눈을 준 곳마다 전면의 회의인과 거의 흡사한 용모를 지닌 회의인들이 서 있었다.

네 명 모두 흡사한 용모에 같은 회의를 걸쳤고 등 뒤에 똑같이 한 쌍의 혈륜을 메고 있었다. 허리에 단창을 차고 있는 것도 똑같아 누가 혈륜사신이고 누가 그 사제들인지 알 수가 없었다.

"살수라는 게 원래 어두운 밤에 살금살금 기어와서 암습하는 무리들 아니냐? 한데 숨어서 암습하지 않고 모습을 드러냈으니 그만치 무공에 자신이 있다는 뜻일까?"

도고 희설린이 고개를 갸웃했다.

북리곤이 고개를 저었다.

"여기 계신 분들에게는 초절정의 살수라 해도 십 장 이내로 접근할 수가 없습니다. 아무리 어두운 밤이라 해도 역시 마찬가지이지요."

"그렇다면 어차피 암습이 불가능해서 정면으로 부딪치겠다는 건가?"

"뭐, 그렇지는 않을 겁니다."

북리곤이 심드렁하니 대꾸하자 도고 희설린이 다시 고개를 갸웃거렸다.

"하지만 이미 모습을 드러냈으니 정면 대결밖에 없지 않느냐?"

도고 희설린과 북리곤은 앞과 뒤, 양옆에서 회의인들이 천천히 다가오고 있는 걸 지켜보며 태연히 대화를 이어나갔다.

두 사람 모두 조금도 긴장한 빛이 아니었다.

"이런 상황에 한번 부딪친 적이 있었습니다."

"어떤 상황 말이냐?"

"어둠이나 장애물을 이용해 몸을 숨기는 게 아니라 사람들 사이에 몸을 숨기고 암습을 노리는 것 말입니다. 사도십방 중 하나인 만도림의 예하 세력 중에 무영전이라는 게 있는데 무영전의 고수들은 반드시 혈궁전 수하들과 함께 출동합니다."

"무영과 혈궁? 들어본 것 같기도 하구나."

"무영전의 고수들은 혈궁전 수하들 속에 몸을 숨긴 채 암습을 해와 상대하기가 여간 까다로운 게 아니었습니다. 아마 이들도 그런 방법을 쓸 것 같군요."

이 순간, 전면에서 천천히 다가오던 회의인의 눈에 언뜻 이채가 번뜩였다. 마치 정곡을 찔린 듯 흠칫 놀란 눈빛이었다.

아니나 다를까.

쏴아아!

돌연 좌우의 숲에서 일단의 흑영들이 쏟아져 나오기 시작했다.

북리곤 일행과 오 장 거리까지 다가와 멈춰 서 있던 혈륜사신과 그의 사제들은 수하들이 자신들을 스쳐 가는 순간 허공 속으로 스며들었다. 북리곤의 예상대로 수하들 사이에 몸을 숨긴 채 암습을 노리기 위해서였다.

"빌어먹을! 우리까지 몽땅 죽여 버릴 기세잖아!"

"뭐, 이런 개 같은 경우가 있어!"

살각의 살수들이 무서운 기세로 덮쳐 오자 고천리와 세 명의 용병이 황급히 병장기를 뽑아 들었다.

실로 황당하기 이를 데 없는 상황이었다. 고천리를 비롯한 용병들은 북리곤 일행을 죽이러 왔는데 오히려 같은 편이 되어 살각의 살수들과 싸우게 된 것이다.

난전이 되면 스스로 자신을 지켜야 한다.

북리곤은 상자 속에서 묵룡갑을 꺼내 양손에 착용한 후 다시 오른손에 미완을 거머쥐었다.

꽈꽈광!

순식간에 밀어닥친 살수들의 공세는 그야말로 폭풍이었다.

노리는 부위가 모두 악랄하기 그지없다. 일단 적중되면 목숨을 부지하기 힘든 곳뿐이었다. 게다가 방어를 도외시한, 오직 공격뿐인 동귀어진의 수법이라 상대하기가 더욱 까다로웠다.

남천검 대태무가 장검을 좌우로 흔들며 살수들 속으로 뛰어들었다. 일순 검광이 사방으로 뻗어나가 한순간에 수십여 자루의 검이 춤을 추는 듯했다.

쏴아아앙!

돌연 한 쌍의 혈륜이 크게 원을 그리며 남천검 대태무의 좌우를 쓸어왔다.

따앙! 땅!

남천검 대태무는 좌우에서 날아드는 혈륜은 쳐낸 뒤 주위를 둘러보았다. 하지만 혈륜은 발출한 상대는 보이지 않았다.

"수하들과의 싸움에 너무 빠져들지 말고 몸을 감추고 있는 혈륜사신과 그 사제들을 끌어내야 합니다."

북리곤이 도고 희설린에게 주의를 주었다. 그의 음성은 크지 않았지만 다른 가주들 역시 고개를 끄덕였다.

몸을 감추고 있는 혈륜사신과 그의 사제들의 공격은 악랄하기 그지없었다.

살수 한 명의 공격을 막아내는 순간 그의 몸을 뚫고 단창이 불쑥 튀어나온다. 공격하는 수하의 뒤에 바싹 붙어 시야를 가린 채 공격해 오는, 실로 기상천외면서도 잔혹한 수법이었다.

북리곤이 주의를 주자 도고 희설린은 사방에서 마구잡이로 공격해 오는 살수들을 무시하고 몸을 감추고 있는 혈륜사신을 향해 공격을 펼쳐 냈다. 모습이 보이지 않지만 기를 감지할 수 있었던 것이다.

까앙!

결국 도고 희설린의 끈질긴 공격에 회의인 중 한 명이 모습을 드러냈다.

일단 모습을 드러낸 이상 더 이상 은잠술을 펼칠 기회는 없었다. 도고 희설린의 공격이 그야말로 벼락 치듯 연이어지고 있었던 것이다.

혈륜사신과 그의 사제들의 무기는 비단 한 쌍의 혈륜만이 아니었다. 날아드는 혈륜을 막아내면 짧은 단창이 뒤따라 덮치고 곧이어 긴 쇠사슬에 연결된 철추가 날아든다. 세 가지 병기는 서로 상응하여 마치 세 명의 고수가 합격하는 듯한 위력을 발휘하고 있었다.

도고 희설린의 눈에 이채가 스쳐 갔다.

혈륜사신인지 그의 사제인지 모를 눈앞의 상대는 결코 하수가 아니었다. 전력을 다한다고 해도 승기를 잡으려면 이삼백 초를 소비해야 할 고수였던 것이다.

여기에다가 좌우에서 살각의 살수들이 쉬지 않고 동귀어진의 수법으로 덮쳐 와 오히려 승리를 장담하기 어려운 상황이었다.

이렇게 되자 북리곤 일행 중에서 무공을 쓸 수 있는 네 명의 가주는 각기 네 명의 혈륜사신에게 붙잡혀 몸을 빼낼 수가 없었다.

"고 아우! 이분을 보호해라!"

상황이 다급하게 돌아가는 것을 지켜보던 북리곤이 고천리를 향해 소리쳤다.

어차피 주도적으로 싸울 만한 무공이 못 되는 세 명의 용병은 고천리와 함께 비도관홍 종일을 호위한 채 공격해 오는 살수들만은 상대하기 시작했다.

그들의 호위를 받고 있는 비도관홍 종일은 뒷짐을 진 채 허공을 우러르고 있었는데 그 태도가 의연하기 이를 데 없었다. 스스로 자신의 처지가 한심스럽게 여겨질 만도 한데 전혀 내색을 하지 않는 게 가히 일대 종사다운 풍모였다.

마치 목과 다리를 껍질 안에 집어넣고 웅크린 거북이의 형세라고 할까.

북리곤은 비도관홍 종일이 안전해진 것을 확인한 후 전장으로 뛰어들었다.

목표를 정한 뒤 차례차례 제거해 나간다.

덮쳐 오는 적을 피하는 동작으로 다른 적을 공격했으며 앞에서 미끄러지는가 하면 어느새 뒤에 있었다.

북리곤은 크게 움직이지 않았고 큰 동작으로 적을 공격하지도 않았다.

덮쳐 오는 살수들 속에서 이십사능보를 펼치며 그저 가만히 검을 수평으로 내민다. 그 순간 기다렸다는 듯 살수 한 명이 뛰어들어 스스로 팔이 잘리거나 목이 베어졌다.

북리곤은 또한 상대의 공격을 힘으로 맞받아치지 않았다. 그의 검은 덮쳐 오는 상대의 칼날을 타고 미끄러져 들어가 상대의 손목이나 목을 베었다.

모든 동작이 그야말로 춤을 추는 듯 유연하면서도 부드러웠지만 스쳐 가는 곳마다 어김없이 시체가 쌓여갔다.

이십사능보와 묵룡비천무, 그리고 검왕의 검법이 자연스럽게 뒤섞여 한 점의 공력도 없는 북리곤을 이렇듯 가공스러운 사신(死神)으로 탈바꿈시킨 것이었다.

북리곤의 활약은 팽팽하던 전세를 뒤집어놓기에 충분했다.

혈륜사신과 세 명의 사제는 각기 오성마루의 가주들을 능히 삼백여 초 정도 발을 묶어둘 만한 무공을 지닌 인물들, 여기에 일백 명에 달하는 살수들이 공격에 합세해 북리곤 일행으로서는 절대적으로 불리할 수밖에 없는 싸움이었다.

한데 정작 혈륜사신과 세 명의 사제가 수하들의 도움을 받으면서도 오성마루의 네 가주들을 쓰러뜨리지 못하고 있는 동안 북리곤에 의해 살각의 수하들이 한 명 한 명 쓰러지기 시작했다.

혈륜사신과 세 명의 사제는 수하들을 도와주기 위해 달려가고 싶어도 오히려 오성마루의 네 가주에 의해 발이 묶인 상황이 되어 몸을 뺄 수가 없었다.

싸움이 시작된 지 반 시진가량 흘렀을까?

일백여 명에 달하던 살수 중 살아남은 자는 이제 겨우 삼십여 명 정도.

혈륜사신과 그의 사제들은 더 이상 수하들을 이용해 몸을 숨긴 채 암습할 수도 없었고, 또 수하들의 협공을 기대할 수도 없었다.

"커흑!"

한순간 전세가 불리해진 것에 당황하던 회의인 중 한 명이 남천검 대태무의 검에 의해 어깨 한쪽이 길게 베어지는 상처를 입고 비틀거렸다.

승기를 잡은 남천검 대태무가 그림자처럼 따라붙으며 다시 일검을 쳐냈다.

크게 놀란 회의인은 자신도 모르게 혈륜을 쥐고 있는 양손을 앞으로 밀어냈으나 남천검 대태무의 검이 이미 그의 목을 스치고 지나간 뒤였다.

털썩!

목과 동체가 분리되며 지면에 나뒹구는 음향이 기이하리 만치 크게 울렸다.

쓰러진 자가 혈륜사신인지 그 사제인지는 아무 상관이 없었다.

오성마루의 네 가주를 상대하던 한 축이 무너진 것은 곧 승패를 가늠하는 저울의 추가 급격히 한쪽으로 기울어질 것임을 예고하는 일이었다.

과연 채 일각도 지나기 전에 과연 두 명의 회의인이 다시 지면에 쓰러졌고 마지막 한 명만이 간신히 몸을 빼내 도주했다.

수뇌를 잃은 나머지 살수들도 황급히 후퇴한 것은 너무도 당연한 일.

싸움이 끝난 뒤 사람들의 관심은 북리곤에게 모아졌다.

"자네, 공력을 되찾았는가?"

십망세야 주중천이 무심코 질문을 던진 후 북리곤이 미처 대답도 하기 전에 세차게 고개를 저었다.

굳이 맥문을 짚어 확인해 볼 필요도 없었다. 그 정도의 고수라면 상대의 몸에 어느 정도의 기가 잠재되어 있는지 십 장 거리에서도 느낄 수 있었던 것이다.

북리곤이 쓰러뜨린 살각의 살수들은 십여 명이 넘었다. 일류 급 고수가 공력이 온전한 상태라고 해도 결코 쉬운 일이 아니었다.

모두들 북리곤을 둘러싸고 괴물 보듯 바라보자 머쓱해진 북리곤은 눈만 멀뚱멀뚱 굴리며 다시 머리를 긁적였다.

'한 줌의 공력도 없이 단지 방위와 시점의 정확성, 시기적절한 움직임만으로 십여 명이 넘는 살수를 쓰러뜨렸다. 과연 이게 가능하단 말인가?'

북리곤을 바라보던 도고 희설린이 고개를 설레설레 저었다. 북리곤에 대해 너무 많이 놀라 이제 더 이상 놀랄 게 없을 줄 알았는데 그게 아니었다는 태도였다.

"그나저나 한 명을 놓쳤으니 우린 이제 큰일 났습니다."

북리곤이 돌연 한숨을 내쉬었다.

사람들이 어리둥절 그를 바라보았다.

혈륜사신과 그 사제들, 그리고 살각의 살수들이 모두 건재한 상황에서도 패퇴시킨 그들이 아니던가.

한데 간신히 수뇌 한 명이 도망친 것에 대해 북리곤이 보여준 반응이 실로 의외가 아닐 수 없었다.

"도망치는 자마저 굳이 뒤쫓아가 죽여야 했단 말이냐?"

도고 희설린의 질문에 북리곤이 다시 한숨을 내쉬었다.

"이제 모두들 잠은 다 잤습니다."

"잠……?"

"도망친 자가 아마 살각의 각주인 혈륜사신일 겁니다. 그는 지금까지는 청부에 의해 움직였지만 이제부터는 다릅니다."

"무엇이 다르다는 겐가?"

"그는 이제부터 복수의 일념으로 우릴 죽이려 들 겁니다. 한 번 실패했으니 두 번째는 완벽한 기회를 노리겠지요. 그래서 편히 잠자기 글렀다는 말입니다."

하지만 마차에 오른 북리곤은 마차가 채 출발하기도 전부터 끄덕끄덕 졸기 시작했다.

죽음의 복마전(伏魔殿), 오성마루

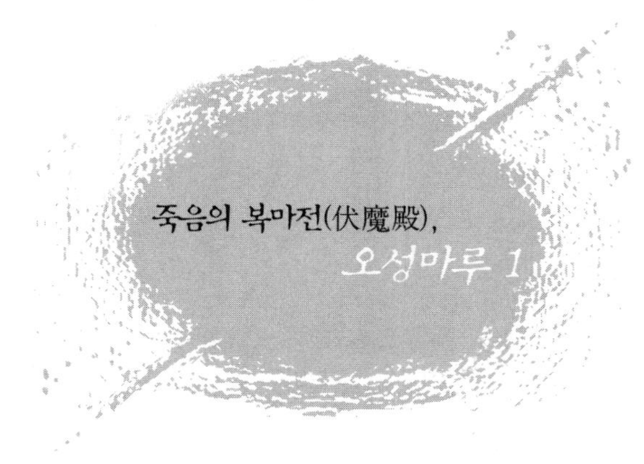

한 사람.

갓 장년기에 접어든 지극히 평범한 상인형의 인상이다.

한두 번 마주치는 정도로는 기억에 남지 않아 몇 번을 만나도 마치 처음 대하는 사람 같은 착각을 불러일으킬 만한 인상이면서, 또한 처음 만나도 어디선가 만난 적이 있는 듯한 느낌을 주는 인상이기도 했다.

체구 또한 지극히 평범해 비대하지도 않고, 또 마른 편도 아니었다.

유일하게 그를 특징 짓는 것은 단 하나, 바로 눈이었다.

깊은 심기가 엿보이는 모사(謀士)의 눈이랄까?

부드러운 눈빛이면서 때때로 잔인함이 번뜩인다.

혈막의 막주, 사산검주(邪山劍主) 동호독(桐豪督)의 눈은 기이하리만치 번들거리는 느낌을 주고 있었다.

"그래, 도저히 뿌리칠 수 없는 미끼를 던졌는데도 금와곡에서 꼼짝도 하지 않는단 말이지?”

“예, 막주님!”

“그것참, 알 수가 없군.”

수하의 보고를 받으며 동호독이 내심 고개를 저었다.

독사의 굴에 손을 넣을 때에는 남의 손을 이용하라고 했다.

동호독이 그 말을 떠올려 실행에 옮긴 게 벌써 열흘 전의 일, 하지만 결과는 별무소용이었다.

“저어… 막주님.”

동호독이 생각에 잠겨 오랫동안 말이 없자 보고를 마친 수하가 머뭇거렸다.

“왜 그러느냐?”

“소저께서 후원에서 기다리고 계십니다.”

“아참, 옥군에게 후원에서 기다리라고 해놓고 깜빡했구나.”

동호독은 금와곡의 일을 머릿속에서 털어내며 황급히 몸을 일으켰다.

금라검법(金羅劍法)은 혈막의 삼대무공 중 하나로써 혈막을 사도십방으로 끌어올린 절기였다.

십 년을 정진해야 겨우 오성의 경지에 이를 정도로 연마하기 까다롭기는 하지만 오의를 깨닫게 되면 능히 일류고수의 반열에 오를 수 있는 검법이기도 했다.

모두 합쳐 십삼식(十三式), 각 식마다 다시 십육초로 구성되어 있는 금라검법은 제일식과 마지막 십삼식이 자연스럽게 원전유통되는 것이 특징이기도 했다.

잠시 후, 후원으로 들어서던 동호독이 입가에 잔잔한 미소가 솟아났다.

'놈……! 기다리기 지루해 그새 연무를 하고 있었구나.'

후원 한가운데에서 예령 동옥군이 검법을 펼치고 있었다.

바람에 휘날리는 꽃잎을 희롱하는 가인의 모습이 이러할까.

동옥군의 움직임은 춤을 추듯 아름답고 현란했다. 게다가 바람조차 베어낼 날카로움과 거대한 바위를 부술 힘이 유유히 파동치고 있었다.

후원 입구에서 지켜보던 동호독의 눈이 커졌다.

언뜻 보기에도 초식의 전개가 혈막의 독문 무공인 금라검법과 다른 점이 많았다.

검무를 추듯 현란함과 아름다움이 두드러져 보이는 초식들이 연이어지고 있었는데 힘을 위주로 하는 본래의 금라검법과는 많은 차이가 있었다.

'금라검법은 십삼식이 완전히 마무리되어야만 다시 제일식으로 돌아갈 수 있다. 한데 저 아이는 조금 전 분명히 칠식을 마무리한 후 다시 제일식으로 되돌렸다.'

동호독은 자신이 본 것을 믿을 수가 없었다.

계속 지켜보는 가운데 동옥군의 움직임이 점점 더 빨라지기 시작했다.

그녀의 연무가 계속될수록 동호독의 놀람은 더욱 커져 갔다.

금라검법은 제일식에서 십삼식까지 이어지는 연성결이다. 때문에 중간에서 순서를 건너뛰거나 초식을 생략할 수 없었다. 십삼식에 포함되어 있는 수많은 초식들 중 불필요해 보이는 초식들도 많지만 사실상 그 초식들은 모두 다음 식을 위한 연결 동작인 것이다.

동호독이 지켜보고 있는 동안 동옥군은 금라검법을 모두 두 번 연달아 펼쳤는데 전체적으로는 본래의 금라검법과 크게 다르지 않았다.

하지만 동호독은 지금 동옥군이 펼치고 있는 금라검법이 면밀히 말해 전혀 새로운 금라검법이라는 것을 잘 알고 있었다.

'불필요한 초식들을 모두 잘라냈다. 그러면서도 십삼식 전체가 원전 유통되는 것은 물론, 매 일 식 일 식이 따로따로 하나의 검법으로 완성되어 있다.'

어떻게 보면 본래의 금라검법에 비해 무척이나 간결해져 있었다. 놀라운 것은 그러면서 오히려 위력은 두 배 이상 강해졌다는 점이었다.

"언제 오신 건가요?"

잠시 후, 연무를 마친 동옥군은 후원 입구에 서 있는 부친을 발견하고 반색했다.

동호독은 잠시 입을 열 수 없었다.

조금 전 그녀가 보여준 금라검법이 머릿속을 온통 차지하고 있었던 것이다.

"으음……! 오성마루의 젊은 주인이 네 무공을 보완해 주었다고 하더니, 바로 이것이었느냐?"

"예. 그 남자에게 가르침을 받은 뒤부터 검의 운용이 훨씬 더 부드러워졌어요. 위력도 더 강해진 것 같고요."

"그래? 어디 이 아비와 한번 비무해 보지 않겠느냐?"

동옥군의 대답은 들을 것도 없다는 듯 동호독은 이미 검을 뽑아 쥐고 있었다.

동옥군의 눈에 이채가 솟아났다. 부친에게 무공을 배우긴 했지만 그동안 둘이서 비무를 해본 적은 단 한 번도 없었기 때문이다.

“그럼…….”

동옥군은 부친의 눈빛이 평소와 다른 것을 깨닫고 내심 긴장하지 않을 수 없었다.

‘혹시 내가 가문의 검법을 망쳐 놓았다고 화를 내시는 게 아닐까? 아닌데… 분명히 더 위력이 강해진 것 같은데……?’

동옥군은 불안하기는 했지만 한 가지 확신이 있었다. 비무를 통해 자신의 성취를 보여주면 부친도 좋아할 게 분명했다.

“들어오너라.”

“예.”

부친의 지시에 동옥군은 힘차게 검을 쳐내며 한 걸음 전진했다. 금라검법의 제일식, 첫 번째 초식이었다.

제일식의 십육 초 전체가 펼쳐지는 게 거의 한 호흡에 불과하다.

동옥군의 움직임은 부친 동호독조차 놀랄 정도로 기민했으면 무엇보다도 그 흐름이 자연스러웠다.

제삼식을 넘어가면서 동호독은 때때로 동옥군의 검에 위협을 느껴야 했다.

동옥군이 펼치고 있는 금라검법은 확실히 본래의 금라검법과 그 위력이 달랐다.

초식과 초식의 연결이 본래의 금라검법과는 조금씩 다르다. 여기에다가 각 식을 구성하고 있는 열여섯 개의 초식들 중에 많은 초식이 줄어들어 오히려 동호독을 더욱 혼란스럽게 했다.

하지만 동호독을 경악시킨 것은 동옥군이 금라검법과 함께 이십사 능보를 전개하면서부터였다.

분명히 기본은 동호독이 알고 있는 금라검법이다.

한데 그 운용이 확연히 달랐다.

비무를 시작한 지 채 이각도 되기 전에 동호독은 동옥군의 기세에 밀려 오히려 수비에 전념해야만 했다.

물론 만에 하나 딸이 다칠까 두려워 전력을 다하지 않은 결과이기도 하지만 금라검법의 성취나 공력의 차이를 감안하다면 실로 믿을 수 없는 일이 벌어지고 있었던 것이다.

"되었다."

얼마의 시간이 흘렀을까?

동호독은 큰 동작으로 검을 쳐내며 입을 열었다.

"예, 아빠! 한데 어땠나요?"

무심코 검을 거두던 동호독은 내심 또다시 놀라지 않을 수 없었다.

마지막 초식에서 그가 크게 검을 휘두른 것은 동옥군을 다섯 자 거리로 밀어내기 위해서였다. 한데 그녀는 단지 발만 움직여 동호독의 검세를 비껴낸 후 검을 회수한 것이다.

"그 보법도… 그에게 배운 것이냐?"

"예. 이십사능보라고 했어요. 그 남자는 이 보법을 가르쳐 주면서 금라검법과 함께 전개하는 것도 가르쳐 줬어요."

"노파심에서 하는 말이다만… 넌 앞으로 그 보법을 절대로 남에게 전수해서는 안 될 것이다. 상대가 설령 이 아비라고 해도 말이다."

동호독은 엄숙하기 이를 데 없었다.

"왜 그래야 하나요?"

"절기를 전수받으면 그 사람이 허락하기 전에는 절대로 다른 사람에게 전해줄 수 없는 게 무림의 법도란다."

"아……! 명심하겠습니다."

“하지만 그 사람이 보완해 준 금라검법은 본시 우리 가문의 검법이었으니 우리가 익혀도 될 것이다. 너는 빠른 시일 내에 검보로 정리해서 이 아비에게 가져오너라.”

“예.”

‘본 문의 금라검법이 무림십대검법에 드는 것도 가히 꿈은 아닐 터……’

동호독의 눈 깊은 곳에 격동의 물결이 일었다.

하나 한 가지 생각을 떠올린 그의 눈빛은 이내 경악과 불신의 빛으로 바뀌었다.

‘삼백 년을 이어져 내려오면서 다듬어지고 보완되어 이제는 완벽해졌다고 자부하던 금라검법을 단숨에 새로운 경지로 끌어올렸다. 그는 과연 누구란 말인가?

다른 문파의 무공을 보완해 준다.

더욱이 이미 절기로 평가받은 무공의 단점을 없애고 장점을 더욱 강화시킨다는 건 실로 누구나 할 수 있는 일이 결코 아니었다.

동옥군에게 듣기로는 상대는 이제 겨우 이십을 갓 넘긴 청년이라 했으니 더더욱 불가능한 일이었다.

‘전설이 되어버린 검왕이라면 혹시 가능할 것이다. 하지만 검왕은 제자를 두지 않았으니 참으로 불가사의한 일이로구나.’

생각에 잠겨 있던 동호독이 문득 후원 입구로 눈을 돌렸다.

흑의를 걸친 수하 한 명이 언제부터인지 그곳에 서 있었다.

혈막의 제자들은 대부분 자의를 걸치고 있지만 신분을 감춘 채 외부에서 활동하는 임무를 맡고 있는 제자들은 예외였다.

“살각이 실패했습니다.”

동호독이 눈을 돌리자 흑의를 걸친 수하가 나직이 입을 열었다.

동호독이 대수롭지 않다는 듯 고개를 끄덕였다.

"살각에서 전력을 쏟아 부었을 테니 실패했어도 상대 역시 막대한 타격을 입었을 터, 이제 그들의 목숨을 취하는 일은 그저 길에 떨어진 돌멩이 하나 줍는 것처럼 간단할 것이다."

살각을 동원한 것만으로 마무리된다면 더할 나위 없이 좋겠지만 살각의 실패가 곧 혈막의 실패는 아니었다.

동호군은 이미 이중 삼중의 대비를 해둔 상태인지라 살각의 실패에 담담할 수 있었다.

"천혈갱(天穴坑)의 수하들은 어디에 있느냐?"

"예. 삼 일 뒤면 놈들과 마주칠 것입니다."

천혈갱은 혈막에서 자랑하는 최정예들로 이루어진 조직, 인원은 일백이십 명에 불과하지만 가히 혈막 전체의 전력이라 해도 과언이 아니었다.

"아……!"

이때, 한 옆에서 듣고 있던 동옥군이 별안간 쓰러질 듯 휘청거렸다. 얼굴빛 또한 백지장처럼 창백하게 변해 있었다.

'예정보다 석 달이나 더 그곳에 머물러 있었다고 하더니, 저 아이가 혹시……?'

동호독은 내심 크게 놀라지 않을 수 없었다.

동옥군은 이내 평정을 되찾았지만 동호군은 그런 딸의 태도에 내심 갈등하지 않을 수 없었다.

'오성마루의 젊은 주인이라… 만약 저 아이와 맺어질 수만 있다면 그것도 나쁜 것은 아닐 터.'

동호독은 빠르게 이해타산을 따져 본 후 이내 고개를 저었다.

옥 광산의 일이 천하에 알려지면 안 된다. 특히 현재 사도십방을 통솔하고 있는 천하방에서만큼은 절대로 이 일을 알아서는 안 되었다.

부막주 직을 맡고 있는 동생 동호극(桐豪極)이 후원 입구로 달려온 것은 바로 이 순간이었다.

동호극이 경공을 펼쳐 달려오는 것을 대한 동호독은 긴장하지 않을 수 없었다. 평소 침착하기로 정평이 나 있던 동생인 것이다.

"형님! 천하방에서 온 긴급 밀령입니다."

"천하방? 천하방에서 무슨 일로……?"

동호독의 뇌리에 알 수 없는 불안감이 솟아났다.

동호극이 고개를 저었다.

"그, 그게… 수하들을 보내 놈들을 호위하라는……."

"뭐라고 했느냐?"

"말씀드린 그대로입니다. 천하방에서 이미 모든 걸 알고 놈들을 오성마루까지 안전하게 호위하라는 명령을 하달한 것입니다. 아물러 오성마루의 일이 수습되는 대로 형님께서 직접 천하방에 와서 해명을 하라고 했습니다."

"어, 어떻게 이런 일이……!"

동호독의 입에서 자신도 모르게 신음 소리가 흘러나왔다.

다음 순간, 그는 동생 동호극을 향해 황급히 소리쳤다.

"가장 빠른 수단을 동원해 천혈갱에 새로운 명령을 전해라. 천혈갱의 임무를… 그들을 오성마루까지 안전하게 호위하는 것으로 바꾼다."

무엇이 어떻게 된 것인지는 모른다. 하지만 다급한 상황일수록 냉철하게 판단해야만 했다.

천하방이 알고 있다면 당연히 이미 오성마루도 알고 있는 게 된다.

게다가 천하방에서 혈막으로 보낸 긴급 전령이 오성마루에서 천하방에 요청한 것이라면 옥 광산에 갇혀 있던 청년이 오성마루의 주인임을 의심할 여지가 없게 된다.

모든 게 알려진 이상 그들을 죽일 수가 없다.

오성마루도 문제지만 무엇보다도 지금의 천하방을 거역하는 것은 멸문을 자초하는 일인 것이다.

2

북리곤 일행이 혈막의 최정예인 천혈갱의 고수들과 마주친 곳은 귀주성 대정(大定)과 가까운 황야였다.

이중 삼중으로 안배해 놓은 관문 중 마지막 관문이었던 천혈갱의 전력은 과연 북리곤 일행으로서도 감히 경시할 수 없을 정도였다. 세 명이면 능히 절정 급의 고수를 상대할 수 있는 강자들이 자그마치 일백이십 명이나 되었다. 가히 북리곤 일행을 잠재울 수 있을 만한 전력이었다.

"끔찍하군."

"뭐가 말입니까?"

"네가 천하방을 동원하는 계책을 생각해 내지 못했다면 지금쯤 저자들의 공격을 받았을 게 아니냐?"

"만약 그렇게 됐다면 물론 저들 중 반 이상이 죽겠지만 우리도 무사하지는 못했을 겁니다."

도고 희설린이 입을 연 것은 천혈갱의 대주가 오성마루까지 호위하기 위해 왔다고 정중하게 인사를 하고 돌아간 뒤였다.

"한데 조금 전에 놈들이 **나타났**을 때 말이다. 넌 이미 저들이 우리를 호위하기 위해 온 것을 알고 있었으면서 왜 그렇게 잔뜩 긴장했느냐?"

"제가 그랬습니까?"

"그렇지 않다면 병기를 챙기지 않았을 게 아니냐?"

사실 천혈갱의 고수들과 처음 마주친 순간 긴장하지 않은 사람은 아무도 없었다. 특히 일행 전체를 통솔하는 입장인 북리곤의 긴장은 더했다.

"그게… 간혹 세상을 살다 보면 사리에 맞지 않는 행동을 하는 사람들이 왕왕 있다고 들었기에 긴장하지 않을 수 없었던 겁니다."

"혈막의 막주가 사리에 맞지 않는 행동을 할 수도 있었다는 것이냐?"

"세상에 미친놈이 어디 한둘입니까? 천하방은 물론 온 무림이 다 아는데도 오기로 그냥 우릴 죽여 버리려고 작정할 수도 있는 거 아닙니까? 혈막의 막주 입장에서는 어쩌면 그쪽이 더 수습하기 편했을지도 모르고요."

"생각 같은 거… 안 한다고 하더니 너무 많이 했구나."

도고 희설린이 피식 웃었다.

북리곤도 따라서 미소를 머금었다.

"바둑에서 때로 장고 끝에 악수가 나온다던데, 아마 그런 모양입니다."

"바둑에서는 패해도 목숨을 잃지는 않지만 무림에서의 승부는 패배가 곧 죽음으로 직결되니 조금 전처럼 대비를 철저하게 해두는 게 옳을 거야."

"그렇습니까?"

북리곤과 도고 희설린의 대화는 그야말로 한가롭기 그지없었다.

당장이라도 칼을 돌려 죽이려고 덤벼들지도 모를 일백이십 명의 고수들에 둘러싸인 사람들치고는 너무도 태연자약한 태도였다.

천혈갱의 호위를 받기 시작한 뒤부터 여행은 순탄하기 이를 데 없었다.

지금까지는 도망친 혈륜사신이 언제 어느 때 암습해 올지 몰라 긴장을 늦출 수 없었지만 이제 그런 염려도 할 필요가 없었다.

일행이 청해성의 연백에 위치해 있는 오성마루에 도착한 것은 그로부터 이십여 일이 지난 뒤였다.

오성마루는 곧 다섯 개의 누각을 의미한다. 하지만 천하의 어느 누구도 오성마루를 초라할 것이라고 예상하는 사람은 없었다. 오성마루라는 이름 자체가 지니고 있는 거대함을 너무도 잘 알고 있기 때문이었다.

그리고… 과연 오성마루는 결코 초라하지 않았다. 아니, 초라하기는커녕 화려해도 너무 화려해, 하나의 왕국을 방불케 하는 엄청난 위용이었다.

청해성 연백의 북단에 위치해 있는 평야 위에 자리 잡고 있는 수백 채의 고루거각들.

수술을 둘러싸고 여러 겹의 꽃잎이 모여 있는 꽃송이 형태라고 할까.

오성마루는 하나의 전각을 중심으로 열 개의 전각들이 배치되어 있고, 다시 그 전각들 주위로 수십여 채의 건물이 원을 그리며 서 있어 마치 거대한 꽃송이들이 펼쳐져 있는 듯한 배치였다.

북리곤은 그 엄청난 위용보다 오성마루가 막힌 곳이 없이 사방이 탁 트여 있는 평야지대에 세워져 있는 것에 알지 못할 감명을 받았다.

'대부분의 무림문파들은 적의 침입에 대비해 공격하기 어려운 지형에 자리를 잡는다. 한데 오성마루는 정말 특이하구나.'

북리곤은 곧바로 오성마루의 중지(重地)로 안내되었다. 역시 꽃송이 형태로 십여 채의 전각이 한 채의 대전을 둘러싸고 있는 최중심부였다.

"일정천(一頂天)이라 한다. 루주의 거처지. 지난 이백 년간 사용하지 않았지만 항상 관리를 해왔으니 지내기에 불편하지 않을 것이다."

오성마루의 다섯 가주 중 북리곤과 대화를 나누는 것은 도고 희설린이 유일했다.

태도는 물론 말투 또한 거칠기 이를 데 없었지만 다른 가주들과 달리 그녀와는 적잖이 가까워져 있었다.

도고 희설린이 머물 곳을 안내해 준 뒤 몸을 돌리자 북리곤이 다급히 입을 열었다.

"잠깐, 이렇게 내팽개치고 가버리시겠다는 겁니까?"

마지못한 듯 도고 희설린이 다시 몸을 돌렸다.

하지만 그녀는 그윽한 눈으로 바라만 볼 뿐, 입을 열지 않았다.

북리곤이 진지한 표정이 되어 질문을 던졌다.

"이제부터 난 뭘 해야 합니까?"

"내일 원로회의가 열린 직후 곧바로 새로운 루주가 탄생된 사실이 공표될 것이다. 그때부터 넌 우리의 루주가 되는 것이다. 나는 물론이고 모든 수하들 역시 그 순간부터 널 루주로 예우해 줄 것이다."

"그러니까 내 말은 그 뒤부터 난 뭘, 어떻게 해야 하느냐 이겁니다."

도고 희설린이 아무렇지도 않게 대꾸했다.

"하고 싶은 대로 하면 된다. 자고 싶으면 자고, 먹고 싶은 게 있으면 시비들에게 말하면 된다. 또 수련을 하고 싶으면 루주의 연공실을 개방해 줄 것이다."

"떠날 수도 있습니까?"

일시지간 도고 희설린이 입을 열지 못했다.

잠시 후, 가볍게 한숨을 내쉰 그녀는 어두운 표정이 되어 입을 열었다.

"떠나도 된다, 떠날 수만 있다면."

"무슨 뜻입니까?"

도고 희설린이 탁자 앞의 의자를 끌어당겨 앉았다. 이야기가 길어질 것을 의미하는 행동이었다.

"솔직히 말해 우리들도 이런 상황은 처음 겪는다."

"그렇겠지요. 억지로나마 루주를 선택하려고 실로 황당한 방법을 쓰긴 했지만 아마 진짜로 그런 일이 벌어지리라고는 예상하지 못했을 테니까요."

"네 말이 맞다. 그래서… 우리는 임시로 루주를 뽑은 후 그로 하여금 다섯 가문의 사람 중 한 명을 선택해 루주 자리를 물려주게 할 계획이었는데… 사실 그것도 쉬운 일이 아니구나."

북리곤이 고개를 끄덕였다.

"어려울 거 없습니다. 난 혈막에서 사죄하기 위한 사절단이 도착하는 즉시 아무에게나 루주 자리를 물려주고 떠날 겁니다. 뭐, 그동안 내게 가장 잘 대해주셨으니 도고 어르신께 물려주기로 하지요.”

“난 루주 자리에 관심이 없다. 그 때문에 그동안 너와 가까이 지내도 다른 가주들이 신경 쓰지 않은 것이다.”

“그랬… 습니까?”

북리곤은 그제야 한 달이라는 긴 여정 동안 다른 네 명의 가주가 북리곤과 가까워지기는커녕 대화조차 나누려 하지 않은 이유를 알 수 있었다. 서로 견제하느라 막상 아무도 북리곤과 가까워질 수 없었던 것이다.

“이제부터 다른 네 가주들은 서로 자신이 지명받기 위해 온갖 수단과 방법을 가리지 않을 것이다. 가장 큰 문제는 만에 하나 네가 자신이 아닌 다른 누군가를 지명하려고 하면 차라리 널 죽여서라도 막으려 할 게 분명하다는 것이다.”

‘이거… 말 되는구나.’

북리곤의 내심으로 비명이 터져 나왔다.

다른 가문에서 루주가 탄생되는 것이 싫어 지난 이백 년 동안 루주 자리를 공석으로 만들어온 인물들이 아니던가.

“비록 허수아비 루주이긴 해도 그것도 계속하지 못할 게 뻔하고… 그렇다고 아무에게나 물려주려다가는 비명횡사할 테고… 화! 이거 골치 아프군요.”

북리곤이 너스레를 떨자 도고 희설린이 정곡을 찔린 듯 눈을 피하며 몸을 일으켰다.

“네 시중을 들어줄 시비들이 곧 올 것이다. 시킬 일이 있으면 그 아이들에게 말해라.”

“방법이 없는 건 아닙니다.”

막 입구로 나서던 도고 희설린이 다시 고개를 돌렸다.

북리곤의 입가에는 미소가 떠올라 있었다.

"난 지금 이러지도 저러지도 못하는 처지에 빠졌지만 만약 내게 힘이 있다면 간단하게 해결되지 않겠습니까?"

"그렇겠지. 우리들 중 어느 누구도 넘보지 못할 힘을 지니고 있다면 진짜 루주가 되어 오성마루를 지배하거나 아니면 다른 사람에게 넘겨주고 떠나던가, 그 어느 쪽이든 네 뜻대로 할 수 있을 것이다."

"알았습니다."

북리곤이 가볍게 목례를 해 보였다.

도고 희설린은 알 수 없는 긴장감이 전신에 차오르는 것을 느끼며 놀람을 금치 못했다.

한꺼번에 다섯 명의 시비가 들이닥친 것은 도고 희설린이 떠나고 채 일각도 지나기 전이었다.

"루주님, 처음 뵙겠습니다. 전 가려(佳麗)라고 해요. 오성마루의 다섯 가문 중 대씨 가문이에요."

"전 소교(素巧)에요. 성은 희(希)이고요."

"종영(琮煐)이 인사드립니다."

"주능연(周綾燕)입니다."

"소녀는 상산(尙珊)입니다. 십훼마루(十卉魔樓)가 본가입니다."

대략 칠팔 세가량 되었을까?

모두들 고만고만한 나이에 용모 또한 하나같이 귀엽고 앙증맞았다.

서로 먼저 말하려고 순서를 다투는 모습이 너무 귀여워 북리곤은 정신이 없는 가운데에도 저절로 미소를 베어 물지 않을 수 없었다.

"돌에 맞았나요?"

가장 키가 작은 소교가 돌연 북리곤을 빤히 바라보며 질문을 던졌다.

"무슨 말이지?"

"정말로 낙양 거리에서 돌에 맞아 루주가 된 거냐고요."

북리곤이 멍청해져 소녀들을 둘러보지 않을 수 없었다.

자신을 종영이라고 소개했던 소녀가 소교를 향해 눈을 흘겼다.

"바보야! 그건 그냥 나온 이야기이고 사실은 다른 방법으로 루주님을 모신 거란 말이야."

다섯 명의 시비, 오성마루의 다섯 가문에서 보낸 다섯 소녀는 북리곤을 조금도 어려워하지 않은 채 저마다 입을 열기 시작했다. 수십 마리의 새가 한꺼번에 지저귀는 것 같아 귀가 따가울 지경이었다.

"루주님, 이건 노파심에서 하는 말인데 우린 믿어도 돼요."

"저희가 각 가문에서 한 명씩 보낸 것이긴 하지만 오직 루주님에게만 충성하도록 교육받았어요."

"저희는 만에 하나 루주님이 저희 집안과 싸우더라도 루주님을 위해 목숨을 바칠 거예요. 정말이에요."

북리곤이 한숨을 내쉬었다.

"너희들은 날 위해 목숨을 바치지 않아도 된단다. 그나저나… 좀 쉬고 싶으니 물러들 가거라. 시킬 일이 있으면 그때 부르마."

다섯 소녀가 북리곤 앞에 나란히 선 채 눈을 빛냈다.

북리곤을 위해 아무 거라도 해주고 싶은데 물러가라고 해서 무척이나 섭섭해하는 태도들이었다.

하지만 북리곤이 짐짓 눈을 동그랗게 뜨고 한 명 한 명에게 눈을 주자 어쩔 수 없다는 듯 모두들 고개를 숙였다.

다섯 소녀가 물러난 뒤 북리곤은 침상에 벌렁 누웠다.

3

"루주님, 루주님! 이제 그만 일어나세요."

"잠꾸러기 루주님! 꼬박 십이 시진이 지났어요. 무슨 잠을 이렇게 오래 주무세요?"

"우리 루주님, 설마 죽은 건 아니지요?"

언제 잠이 든 것이었을까?

북리곤은 새들이 지저귀는 듯한 소란스러운 소리 때문에 잠에서 깨어났다.

사실 그가 침상에 누운 것은 단지 생각을 정리하기 위해서일 뿐, 잠을 자려던 게 아니었다. 한데 여독(旅毒)이 쌓인데다 긴장이 풀린 탓인지 자신도 모르게 깊은 잠에 빠져들었던 것이다.

음성들은 처음에는 아득히 먼 곳에서 들려오는 것 같았으나 이내 귓전에 대고 속삭이는 것처럼 가까워졌다.

눈을 뜨자 침상 머리맡에 다섯 소녀가 서 있는 게 보였다.

다섯 소녀는 모두들 눈을 초롱초롱 빛내고 있다가 북리곤이 결국 눈을 뜨자 일제히 환호성을 터뜨렸다. .

북리곤은 잠시 눈을 감았다가 뜬 것 같은데 벌써 열두 시진이 지났다는 말에 내심 놀라지 않을 수 없었다.

푹 자고 난 탓인지 몸이 깃털처럼 가볍다.

비록 공력은 회복되지 않았지만 전신에 힘이 넘치는 느낌이었다.

'요 말썽꾸러기들 같으니……!'

북리곤이 내심 고소를 머금었다.

다섯 소녀는 북리곤이 걱정되어 깨운 게 아니라 그가 계속 잠만 자자 따분해서 깨운 게 분명했다.

"루주님, 시장하시죠? 잠시만 기다리세요. 제가 맛있는 음식을 가져다 드릴게요."

"아냐! 루주님은 분명히 먼저 씻으실 거야."

"루주님은 본 련이 처음이야. 그러니 이곳저곳 구경하고 싶은 곳이 많을 거야. 식사는 나중에 해도 돼."

또다시 다섯 소녀가 새들이 지저귀듯 입을 열기 시작했다.

북리곤이 일부러 한 명 한 명 다섯 소녀의 눈을 일일이 맞췄다.

다섯 소녀의 얼굴이 이내 울상이 되었다. 아마 또다시 나가 있으라고 말했다가는 이내 울음을 터뜨릴 듯한 표정들이었다.

잔뜩 긴장해서 북리곤의 입에서 무슨 말이 나오는가 하고 기다리는 모습이 너무 귀여워 북리곤은 한숨을 내쉬며 몸을 일으켰다.

"그래, 먼저 씻고 그 뒤에 뭐 좀 먹자구나."

북리곤이 입에서 말이 흘러나오기 무섭게 다섯 소녀가 바쁘게 움직이기 시작했다. 모두들 북리곤을 위해 할 일이 생겨 기뻐하는 태도들이었다.

잠시 후, 북리곤은 다섯 소녀에 의해 반강제적으로 오성마루의 내부를 구경하기 위해 밖으로 나섰다.

다섯 소녀들은 북리곤을 안내하면서도 한시도 입을 다물지 않았다.

"루주님은 아직 지형을 모르시니 반드시 저희가 안내해야만 해요."

"혹시 하는 노파심에서 하는 말인데요. 절대로 우릴 따돌리고 혼자 다니실 생각은 하지 마세요."

"이 안은 너무 넓어 길을 잃어버리기 십상이거든요."

다섯 소녀들은 사실 각자 한 마디씩 하는 것에 불과했다.

하지만 다섯 명이 번갈아 가며 한마디씩 하자 그야말로 귀에 따가울 지경이었다.

루주의 거처인 일정천을 벗어나자 수많은 전각들이 미로처럼 펼쳐져 있는 모습이 눈에 들어온다.

가히 어지간한 도읍 서너 개를 합쳐 놓은 듯한 엄청난 위용이었다.

"루주님, 가장 먼저 가보고 싶은 곳이 있나요?"

"뭐, 먼 길을 오셔서 여독이 쌓였을 테니 천약전(千藥殿)에 가서서 몸에 좋은 영약이라도 드시지 않겠어요?"

"맞아, 맞아. 아무리 봐도 몸이 허한 것 같으니 먼저 기력을 보충하셔야 해요."

"그게 아냐. 영약은 나중에 가져다 달라면 그만이니 먼저 잠마비고(潛魔秘庫)를 구경하는 게 좋겠어."

다섯 소녀는 북리곤에게 의견을 묻고 그의 의사를 존중하는 것처럼 행동하고 있지만 결과적으로 모든 결정은 그녀들의 몫이었다.

북리곤은 그야말로 제대로 대답 한 번 해보지 못한 채 일방적으로 다섯 소녀에게 끌려 다닐 수밖에 없었다.

일정천을 벗어나자 오가는 사람들이 많이 눈에 뜨였다.

한데 기이한 것은 다섯 명의 시비에 둘러싸인 채 걷고 있는 북리곤을 대하고도 아무런 반응을 보이지 않는다는 점이었다.

정면으로 마주치는 사람들만 마지못해 목례를 하는 정도이다. 적대감을 드러내거나 노골적으로 거부하는 태도를 보이는 사람은 없었다. 하지만 그렇다고 환영하는 태도들도 아니었다.

'예상대로로군. 필요에 의해 어쩔 수 없이 루주로 세우긴 했지만 임시 대용품이니 관심이 없다는 태도인가……?

북리곤은 문득 한 가지에 생각이 미쳐 다섯 소녀 중 가장 어린 희소교를 바라보았다.

"한데 오늘 원로회의가 열린 후 곧바로 루주가 선출된 걸 공표한다고 하지 않았느냐?"

북리곤의 질문에 다섯 소녀가 일제히 당황해하는 표정이 되었다.

질문을 받은 희소교를 제외한 네 명은 일부러 북리곤과 눈을 마주치지 않으려 했다.

희소교가 더듬거렸다.

"원로회의가 열리긴 열렸어요. 한데 그게…….'

"뭔가 잘못되었느냐?"

"아니, 아니에요. 잘못된 건 하나도 없어요. 단지 좀 늦춰진 것뿐이에요."

"늦춰졌다? 원로회의에서 날 루주로 인정하지 않은 게로구나."

"그, 그게… 하지만 걱정하실 필요 없어요. 며칠 뒤에 다시 원로회의가 열리기도 되어 있으니까요."

의외의 일이랄 수도 있지만 또 어느 정도 예상했던 일이랄 수도 있었다.

'그럼 그렇지! 오성마루를 이루고 있는 다섯 가문의 가주들은 강호에 나가고 싶은 마음이 간절해 어떤 식으로든 루주를 만들어내려 했겠지만 이런 황당한 일에 원로들마저 찬성하지는 않았을 것이다.'

북리곤이 내심 고개를 끄덕였다.

희소교가 머뭇거리며 입을 열었다.

"몰래 알아봤더니… 루주님이 묵룡대제의 후인이라는 게 문제가 되었다더군요."

"내가 묵룡대제의 후인이기 때문에 반대를 했다는 것이냐?"

북리곤은 내심 크게 놀라지 않을 수 없었다.

다섯 소녀가 다시 일제히 입을 열기 시작했다.

"아주 오래전에 본 련과 묵룡대제 사이에 좋지 않은 일이 있었던 모양이에요."

"정말이지 루주님은 아무 걱정 하시지 않아도 돼요. 어차피 루주를 뽑는 일을 더 이상 미룰 수 없을 테니까요."

"맞아요. 이백 년 전의 혈채를 지금에 와서 따진다는 게 말이나 돼요!"

다섯 소녀가 일제히 입을 열자 귀가 따가워 정신이 다 없었다.

하지만 그 와중에도 핵심적인 말은 알아들을 수 있었다.

북리곤은 다섯 소녀에게 잠시 생각할 게 있으니 입 좀 다물고 있으라고 해도 통할 것 같지 않아 살인백율에서 익힌 분심이용을 떠올렸다.

이렇게 되자 귀로는 다섯 소녀의 재잘거림을 들으면서도 또 한편으로는 조용히 생각에 잠길 수 있었다.

'묵룡대제가 활동한 것은 이백 년 전이다. 한데 오성마루가 강호에 나오지 못한 것도 그때부터이니 뭔가 연관이 있는 게 아닐까?'

다섯 소녀가 쉬지 않고 재잘거리고, 북리곤은 그에 아랑곳하지 않고 생각에 잠겨 있는 사이 일행은 가산을 등지고 있는 넓은 화원에 도착했다. 온갖 나무와 꽃들이 자연스러우면서도 운치있게 어우러져 있는 화원이었다.

북리곤의 눈에 이채가 솟아났다.

그야말로 종류를 헤아릴 수 없는 수많은 꽃들이 만개해 있는 화원이다. 한데 기이하게도 너무도 적막한 느낌을 주고 있었다.

'이건 마치 그림 속의 화원 같구나.'

꽃들이 만발해 있다면 당연히 벌과 나비가 있어야 하고, 또 풀 사이의 풀벌레들을 잡아먹기 위해 새들이 날아들어야 한다.

하지만 화원 안에서 움직이고 있는 것은 아무것도 보이지 않았다.

'적어도 삼십 명은 넘겠구나. 호흡이 낮고 긴 것으로 짐작하건대 하나같이 일류 급의 고수들이다.'

북리곤은 화원을 일별하는 것으로 이미 그 안에 수많은 고수들이 몸을 숨기고 있는 것을 감지해 낼 수 있었다.

"많은 고수들이 지키고 있는 것을 보니 매우 중요한 곳인 모양인데 여기가 어디지?"

북리곤이 다섯 소녀를 둘러보았다.

다섯 소녀가 한꺼번에 입을 열었다.

"여기가 바로 잠마비고예요."

"잠마비고에는 수백 종의 무공 비급이 비장되어 있어요. 아마 천하에 존재하는 모든 무공들이 이곳에 다 있을 거예요."

"잠마비고는 루주님과 다섯 분의 가주님, 그리고 각 가문의 후계자 한 명씩만 출입할 수 있는 본 련 최고의 중지예요. 아무나 들어섰다가는 이 화원을 통과하기도 전에 시체가 되고 말아요."

북리곤이 새삼 드넓은 화원에 눈을 주었다.

방원 오십여 장에 달하는 화원 끝에 그리 높지 않은 가산이 보였지만 어디에도 건물 같은 것은 없었다.

"루주님을 모시고 왔어요. 잠마비고를 열어주세요!"

다섯 소녀 중 가장 나이가 많아 보이는 주능연이 돌연 화원에 대고 소리쳤다.

하지만 화원에는 아무런 변화가 생기지 않았고 또 누구 하나 대꾸하는 사람도 없었다.

북리곤이 의아해하는 순간 다섯 소녀가 그를 떠밀다시피 하며 화원 안으로 걸음을 내딛었다.

화원 중앙에는 관상용으로 배치해 놓은 듯한 커다란 바위가 우뚝 서 있었는데 바위를 돌아가자 지하로 뚫려 있는 통로가 보였다.

"멈춰라!"

일행이 통로 입구에 도착하는 순간, 입구의 단단한 포석이 깔려 있는 바닥에서 마치 수면에서 떠오르는 것처럼 한 사람이 솟아나 왔다.

일체의 기(氣)가 느껴지지 않아 어떻게 보면 평범한 촌노를 대하는 듯한 흑의노인이었다.

하지만 북리곤은 상대가 절정 급의 고수라는 것을 이미 잘 알고 있었다. 그가 보여준 놀라운 잠형술 하나만으로도 능히 짐작할 수 있는 일이었다.

"다시 말하지만 루주님을 모시고 왔으니 어서 잠마비고를 열어주세요!"

희소교가 양손을 허리에 걸친 채 소리쳤다.

순간 흑의노인의 눈에서 차가운 빛이 전광처럼 쏘아져 나왔다.

"잠마비고는 아무에게나 개방하는 곳이 아니다. 이곳에 들어오려면 상부의 허가를 얻어야 한다."

희소교가 지지 않고 당당하게 입을 열었다.

"높은 곳의 누구에게 허가를 받으라는 건가요? 본 련에서 루주님보다 높은 사람이 또 있나요?"

"그, 그건……!"

흑의노인의 눈에 당혹해하는 빛이 떠올랐다.

이백 년 만에 신임 루주가 탄생된 사실은 그도 이미 알고 있었다. 그리고 비록 신임 루주의 모습을 본 적은 없지만 루주의 시비로 뽑힌 아이들이 모시고 온 사람은 당연히 신임 루주일 수밖에 없었다.

아직 정식으로 공표되지 않았지만 그건 별개 문제였다.

"상부의 허가를 받아야 한다면 루주인 내가 허가하면 되는 거 아니겠습니까? 뭐, 내가 나에게 허가하는 게 이상하긴 하지만 아무튼 그렇게 하도록 하지요."

북리곤이 환하게 웃으며 입을 열었다.

흑의노인은 당황을 감추지 못했다.

황당해도 너무 황당했다.

다음 순간, 북리곤이 지하 통로를 향해 한 걸음 내딛자 흑의노인은 어쩔 수 없다는 듯 옆으로 비켜섰다.

"멈추시오!"

바로 이때, 화원 입구에 오십여 명에 달하는 무인들이 모습을 드러냈다.

선두에 서 있는 인물은 장대한 체구에 등에 한 자루 극(戟)을 메고 있는 오십대 중반의 장년인이었다.

다섯 소녀의 안색이 굳어졌다.

"법밀전(法密展)의 곽 전주예요."

"법밀전은 형(刑)을 집행하는 조직으로, 무소불위의 권한을 지닌 곳이에요."

"전주가 직접 출동하는 일은 드문데, 무슨 일이죠?"

다섯 소녀가 불안해하며 서로를 쳐다보는 사이 오십여 명의 법밀전 고수들이 다가와 북리곤을 포위했다.

"법밀전을 맡고 있는 곽량(郭亮)이라 하네. 소협이 진정 묵룡대제의 후인인가?"

"그렇습니다만……?"

북리곤의 전신으로 팽팽한 긴장감이 물결치기 시작했다.

소위 형을 집행한다는 법밀전의 전주가 수하들을 이끌고 직접 출동한 것만으로도 상황이 어떤 식으로 전개될지 능히 짐작할 수 있는 일이었다.

"소협은 지금 곧 나와 함께 법밀전으로 가야 하네."

과연 법밀전주 곽량의 태도는 마치 죄수를 압송하기 위해 온 사람처럼 위압적이었다.

다섯 소녀가 일제히 비명을 터뜨렸다.

"법밀전은 없는 죄도 만들어내는 무서운 곳이라고 들었어요. 루주님은 절대로 잡혀가시면 안 돼요."

"태상장로들은 물론 다섯 가주까지도 조사할 수 있는 막강한 곳이 법밀전이긴 하지만 감히 루주님에게 무례를 범할 순 없어요."

"도대체 누가 루주님을 법밀전으로 끌고 가라는 명령을 내렸나요?"

법밀전주 곽량의 눈이 차갑게 가라앉았다.

그는 다섯 소녀를 무시한 채 똑바로 북리곤을 직시하며 한자한자 천천히 입을 열었다.

"분명히 말해두지만 내게 명령을 내린 사람은 없네. 이 일은 법밀전을 맡고 있는 내 개인적인 판단으로 집행하는 것이네. 그리고 노부는 루주가 될 사람에게 무례를 범하는 게 아니라 묵룡대제의 후인을 취조하려는 것뿐이네."

북리곤이 천천히 주위를 쓸어보았다.

순간적으로 주변 상황이 머릿속에서 정리되었다.

완벽한 방위를 점한 채 포위하고 있는 법밀전 수하들도 문제지만 법밀전주 곽량은 북리곤이 공력을 온전히 지니고 있다고 해도 백 초 이내로는 승부를 가릴 수 없는 고수였다.

『장왕 곤』 5권에 계속…